James Patterson nasce nel 1949 a Newburgh (New York). Dopo gli studi, nel 1971 si trasferisce a New York, dove comincia a lavorare per l'agenzia pubblicitaria J. Walter Thompson. In breve diventa il più giovane direttore creativo nella storia della società e successivamente conclude la sua carriera in quel campo, nel 1996, come presidente della filiale nordamericana.
Nel frattempo inizia a scrivere e nel 1976 pubblica il suo primo thriller, *The Thomas Berryman Number*, cui viene attribuito il prestigioso premio Edgar per il miglior romanzo d'esordio. Dopo oltre trent'anni di carriera è ormai l'autore di thriller più venduto al mondo. La sua fama è legata soprattutto al personaggio di Alex Cross, il *profiler* cacciatore di serial killer protagonista di numerosi romanzi (sul grande schermo Alex Cross ha avuto il volto intenso di Morgan Freeman in due fortunate trasposizioni, *Il collezionista* e *Nella morsa del ragno*), alle quattro protagoniste dei romanzi delle «Donne del club omicidi» e ai ragazzi della serie di «Maximum Ride».
La sua vasta produzione si estende oltre il campo del thriller spaziando verso altri generi narrativi, come il romanzo sentimentale (*Il diario di Suzanne*) e il «giallo medievale» (*Il giullare*).
Vive attualmente nella Palm Beach County, in Florida, con la famiglia.
I suoi romanzi hanno venduto 300 milioni di copie in tutto il mondo, in Italia hanno superato i 3 milioni e mezzo.

www.jamespatterson.com
www.jamespatterson.it

Dello stesso autore in edizione TEA:

I casi di Alex Cross
Il collezionista
Jack & Jill
Gatto & topo
Il gioco della donnola
Ricorda Maggie Rose
Mastermind
Ultima mossa
Il caso Bluelady
La tana del lupo
Ultimo avvertimento
Sulle tracce di Mary
La memoria del killer
Il regista di inganni
L'istinto del predatore
Il segno del male

I casi delle «donne del club omicidi»
Primo a morire
Seconda chance
Terzo grado
Le donne del Club Omicidi
Qualcuno morirà
Il sesto colpo
Il settimo inferno
L'ottava confessione
Senza appello
La cerimonia

I casi di Michael Bennett
Il negoziatore
Il maestro
Il rapitore

Private
Private
Private Games

I romanzi di Maximum Ride
Maximum Ride. L'esperimento Angel
Maximum Ride. La scuola è finita
Maximum Ride. Salvare il mondo e altri sport estremi
Maximum Ride. Il volo finale
Maximum Ride. Max
Maximum Ride. Fang

I romanzi sentimentali
Il diario di Suzanne
A Jennifer con amore
Domeniche da Tiffany
Matrimonio a sorpresa

Altri romanzi
Mercato nero
Il Club di mezzanotte
Quando soffia il vento
Miracolo alla diciassettesima buca
Il giullare
La casa degli inganni
Giochi pericolosi (Honeymoon)
Come una tempesta
Bikini
Cartoline di morte
Una sola notte

James Patterson
Andrew Gross

Seconda chance

Romanzo

Traduzione di
Cristina Prasso Res

TEA

Per informazioni sulle novità
del Gruppo editoriale Mauri Spagnol visita:
www.illibraio.it

TEA - Tascabili degli Editori Associati S.r.l., Milano
Gruppo editoriale Mauri Spagnol
www.tealibri.it

Titolo originale
2nd Chance

Prima edizione TEADUE ottobre 2006
Quinta ristampa TEADUE marzo 2013
Prima edizione Best TEA luglio 2014
Prima ristampa Best TEA settembre 2014

SECONDA CHANCE

PROLOGO

I RAGAZZI DEL CORO

Aaron Winslow non avrebbe mai dimenticato i minuti successivi. Aveva riconosciuto quel rumore terrificante non appena aveva cominciato a *crepitare* nella notte e si era sentito gelare da capo a piedi. Non poteva credere che qualcuno, nel suo quartiere, stesse sparando con un fucile d'assalto.

K-pam, *k-pam*, *k-pam*... *K-pam*, *k-pam*, *k-pam*.

Il suo coro stava lasciando la La Salle Heights Church: quarantotto ragazzini gli passavano accanto, andando verso il marciapiede. Avevano appena finito l'ultima prova, quella generale prima del San Francisco Sing-Off, ed erano stati bravissimi.

Poi erano arrivati i colpi. Non uno soltanto: una raffica. Un vero e proprio *attacco*.

« A terra! » aveva urlato, a pieni polmoni. « Tutti giù, a terra! Riparatevi la testa! Copritevi! » Gli sembrava impossibile aver pronunciato quelle parole.

Sulle prime, nessuno parve dargli retta. Ai ragazzini, che indossavano l'uniforme scolastica – camicia e pantaloni bianchi –, forse quei colpi erano sembrati fuochi d'artificio. Poi una raffica si era abbattuta sulla bellissima vetrata della chiesa. L'immagine di Gesù che benediceva un bimbo a Cafarnao era andata in frantumi. Schegge di vetro erano volate ovunque e alcune erano anche piovute sulla testa dei piccoli.

« Qualcuno sta sparando! » aveva gridato Winslow. Forse anche più d'uno. *Ma come può succedere una cosa simile?* Si era slanciato freneticamente in mezzo ai ragazzini, urlando, agitando le braccia, spingendoli a faccia in giù nell'erba.

Mentre i piccoli si accucciavano o si buttavano a terra, Winslow aveva scorto due ragazzine del coro, Chantal e Tamara, che stavano immobili, raggelate, sul prato, con le pallottole che sfrecciavano loro accanto. « Chantal, Tamara, abbassatevi! » aveva sbraitato, ma loro erano rimaste lì, strette l'una all'altra, gemendo impaurite. Erano amiche del cuore, quelle due, e lui le conosceva da quand'erano piccolissime e giocavano a campana sull'asfalto.

Senza neppure un istante di esitazione, si era catapultato verso di loro, le aveva afferrate saldamente per le braccia e gettate a terra. Poi si era steso sopra i loro corpicini, spingendole giù.

Le pallottole sibilavano sopra la sua testa, vicinissime. Le orecchie gli dolevano. Tremava incontrollabilmente e anche le ragazzine erano scosse dai tremiti. Stava per morire, ne era quasi sicuro. « Va tutto bene, piccole », aveva mormorato.

Improvvisamente com'erano cominciati, gli spari si erano interrotti. Il silenzio sembrava riempire l'aria e rimanervi sospeso, strano e inquietante, quasi che il mondo intero si fosse fermato ad ascoltare.

Winslow si era alzato e aveva visto una cosa incredibile. I ragazzini si stavano faticosamente rimettendo in piedi. Qualcuno piangeva, ma non c'era sangue. Nessuno sembrava ferito.

« State tutti bene? » aveva gridato, facendosi strada tra loro. « Qualcuno si è fatto male? »

Una serie di voci: « Sto bene... Sto bene... »

Si era guardato intorno, sbalordito. Era un vero miracolo.

Poi aveva sentito i lamenti di una ragazzina.

Girandosi, aveva scorto Mary Parker, dodici anni, sui consunti scalini di legno bianco della chiesa. Sembrava smarrita. Teneva la bocca aperta e singhiozzava convulsamente.

Fu in quel momento che lo sguardo di Aaron Winslow si era posato su ciò che aveva sconvolto Mary e il suo cuore quasi si era fermato. Mai, neanche in guerra, neanche nella sua giovinezza trascorsa nelle strade di Oakland, *mai* aveva visto qualcosa di tanto orribile, tragico e insensato.

« Oh, Dio mio. Oh, no... Come hai potuto permettere che succedesse una cosa simile? »

Tasha Catchings, di appena undici anni, era scompostamente riversa in un'aiuola fiorita nei pressi della chiesa. La sua uniforme scolastica bianca era inzuppata di sangue.

E allora anche il reverendo Aaron Winslow era scoppiato a piangere.

PARTE PRIMA

RITORNANO LE DONNE DEL CLUB OMICIDI

1

QUEL martedì sera stavo giocando a Crazy Eights con alcuni ospiti dell'Hope Street Teen House. E mi piaceva.

Davanti a me, sul divano malconcio, c'erano Hector, un figlio del barrio, uscito soltanto due giorni prima dal carcere minorile; Alysha, carina e silenziosa, ma con una vicenda familiare sulla quale era meglio tacere, e Michelle, che aveva solo quattordici anni, ma aveva già passato un anno della propria vita a battere sulle strade di San Francisco.

«Cuori», dichiarai, calando un otto e cambiando il seme, proprio mentre Hector stava per mettere giù le sue carte.

«Accidenti, sbirra», piagnucolò. «Com'è che ogni volta che sto per chiudere mi pugnali alle spalle?»

«Così impari a fidarti di una *poliziotta*, scemo», rise Michelle, scoccandomi un sorriso da cospiratrice.

Durante l'ultimo mese, avevo passato un paio di sere alla settimana all'Hope Street Teen House. E questo perché, dopo quell'orribile delitto che aveva visto coinvolti due sposini, l'estate precedente,* mi ero sentita completamente perduta. E allora mi ero presa un mese di aspettativa dalla Squadra Omicidi ed ero andata al mare, a guardare la baia dal mio rifugio, l'appartamento di Potrero Hill.

Ma nulla era servito. Le sedute dallo psichiatra, il sostegno delle mie amiche – Claire, Cindy, Jill –, persino tornare al lavoro... Era stato tutto inutile. Del tutto impotente, ero rimasta a guardare mentre la vita, a goccia a goccia, abbandonava la persona che amavo. Mi sentivo ancora responsabile per la morte in servizio di Chris Raleigh. Niente sembrava in grado di colmare quel vuoto.

E così ero andata lì... a Hope Street.

E dovevo ammetterlo: un po' funzionava.

Sollevai gli occhi dalle carte e guardai Angela, una nuova arrivata, seduta su una sedia metallica dall'altra parte della stanza,

* Cfr. James Patterson, *Primo a morire*, Milano, Longanesi, 2003. (*N.d.T.*)

con in braccio la sua figlioletta di tre mesi. Angela aveva soltanto sedici anni e, in tutta la sera, non aveva detto granché. Mi ripromettevo di parlarle prima di andar via.

La porta si aprì ed entrò Dee Collins, una delle responsabili del centro, seguita da una donna di colore, dall'aria severa e con un tailleur grigio di taglio classico. Si vedeva all'istante che era del Dipartimento preposto a vegliare sull'infanzia abbandonata, neanche ce l'avesse tatuato addosso.

Dee si chinò su Angela e le disse: « C'è la tua assistente sociale... »

« Mica sono cieca », ribatté la ragazza.

« Adesso dobbiamo prendere la piccola », s'intromise la donna di colore, come se assolvere quell'incarico fosse l'unica cosa che le impedisse di salire su un treno e tornarsene a casa.

« No! » Angela strinse di più la creaturina. « Tenetemi pure in questo buco oppure rimandatemi a Claymore, però mia figlia non ve la do. »

Dee Collins cercò di rassicurarla. « Su, tesoro, soltanto per qualche giorno... »

Con fare protettivo, la ragazza strinse la bimba, che, avvertendo un pericolo, si mise a piangere.

« Non fare storie, Angela », l'ammonì l'assistente sociale. « Lo sai come vanno queste cose. »

Si avvicinò, ma Angela schizzò via dalla sedia, reggendo con una mano la figlia e, con l'altra, il bicchiere di succo d'arancia che stava bevendo. Quindi, con un gesto fulmineo, ruppe il bicchiere contro il tavolo, rimanendo con una grossa scheggia di vetro in mano.

Balzai in piedi. « Angela... Mettilo giù. A meno che tu non voglia, nessuno ti porterà via la tua bambina. »

« Quella *puttana* vuole rovinarmi la vita. » Le lanciò un'occhiata di puro odio. « Prima mi lascia a Claymore per tre giorni dopo l'ordine di scarcerazione, poi non mi fa tornare a casa dalla mamma. E adesso cerca di portar via la mia piccolina. »

La fissai negli occhi, annuendo. « Adesso, però, devi mettere giù il vetro. Lo *sai*, Angela, vero? »

L'assistente sociale fece per avvicinarsi, ma la trattenni. Mi accostai lentamente ad Angela, togliendole prima il pezzo di vetro dalle mani e poi, sempre con grande calma, anche la bimba.

«È tutto quello che ho», mormorò Angela, cominciando a singhiozzare.

«Lo *so*», le dissi. «Prima cambierai un po' di cose nella tua vita e dopo la riavrai indietro.»

Dee Collins abbracciò Angela e avvolse uno strofinaccio intorno alla mano ferita. Nel frattempo, la donna di colore tentava invano di placare la piccola, che continuava a frignare.

Mi avvicinai alla donna. «Questa bambina va messa in un posto qui vicino e deve poter ricevere visite quotidiane... Ah, tra l'altro, mi sembra che non sia successo niente che valga la pena di segnalare nel rapporto... *Lei che ne dice?*»

In silenzio, ma dopo avermi lanciato uno sguardo indispettito, l'assistente sociale si allontanò.

D'un tratto il mio cercapersone si mise a trillare, tre *bip* dissonanti che squarciarono quell'atmosfera di tensione. Lo tirai fuori e lessi il numero. *Jacobi, il mio ex partner della Omicidi. Che diavolo vuole?*

Mi scusai coi presenti e andai nell'ufficio riservato allo staff del centro. La mia telefonata raggiunse Jacobi mentre si trovava in macchina.

«Sta succedendo qualcosa di davvero brutto, Lindsay», mi annunciò cupamente. «Ho pensato che volessi saperlo.»

M'informò sulla terribile sparatoria avvenuta alla La Salle Heights Church. Una ragazzina di undici anni era stata uccisa.

«Dio mio...» sospirai, mentre il mio cuore sembrava sprofondare.

«Ho pensato che volessi occupartene», disse Jacobi.

Rimasi in silenzio. Da più di tre mesi non andavo sulla scena di un delitto. Dal giorno in cui si era chiuso il caso del «killer degli sposini».

«Non ho capito...» m'incalzò Jacobi. «Te ne vuoi occupare, *tenente*?» Era la prima volta che si rivolgeva a me col mio nuovo grado.

La luna di miele era finita. «Sì», borbottai. «Me ne occupo io.»

2

MENTRE raggiungevo con la mia Ford Explorer la La Salle Heights Church su Harrow Street, nella zona di Bay View abitata in prevalenza da neri, cominciò a cadere una pioggia gelida. Una piccola folla inquieta e furiosa – madri accorate e accigliati ragazzotti che si stringevano nei loro vivaci giubbotti Tommy Hilfiger – premeva sul cordone di uomini in uniforme.

« Mica siamo nel Mississippi! » gridò una voce, mentre mi facevo largo a fatica tra la gente.

« Quanti ancora? » si lamentò una donna anziana. « *Quanti ancora?* »

Mostrando il distintivo, superai un paio di agenti di pattuglia. E quello che vidi mi mozzò il respiro.

La facciata della chiesa, rivestita di assi bianche, era stata sfigurata da un grottesco motivo creato da fori di proiettile e da squarci color piombo. La grande vetrata era a pezzi; rimaneva soltanto un buco gigantesco, dal quale pendevano schegge irregolari di vetro colorato, simili a ghiaccioli. Sparsi sul prato, c'erano i ragazzini, evidentemente sotto shock; alcuni avevano accanto gli uomini del pronto soccorso.

« Oddio », mormorai.

Vicino agli scalini dell'ingresso, alcuni paramedici, nelle loro giacche a vento nere, stavano chini sul cadavere di una ragazzina. Lì accanto c'erano un paio di tizi in borghese. Uno era il mio ex partner, Warren Jacobi.

L'avevo fatto centinaia di volte, però, in quel momento, esitai. Soltanto qualche mese prima, avevo risolto il più importante omicidio cittadino dai tempi di Harvey Milk,* ma, da allora, erano successe un sacco di cose. Mi sentivo strana, come se tutto

* Nel novembre 1978, Harvey Milk, primo consigliere cittadino di San Francisco dichiaratamente gay, e il sindaco della città, George Moscone, vennero uccisi dall'esponente conservatore Dan White, il quale però ebbe una pena detentiva assai lieve. (*N.d.T.*)

fosse nuovo, per me. Stringendo i pugni, trassi un profondo respiro e raggiunsi Jacobi.

« Bentornata nel mondo reale, tenente », mi salutò lui, facendo schioccare la lingua mentre mi chiamava col mio nuovo grado.

Il suono di quella parola mi dava ancora una piccola scossa. Diventare capo della Squadra Omicidi era sempre stato l'obiettivo della mia carriera; ero stato il primo ispettore donna di San Francisco e, adesso, ero il primo tenente donna. Dopo che Sam Roth, il mio vecchio tenente, aveva deciso di accettare un incarico di tutto riposo a Bodega Bay, il capo della polizia, Earl Mercer, mi aveva convocato. *Delle due, l'una, Lindsay*, aveva detto. *Posso concederle un lungo periodo di aspettativa in modo che lei possa capire se ha ancora il coraggio di fare questo lavoro, oppure posso darle questo.* E aveva fatto scivolare sulla scrivania, verso di me, un distintivo dorato col grado di tenente. Fino a quel momento, non ricordavo di aver mai visto Mercer sorridere.

« Il distintivo di tenente non rende le cose più facili, eh, Lindsay? » chiese Jacobi, sottolineando come il nostro rapporto, che durava ormai da tre anni, fosse destinato a cambiare.

« Cosa abbiamo? » chiesi di rimando.

« Sembra che il tiratore sia uno solo e che abbia sparato da uno di quei cespugli. » Indicò una fitta siepe di fianco alla chiesa, distante una cinquantina di metri. « Quel bastardo ha fatto fuoco sui ragazzini proprio mentre uscivano. E ha sparato a raffica. »

Sospirai, osservando i piccoli in lacrime, sconvolti. « Qualcuno l'ha visto? Dimmi che è così... »

Lui scosse la testa. « Si sono lanciati tutti a terra. »

Accanto al corpicino, una donna di colore dall'aria affranta piangeva sulla spalla di un amico che cercava di consolarla. Jacobi vide che stavo fissando la ragazzina morta.

« Si chiamava Tasha Catchings », mormorò. « Frequentava la prima media alla St. Anne School. Era brava. La più piccola del coro. »

Mi avvicinai al cadavere coperto di sangue e m'inginocchiai. Puoi averlo visto mille volte, ma non cambia mai: rimane uno spettacolo che ti squarcia le viscere. L'uniforme scolastica di Tasha era inzuppata di sangue che si mescolava alla pioggia battente. Poco più in là, sull'erba, giaceva uno zainetto arcobaleno.

«Lei... e basta?» domandai, incredula. Mi guardai intorno. «Lei è l'unica a essere stata colpita?»

Ovunque c'erano fori di proiettile, schegge di vetro e di legno. Dozzine di ragazzini erano usciti in strada... *Tutti quei colpi e un'unica vittima*.

«È il nostro giorno fortunato, eh?» sbuffò Jacobi.

3

SUGLI scalini della chiesa, Paul Chin, della Squadra Omicidi, stava interrogando un uomo di colore, alto e affascinante, che indossava un dolcevita nero e i jeans. L'avevo già visto nei notiziari televisivi e sapevo persino come si chiamava: Aaron Winslow.

Benché fosse sgomento e sotto shock, Aaron manteneva un'assoluta compostezza. Aveva un'aria pacata, i capelli neri come l'ebano tagliati a spazzola e una schiena da giocatore di football. Tutti, a San Francisco, sapevano quanto si adoperasse per quel quartiere. Era considerato una specie di eroe e, dovevo ammetterlo, l'aspetto da eroe ce l'aveva davvero.

Mi avvicinai.

« Ti presento il reverendo Aaron Winslow », disse Chin.

« Lindsay Boxer », replicai, tendendogli la mano.

« Al *tenente* Boxer sono affidate le indagini », precisò Chin.

« Ho sentito parlare molto di lei », ripresi. « Ha fatto davvero tanto e per molta gente. Mi spiace per quello che è accaduto. Non ho parole. »

I suoi occhi si posarono sul cadavere della ragazzina. « La conoscevo da sempre », mormorò. « La gente di qui è buona, responsabile. La mamma... ha cresciuto Tasha e il fratello da sola. Erano tutti ragazzini. Stavano facendo le prove del coro, tenente. »

Non volevo essere indelicata, però dovevo fare il mio lavoro. « Posso rivolgerle un paio di domande? Per favore... »

Lui annuì. « Certo. »

« Ha visto qualcuno fuggire? Ha scorto un'ombra, le è sembrato che qualcuno si muovesse? »

« Ho visto soltanto da dove provenivano gli spari », rispose Winslow, indicando i cespugli accanto ai quali si trovava Jacobi. « E ho visto il primo colpo. Ma poi mi sono subito preoccupato che tutti si buttassero a terra. È stata una cosa folle... »

« Ha per caso ricevuto qualche minaccia, negli ultimi tempi? Minacce verso di lei o verso la chiesa? » chiesi.

« Minacce? » Winslow si rabbuiò. « Forse anni addietro,

quando stavamo raccogliendo fondi per ricostruire alcune case nei dintorni.»

Poco lontano, si udì il flebile lamento della mamma di Tasha Catchings, mentre il corpo della figlia veniva caricato su una barella. Era straziante. La folla si stava innervosendo. Cominciarono a piovere battute sarcastiche e accuse. «Perché state tutti lì impalati? Scoprite chi l'ha uccisa!»

«È meglio che intervenga io prima che la situazione degeneri», disse Winslow. Accennò ad allontanarsi, ma poi si voltò. Aveva un'aria cupa e affranta. «Avrei potuto salvare quella povera piccola. Ho sentito gli spari...»

«Non poteva salvarli tutti», replicai. «Ha fatto quello che ha potuto.»

Lui annuì. E poi disse una cosa che mi lasciò esterrefatta. «Era un M16, tenente. Con un caricatore da trenta colpi. Quel bastardo ha ricaricato due volte.»

«Come fa a saperlo?» chiesi, sbalordita.

«Iraq. Operazione Desert Storm», rispose. «Ero cappellano al seguito delle truppe. Non potrò mai dimenticare quel rumore tremendo. Nessuno potrebbe.»

4

AL DI sopra del brusio della folla, sentii qualcuno che mi chiamava. Era Jacobi, dal boschetto dietro la chiesa. «Ehi, tenente, vieni un po' a vedere!»

Mentre lo raggiungevo, mi domandai che razza di persona poteva fare una cosa del genere. Avevo indagato su decine di omicidi: di solito i moventi erano la droga, i soldi o il sesso. Ma *quello*... Quell'omicidio era una provocazione.

«Guarda un po'», disse Jacobi, piegato in avanti. Aveva trovato un bossolo.

«M16, ci scommetto», azzardai.

Jacobi annuì. «La signorina ha avuto un po' di tempo libero e ha fatto un bel ripasso, eh? È un Remington 223.»

«Signorina sarai tu. Io sono il *tenente*», lo rimbeccai sorridendo. Poi gli rivelai come lo avevo saputo.

Tutt'intorno erano sparse dozzine di bossoli. Nel punto in cui ci trovavamo, era impossibile vederci dalla chiesa.

I bossoli erano raggruppati in due mucchietti distinti, a circa cinque metri di distanza.

«Credo che abbia iniziato a sparare da qui. E poi si è mosso», disse Jacobi.

Dalla prima posizione, si scorgeva un lato della chiesa. La vetrata perfettamente visibile, tutti i ragazzini che sciamavano in strada... Ecco perché nessuno l'aveva individuato: era un nascondiglio ideale.

«Quando ha ricaricato, si è spostato in avanti», aggiunse Jacobi.

Mi avvicinai al secondo mucchietto di bossoli e mi accovacciai. Qualcosa non tornava. Sì, la facciata della chiesa era visibile, e lo stesso valeva per gli scalini su cui Tasha Catchings era stata colpita... però non in modo così chiaro.

Socchiusi le palpebre, cercando di allineare il mio sguardo col punto in cui si era trovata Tasha al momento del colpo. Lo scorgevo appena. Era da escludere che il killer avesse mirato proprio a lei: era stata raggiunta da un colpo sparato da un'angolazione pressoché impossibile.

« Un colpo fortunato », mormorò Jacobi. « Pensi che sia stata presa di rimbalzo? »

« Che cosa c'è lì dietro? » chiesi, facendomi strada tra i fitti cespugli che crescevano ancora più distanti dalla chiesa. Nessuno aveva visto scappare l'assassino, quindi lui non era di certo fuggito lungo Harrow Street. Quella siepe era profonda almeno sei metri.

Alla fine c'era una recinzione metallica, che separava l'area della chiesa dal resto del quartiere. Non essendo molto alta, la scavalcai senza troppa fatica.

Mi ritrovai davanti ad alcuni cortili recintati e a una fila di case a schiera. Anche lì, si era radunata una piccola folla. A destra, c'erano i campi da gioco del complesso di case popolari Whitney Young.

Jacobi mi raggiunse. « Ehi, Loo, vacci piano! Siamo in pubblico, mi stai facendo sfigurare », sibilò.

« Deve essere passato da qui, Warren... » Ci guardammo intorno: da una parte c'era un vicolo, dall'altra una seconda fila di case.

Un gruppo di gente su una veranda ci stava osservando.

« Avete visto qualcosa? » gridai. Nessuno rispose. « C'è stata una sparatoria davanti alla chiesa e una ragazzina è stata uccisa. Aiutateci. Abbiamo bisogno di voi », gridai di nuovo.

Se ne stavano lì, in silenzio, con l'aria diffidente di chi non vuole parlare coi poliziotti.

Ma poi una donna sulla trentina si avvicinò, sospingendo davanti a sé un bambino. « Bernard ha visto qualcosa », mormorò.

Bernard aveva circa sei anni e indossava una maglietta di Kobe Bryant color oro e viola. I suoi grandi occhi avevano un'aria guardinga.

« Era un Dodge come quello dello zio Reggie », disse in fretta, indicando la stradina polverosa che conduceva al vicolo. « Era parcheggiato *laggiù.* »

Mi chinai e, con un sorriso incoraggiante, fissai quegli occhi pieni di paura. « Di che colore era, Bernard? »

« Bianco. »

« Mio fratello ha un minivan Dodge bianco », chiarì la madre.

« Era come quello dello zio, Bernard? »

« Più o meno. Be', non proprio. »

« Hai visto l'uomo che lo guidava? »

Lui scosse la testa. « Stavo portando fuori la spazzatura. L'ho visto soltanto andare via. »

« Pensi che riusciresti a riconoscere quel Dodge se lo vedessi di nuovo? » chiesi.

Annuì.

« Perché è più o meno come quello dello zio? »

Il piccolo esitò. « No, perché aveva un disegno dietro. »

« Un disegno? Intendi dire una marca? O una specie di pubblicità? »

« No. » Scuotendo di nuovo la testa, girò all'intorno quei suoi occhi grandi come la luna. Poi s'illuminò. « Come quello. » E indicò un pickup parcheggiato in un vialetto d'accesso. Sul paraurti posteriore c'era un adesivo dei California Golden Bears.

« Un adesivo, allora? »

« Sì, un adesivo dietro. »

Lo presi con delicatezza per le spalle. « E cosa c'era sull'adesivo, Bernard? »

« C'era Mufasa, quello del *Re Leone*. »

« Un leone? » Nella mia mente si susseguirono simboli di squadre sportive, di college, di aziende...

« Sì, era proprio uguale a Mufasa », ripeté Bernard. « Soltanto che aveva due teste. »

5

MENO di un'ora dopo, mi stavo facendo strada a gomitate tra la folla che si assiepava sulla scalinata della Corte di Giustizia; la Corte, come la chiamiamo noi. Mi sentivo svuotata, orribilmente triste, ma non potevo farmi vedere così. Non in quel luogo.

L'atrio dell'edificio di granito in cui lavoro – e che somiglia a una tomba – brulicava di giornalisti e di troupe televisive che schiaffavano microfoni sotto il naso di chiunque avesse un distintivo. La maggior parte dei reporter di nera mi conosceva bene, però li allontanai con un cenno. Ero già sulle scale quando una mano si posò sulla mia spalla e una voce familiare mi apostrofò: « Lindsay... Dobbiamo parlare... »

Mi girai, trovandomi di fronte Cindy Thomas, una delle mie più care amiche, nonché reporter di nera del *Chronicle*. « Non voglio seccarti adesso », gridò, cercando di sovrastare il frastuono. « Però è importante. Ci vediamo da Susie's alle dieci, va bene? »

Benché all'epoca si occupasse soltanto di cronaca locale, era stato merito di Cindy se avevamo trovato la pista giusta nelle indagini sul famigerato « killer degli sposini », una pista che ci aveva permesso di chiudere il caso. Ed era sempre merito di Cindy, nonché della squadra, se adesso potevo sfoggiare quel distintivo dorato.

Mi sforzai di sorridere. « Okay. Ci vediamo lì. »

Arrivata al terzo piano, entrai con passo deciso nella sala operativa: uno stanzone, illuminato dai neon, che i dodici ispettori della Omicidi chiamavano casa. Ad aspettarmi, c'era Lorraine Stafford: l'avevo scelta subito, portandola via dalla Squadra Reati Sessuali in cui era rimasta per sei anni, facendo un ottimo lavoro. Con lei, avevo preso anche Cappy McNeal.

« Che posso fare? » chiese Lorraine.

« Chiama Sacramento e verifica se è stato denunciato il furto di un minivan bianco. Qualsiasi modello. Targa della California. E dirama un ordine di ricerca per un minivan con le stesse caratteristiche, che ha dietro un adesivo con una specie di leone. »

Lei annuì e fece per allontanarsi.

« Lorraine... » la richiamai. « Precisa che è un leone a *due* teste. »

Mentre mi preparavo un tè, Cappy mi venne vicino. Era nella Omicidi da quindici anni e sapevo che, quando Mercer gli aveva chiesto un parere sulla mia promozione, lui l'aveva appoggiata. Aveva un'aria abbattuta... anzi palesemente depressa. « Ho avuto modo di conoscere Aaron Winslow a Oakland... Ha dedicato tutta la sua vita a quei ragazzi. Sta davvero dalla nostra parte. »

La testa di Frank Barnes – della Squadra Furti d'Auto – spuntò dalla porta. « All'erta, tenente. Sta arrivando Peso. »

« Peso », nel nostro gergo, era il capo della polizia: Earl Mercer.

6

NONOSTANTE i suoi cento chili e passa, Mercer entrò con passo veloce, seguito da Gabe Carr, un tizio meschino e insignificante che curava i rapporti con la stampa, e da Fred Dix, l'incaricato delle relazioni col pubblico.

Il capo indossava il suo tipico completo grigio scuro, una camicia azzurra e i gemelli d'oro massiccio. Avevo osservato Mercer gestire innumerevoli situazioni critiche – bombe sui binari della metropolitana, grane dell'Ufficio Affari Interni, serial killer –, però non l'avevo mai visto così teso in volto. Mi fece cenno di seguirlo nel mio ufficio, poi, senza una parola, chiuse la porta. Fred Dix e Gabe Carr ci avevano preceduto.

« Ho appena finito di parlare con Winston Gray e Vernon Jones », esordì. Erano due tra i più combattivi attivisti cittadini. « Mi hanno assicurato che cercheranno di fare opera di contenimento, dandoci la possibilità di scoprire che cazzo è successo. E, tanto per essere chiari, con 'contenimento' loro intendono che bisogna arrestare il responsabile, altrimenti la Corte di Giustizia sarà presa d'assalto da duemila cittadini inferociti. » Mi guardò, rilassandosi quasi impercettibilmente. « Spero che lei abbia qualcosa da riferirmi... »

Lo informai di ciò che avevo scoperto nel corso del sopralluogo alla chiesa e gli riferii la testimonianza del piccolo Bernard Smith sul minivan bianco servito per la fuga.

« Minivan o no, lei sa bene da dove deve cominciare », tagliò corto Fred Dix. « Il sindaco Fernandez picchierà duro su chiunque abbia agito con palesi intenti razzisti o discriminatori. Abbiamo bisogno che la polizia si orienti in tal senso. »

« Mi sembra davvero sicuro di quello che dovremmo cercare », replicai, con un'occhiata indifferente. « Dunque, secondo lei, si tratta di un comunissimo crimine a matrice razzista? »

« C'è stata una sparatoria davanti a una chiesa ed è morta una ragazzina di undici anni. Da dove dovremmo cominciare, tenente? »

« Il viso di quella ragazzina sarà su tutti i giornali del Paese », intervenne Carr. «L'impegno per il quartiere di Bay View è una delle cose di cui il sindaco va più orgoglioso.»

Annuii. «Al sindaco spiacerebbe lasciarmi interrogare i testimoni oculari, prima?»

«Non si preoccupi del sindaco», intervenne Mercer. «Ora come ora, si preoccupi esclusivamente di me. Sono cresciuto su queste strade. La mia famiglia vive ancora a West Portal. Non ho bisogno della televisione per avere davanti agli occhi il volto di quella piccola. Segua tutte le piste che le sembrano giuste, però faccia presto. E, Lindsay... Si concentri su *questo* caso, siamo intesi?» Fece per alzarsi. «Ah, una cosa ancora più importante: esigo un riserbo totale. Non voglio che le indagini vengano sbattute in prima pagina.»

Tutti annuirono e Mercer si alzò, seguito da Dix e Carr. Poi sbuffò pesantemente. «E adesso abbiamo una maledetta conferenza stampa da toglierci dai piedi.»

Gli altri uscirono, però Mercer si trattenne. Appoggiò una mano sul bordo della mia scrivania e si protese in avanti. La sua figura imponente mi sovrastava. «Lindsay, so che è stata dura per lei tornare, dopo l'ultimo caso. Ma quella storia è ormai chiusa, finita. Ho bisogno che dia il massimo. Quando ha accettato quel distintivo, una delle cose che si è lasciata alle spalle è la libertà di permettere ai dispiaceri personali d'interferire col lavoro.»

«Non si preoccupi per me», replicai, guardandolo negli occhi. Nel corso degli anni, avevo avuto non poche divergenze con quell'uomo, ma adesso ero pronta a mettermi a sua totale disposizione. Avevo visto quella ragazzina morta. Avevo visto una chiesa fatta a pezzi. Mi ribolliva il sangue nelle vene. Non mi ero più sentita così da quando avevo lasciato il lavoro.

Intuendo cosa provavo, Mercer mi sorrise. «È bello riaverla tra noi, tenente.»

7

DOPO una tesissima conferenza stampa sulla scalinata della Corte di Giustizia, incontrai Cindy da Susie's, come avevamo stabilito. Era stato un giorno frenetico e l'atmosfera calma e rilassata del nostro luogo d'incontro preferito era un vero sollievo. Quando arrivai, Cindy stava già sorseggiando una Corona.

In quel luogo – a quello stesso tavolo – erano accadute molte cose. Cindy; Jill Bernhardt, sostituto procuratore distrettuale; Claire Washburn, dell'istituto di medicina legale, la mia migliore amica... Avevamo cominciato a frequentarci l'estate precedente, unite dai fili che il destino aveva tirato fra noi e che facevano capo alle indagini sul «killer degli sposini». Col tempo, la nostra amicizia era diventata sempre più forte.

Feci un cenno a Lorella, la cameriera, perché mi portasse una birra, quindi mi parai davanti a Cindy con un mezzo sorriso. «Ehi...»

«Ciao. Sono felice di vederti.»

«La felicità è tutta mia.»

Nel televisore sopra il bancone apparvero le immagini della conferenza stampa di Mercer. «Crediamo sia opera di un solo uomo», annunciò il capo, assediato dai flash dei fotografi.

«C'eri anche tu?» chiesi a Cindy, sorseggiando con piacere la mia birra ghiacciata.

«Sì, certo», rispose lei. «E c'erano pure Stone e Fitzpatrick. Hanno curato loro il pezzo.»

La guardai, sorpresa. Tom Stone e Suzie Fitzpatrick erano i suoi acerrimi rivali nell'ambito della cronaca nera. «Stai perdendo colpi, eh? Sei mesi fa ti avrei vista uscire dalla chiesa mentre noi stavamo arrivando.»

«Seguo piste diverse», replicò lei, scrollando le spalle.

Intorno al bancone si radunò una piccola folla, intenta ad ascoltare le notizie sul caso. Mi concessi un altro sorso di birra. «Avresti dovuto vedere quella ragazzina, Cindy. Undici anni. Cantava nel coro della chiesa. Sul prato c'era il suo zainetto arcobaleno... i libri erano tutti sparsi...»

«Ormai sai come vanno queste cose, Lindsay», mi disse con un sorriso d'incoraggiamento. «Lo sai fin troppo bene. È un vero schifo.»

«Già. Però, soltanto una volta, sarebbe bello prenderne uno, tirarlo in piedi, dargli una spazzolata e mandarlo a casa. Mi piacerebbe ridare a uno di loro lo zainetto coi libri.»

Cindy mi sfiorò la mano, con affetto. Poi s'illuminò. «Ho visto Jill, oggi. Ci sono novità. È molto eccitata. Forse Bennett va in pensione e per lei è arrivato il momento del grande salto. Dovremmo incontrarci per capire cosa le sta succedendo.»

«Certo. Era questo che volevi dirmi, Cindy?»

Scosse il capo. Sullo sfondo, l'inferno della conferenza stampa divampava. Mercer stava promettendo indagini rapide e una soluzione altrettanto rapida. «Hai un problema, Linds...»

Feci di no con la testa. «Non posso dirti niente, Cindy. Mercer controlla ogni informazione. Non l'ho mai visto tanto deciso. Mi spiace.»

«Ma io non ti ho chiesto di venire qui per avere indiscrezioni, Lindsay...»

«Se sai qualcosa, dimmelo e basta, Cindy.»

«Il tuo capo dovrebbe pensarci due volte prima d'impegnarsi così.»

Guardai lo schermo. «Parli di Mercer?»

In sottofondo, udii la sua voce asserire che la sparatoria era un episodio isolato, che la polizia aveva già piste concrete, che ogni poliziotto sarebbe stato impegnato su quel fronte sino alla cattura del killer.

«Sta dicendo a tutti che fermerete l'assassino *prima* che agisca di nuovo...»

«E quindi?»

I nostri occhi s'incontrarono. «Temo che sia già accaduto.»

8

IL killer stava giocando a *Desert Command* ed era davvero bravo. *Pifft, pifft, pifft... Pifft, pifft.*

Impassibile, socchiuse le palpebre e, nel visore a raggi infrarossi, individuò i movimenti repentini delle figure incappucciate. Come se il grilletto fosse un'estensione del suo dito, le stanze labirintiche e avvolte nell'oscurità del bunker terroristico esplosero in una palla di fuoco arancione. Figure indistinte apparvero nei corridoi angusti. *Pifft, pifft, pifft.*

Era un vero campione in quel gioco. Grande coordinazione mano-occhio. Nessuno poteva batterlo.

Il suo dito si contrasse sul grilletto. Succhiasangue, ragni velenosi, arabi teste di stracci. *Su, venite da me, belli... Pifft, pifft...* Su, lungo i corridoi bui... Sfasciò una porta di ferro e trovò un nascondiglio, dove un gruppo di nemici stava mangiando *tabbouleh* e giocava a carte. Dalla sua arma schizzò fuori una compatta striscia arancione di morte. *Beati siano i pacificatori.* Rise compiaciuto.

Socchiuse ancora una volta le palpebre attraverso il visore, facendo scorrere nella mente la scena della chiesa e vide la faccia della ragazzina, di quella negretta con le trecce e lo zainetto arcobaleno sulle spalle.

Pifft, pifft. Sullo schermo, il petto di un nemico esplose. Ne mancava soltanto uno e poi il record sarebbe stato suo. Colpito! Sbirciò il punteggio: 276 nemici morti.

Sorseggiò la sua Corona e sorrise. Un nuovo record personale. Bisognava registrarlo. Digitò le sue iniziali: FC.

Per molto tempo dopo la fine della partita, rimase lì, davanti al videogioco nella Playtime Arcade, a West Oakland, continuando a premere il grilletto. Era l'unico bianco in quella sala. L'unico. In effetti, l'aveva scelta esattamente per quel motivo.

D'improvviso, sui quattro televisori posizionati sopra la sua testa apparve la stessa faccia. Lui sentì un brivido lungo la schiena e s'irritò all'istante.

Era quello stronzo insolente di Mercer, il capo della polizia di San Francisco. Si comportava come se avesse capito tutto.

«Crediamo sia opera di un solo uomo», stava dicendo. «Un crimine isolato...»

Se soltanto sapessi la verità, pensò, ridendo. *Aspetta fino a domani... e vedrai. Aspetta, aspetta, cazzone.*

«Intendo sottolineare che non permetteremo a nessuno di spargere il terrore in questa città con attentati a matrice razzista...» stava dicendo il capo della polizia.

Questa città... Che ne sai di questa città? Non ne fai parte, tu.

Strinse con forza la granata C-1 che aveva nella tasca della giacca. Se soltanto avesse voluto, avrebbe potuto fare una strage. *Lì, ora.*

Ma aveva del lavoro da fare, il giorno dopo.

Voleva battere un altro record personale.

9

LA MATTINA seguente, Jacobi e io tornammo alla La Salle Heights Church.

Avevo rimuginato per tutta la notte su quello che Cindy mi aveva detto. Al giornale, si era imbattuta in una storia riguardante un'anziana donna di colore, che viveva sola nel complesso di case popolari Gustave White, a West Oakland. Tre giorni prima, la polizia l'aveva trovata impiccata a una condotta del locale lavanderia, nello scantinato, con un filo elettrico stretto intorno al collo.

Sulle prime, si era pensato a un suicidio, anche perché sul cadavere non c'erano escoriazioni o segni di lotta. Ma il giorno successivo, nel corso dell'autopsia, sotto le unghie della donna era stato ritrovato un piccolo lembo di pelle umana, con microscopiche particelle di sangue rappreso. Quella poveretta aveva graffiato disperatamente qualcuno.

Insomma, non si era uccisa, aveva concluso Cindy.

Quella donna era stata impiccata.

Arrivata alla chiesa, provai una subitanea sensazione di disagio. Forse Cindy aveva ragione: quella non era la prima, ma la *seconda* aggressione a matrice razzista.

Jacobi mi raggiunse e srotolò una copia del *Chronicle*, dicendo: « Hai visto qui, capo? »

Sulla prima pagina campeggiava il titolo: « Polizia sconcertata dalla morte della ragazzina undicenne durante una sparatoria in chiesa ».

L'articolo era firmato da Tom Stone e Suzie Fitzpatrick, le cui carriere avevano subito una pesante battuta d'arresto dopo i brillanti risultati di Cindy nel caso del « killer degli sposini ». Coi giornali che soffiavano sul fuoco delle polemiche e coi due attivisti, Gray e Jones, che lanciavano accuse in televisione, ben presto l'opinione pubblica ci avrebbe accusato di starcene con le mani in mano mentre il killer rimaneva in libertà.

« I *tuoi* amici... » Jacobi sbuffò. « È sempre colpa nostra, eh? »

« Eh, no, Warren... » obiettai, scuotendo la testa. « I *miei* amici non sono così meschini. »

Nel boschetto dietro di noi, il team della Scientifica, guidato da Charlie Clapper, stava esaminando il terreno intorno alla postazione del cecchino. Aveva scoperto un paio di orme, però nulla di definito. Avrebbe rilevato anche le impronte sui bossoli, scandagliato il terreno e raccolto qualsiasi detrito o filo di stoffa nel luogo in cui si supponeva fosse stato parcheggiato il veicolo sino al momento della fuga.

« Qualche avvistamento del minivan bianco? » chiesi a Jacobi. In un certo senso, era bello lavorare di nuovo insieme.

Lui brontolò e scosse la testa. « Ci hanno riferito di un paio di ubriachi che, la sera, s'incontrano in quell'angolo laggiù a contarsela un po'. Al momento, è tutto qui. » Aprì un foglio su cui il disegnatore della polizia aveva fatto uno schizzo dell'animale descritto dal piccolo Bernard: un leone a due teste, quello dell'adesivo sul retro del minivan.

« Ma chi stiamo cercando, tenente... il killer dei Pokémon? » ironizzò Jacobi.

Scorsi Aaron Winslow che usciva dalla chiesa e si avviava sul prato. Da dietro una transenna della polizia, a una cinquantina di metri, un drappello di manifestanti avanzò verso di lui. Quando mi vide, la sua espressione si fece tesa.

« La gente desidera rendersi utile. Stuccare i fori dei proiettili, costruire una nuova facciata », mi spiegò. « Non vuole più vedere questo scempio. »

« Mi spiace, ma le indagini sono ancora in corso. »

Inspirò profondamente. « Non riesco a smettere di pensarci. Chiunque sia stato, ha sparato avendo in mente un bersaglio preciso. Io *c'ero*, tenente, e mi trovavo sulla linea di fuoco molto più di Tasha. Se volevano colpire qualcuno, perché non me? » S'inginocchiò e raccolse da terra un fermaglio rosa a forma di farfalla. « Ho letto da qualche parte che 'il coraggio abbonda là dove la colpa e la collera scorrono libere'. »

Soffriva davvero molto. E la cosa mi rattristava, perché quell'uomo mi piaceva davvero.

Abbozzò un sorriso. « Ci vuole molto più di un bastardo per

rovinare il nostro lavoro. Non ci piegheremo. I funerali di Tasha si svolgeranno qui, in questa chiesa.»

«Vorremmo fare le condoglianze ai genitori», gli dissi.

«Vivono laggiù. Condominio A», mi spiegò, facendo un cenno verso le case popolari. «Credo che sarete ben accolti, dato che c'è uno di voi.»

«Come ha detto?» chiesi, stupita.

«Non lo sapeva, tenente? Lo zio di Tasha Catchings è un poliziotto.»

10

MI RECAI a casa dei Catchings, portai le nostre condoglianze, poi feci ritorno alla Corte. Quella situazione era oltremodo deprimente.

«Mercer ti cerca», mi gridò Karen, la nostra segretaria da tempo immemorabile, mentre entravo in ufficio. «Sembra infuriato. Be', a dire il vero, lo è sempre.»

Potevo immaginare che le pieghe di grasso sotto il mento del capo fossero diventate ancora più profonde dopo i titoloni dei giornali del pomeriggio. In effetti, nella Corte di Giustizia, si era sparsa la voce che la vittima dell'omicidio della La Salle Heights Church fosse legata a uno dei nostri.

C'erano molti altri messaggi, sulla scrivania. Ma, in fondo alla pila, ce n'era uno col nome di Claire. L'autopsia di Tasha Catchings doveva essere finita, ormai. Volevo rimandare l'incontro con Mercer finché non avessi avuto qualcosa di concreto da riferirgli, così chiamai Claire.

Claire Washburn è il medico legale più intelligente, brillante e scrupoloso che la città abbia mai avuto, nonché la mia migliore amica. Chiunque avesse avuto a che fare con la polizia lo sapeva, e sapeva pure che, grazie a lei, l'istituto di medicina legale funzionava benissimo, benché il primario anatomopatologo, Righetti, fortemente voluto dal sindaco, fosse sempre in giro per il Paese a tenere conferenze mirate a consolidare i suoi appoggi politici. Se avevi bisogno di qualcosa dall'istituto, allora dovevi chiamare Claire.

E se io avevo bisogno di un'opinione saggia, di una risata o semplicemente di qualcuno che mi stesse ad ascoltare, era sempre lei che chiamavo.

«Dove ti eri nascosta?» mi salutò Claire con la sua voce allegra e argentina.

«Dentro la solita routine. Valutazione del rendimento operativo, rapporti, omicidi a matrice razzista che dilaniano la città...»

«Proprio il mio campo», sogghignò. «Sapevo che me ne

avresti parlato. Le mie spie mi hanno detto che sei infognata in una brutta storia.»

«Per caso una delle tue spie lavora per il *Chronicle* e guida una Mazda color argento tutta ammaccata?»

«Oppure lavora nell'ufficio del procuratore distrettuale e guida una BMW. Come pensi che arrivino quaggiù le informazioni, eh?»

«Be', eccotene una, Claire. Ho scoperto che lo zio della vittima è un poliziotto che lavora nel Distretto Nord. E che quella povera ragazzina era l'emblema della rinascita del quartiere. Una studentessa modello, mai un problema. Quando si dice la giustizia, eh? Quel bastardo si è lasciato dietro dozzine di bossoli e l'unico colpo che è andato a segno l'ha uccisa.»

«Be', tesoro...» m'interruppe Claire. «In effetti le pallottole sono *due.*»

«*Due?...* È stata colpita due volte?» I paramedici l'avevano esaminata a fondo. Come poteva esserci sfuggito?

«Se ho capito bene, tu sei convinta che quel colpo l'abbia raggiunta per caso, vero?»

«Tu che ne pensi?»

«Che faresti meglio a venire qui a dare un'occhiata», rispose Claire in tono cupo.

11

L'OBITORIO si trovava al pianterreno della Corte di Giustizia. Ci si accedeva da un'entrata secondaria, posta alla fine di un vialetto asfaltato che partiva dall'atrio. Mi ci vollero meno di tre minuti per scendere a precipizio due rampe di scale.

Claire era nella sala d'aspetto del suo studio. Il suo volto, solitamente luminoso e vivace, aveva un severo contegno professionale, tuttavia, non appena mi vide, si aprì in un sorriso. Mi abbracciò. « Come va, straniera? » mi chiese poi, come se il caso su cui stavamo lavorando fosse lontano milioni di chilometri.

Claire sapeva come allentare la tensione, anche nelle situazioni più critiche. Ammiravo il modo in cui, con un semplice sorriso, riusciva a far rilassare persino me, sempre concentrata sul lavoro.

« Bene, Claire. Però il nuovo lavoro mi travolge. »

« Non riuscirò più a vederti granché, ora che sei la cocca di Mercer. »

« Molto divertente. »

Mi rivolse quel suo tipico sorrisetto furbo e timido nel contempo, che da un lato diceva: *Ehi, so bene cosa stai passando*, ma dall'altro suggeriva: *Trova il tempo per quelli che ti vogliono bene, ragazza mia*. Tuttavia neppure una parola di rimprovero uscì dalle sue labbra, mentre mi faceva strada lungo il corridoio asettico, rivestito di linoleum, fino alla sala settoria, chiamata la Cassaforte.

Mi lanciò una rapida occhiata e disse: « Da quello che mi hai detto, sei convinta che Tasha Catchings sia stata uccisa da una pallottola vagante ».

« Così pensavo. L'assassino ha consumato tre caricatori contro la chiesa e la piccola è stata l'unica a essere colpita. Dopo aver setacciato la zona da cui sono giunti gli spari, mi è sembrato ovvio escludere categoricamente che lei fosse un bersaglio intenzionale. Però adesso tu mi dici che i colpi sono due... »

« Già. » Annuì. Aprì una porta a compressione, e l'aria secca e fredda della Cassaforte c'investì. Quel gelo e quell'odore chimico mi facevano sempre accapponare la pelle.

E non fu diverso, quella volta. Un'unica barella era occupata, e soltanto per metà, da una specie di montagnola coperta da un lenzuolo bianco.

«Fatti coraggio», mi avvertì Claire. Posare lo sguardo su un cadavere al quale era stata appena praticata un'autopsia, e che quindi era nudo, rigido e spaventosamente pallido, non era mai facile.

Sollevò il lenzuolo e apparve il viso della ragazzina. *Dio mio, com'era piccola...*

Osservai quella pelle color dell'ebano... Era così innocente, così fuori posto in quel luogo asettico, gelido e tetro. Ebbi l'impulso di allungare una mano e posarla contro la sua guancia. Era proprio graziosa...

Un'ampia ferita d'arma da fuoco, ormai ripulita dal sangue, lacerava il torace. «Due pallottole... l'una sopra l'altra, in rapida successione», mi spiegò Claire. «Non mi sorprende che i paramedici non se ne siano accorti. Sono praticamente entrate nello stesso foro.»

La fissai, sconcertata. Quel pensiero mi diede la nausea.

«La prima è fuoriuscita dalla scapola destra», continuò lei, sollevando il corpicino di lato. «La seconda è rimbalzata sulla quarta vertebra ed è penetrata nella spina dorsale.» Poi si allontanò e prese una capsula di Petri, posata su un bancone vicino. Servendosi di un paio di pinzette, sollevò un piccolo disco di piombo, grande più o meno come un quarto di dollaro. «Due colpi, Linds... Il primo, quello letale, è entrato nel ventricolo destro. È assai probabile che fosse già morta quando il secondo colpo l'ha centrata.»

Due colpi... C'era una probabilità su un milione che fosse stata raggiunta da due colpi di rimbalzo... Ripensai a dove probabilmente si trovava Tasha mentre usciva dalla chiesa e alla linea di fuoco del killer. Un colpo era plausibile, ma *due colpi...*

«Il team di Charlie Clapper ha trovato i segni lasciati dalle pallottole nel punto in cui stava la ragazzina?» domandò Claire.

«Non saprei.» Era una procedura standard in tutti i casi di omicidio: bisognava far combaciare con la massima cura ogni pallottola col segno lasciato da essa. «Controllerò.»

«Ma, in quel punto, la chiesa ha una struttura di legno o di pietra?»

«Di legno», risposi, intuendo dove voleva arrivare. Il legno non poteva far deviare la traiettoria di una pallottola sparata da un M16.

Claire si alzò sulla fronte gli occhiali da lavoro. Di solito aveva un'espressione allegra e affabile, però, ogni volta che era sicura di qualcosa, nei suoi occhi si accendeva un bagliore di sfida, come a dire: *Provate a contraddirmi*. In quel momento, il suo sguardo scintillava. «Lindsay, l'angolo di entrata è frontale e pulito per entrambi i colpi. Una pallottola deviata avrebbe seguito una traiettoria diversa.»

«Ho esaminato ogni centimetro del luogo in cui si trovava l'assassino, Claire. Soltanto un tiratore scelto avrebbe potuto fare centro da lì.»

«Hai detto che gli spari hanno colpito in modo irregolare la fiancata della chiesa.»

«Sì, da destra a sinistra. Inoltre, Claire, nessun altro è stato colpito. Dozzine di pallottole, e lei è stata l'unica vittima.»

«Dunque credi che sia stata una tragica fatalità, giusto?» Claire si tolse i guanti monouso e li gettò in un cestino. «Be', due colpi non possono davvero essere definiti una fatalità. Non hanno rimbalzato su nulla. Sono stati sparati con precisione e perizia e l'hanno uccisa all'istante. Prenderesti in esame l'ipotesi che l'assassino abbia effettivamente centrato l'obiettivo che si era proposto di colpire?»

Ripercorsi la scena nella mia mente. «Non avrebbe avuto che qualche secondo per prendere la mira e premere il grilletto, Claire. E la distanza fra Tasha e la chiesa era soltanto di trenta centimetri, mezzo metro al massimo...»

«Allora i casi sono due: o Dio non ha sorriso a quella povera ragazzina, ieri sera, oppure ti consiglio di cercare un tiratore maledettamente in gamba», concluse Claire con un sospiro.

12

La sconvolgente ipotesi che Tasha Catchings non fosse stata vittima di una tragica fatalità mi spinse a tornare in ufficio. Appena arrivata, mi ritrovai davanti un gruppo di detective, che mi stavano aspettando con ansia. Lorraine Stafford m'informò che era arrivata una segnalazione sul minivan, un Dodge del '94, il cui furto era stato denunciato tre giorni prima a Mountain View. Le chiesi di verificare se ci fosse una corrispondenza con gli elementi che avevamo raccolto.

Acciuffai Jacobi e gli ordinai di prendere con sé il bagel che stava mangiando e di seguirmi.

« Dove andiamo? » grugnì lui.

« Dall'altra parte della baia. A Oakland. »

« Mercer ti sta ancora cercando », urlò Karen quando arrivammo nell'atrio. « Cosa devo dirgli? »

« Che sto indagando su un omicidio. »

In venti minuti, attraversammo il Bay Bridge, percorremmo le vecchie e anonime strade che formavano il centro di Oakland e raggiungemmo la centrale di polizia sulla 7th Street. Il quartier generale della polizia di Oakland aveva sede in un tozzo e grigio edificio a pannelli di vetro, costruito nel tipico stile impersonale dei primi anni '60. La Omicidi, al secondo piano, aveva a disposizione uno squallido e incasinato stanzone non più grande del nostro. Ero già stata lì diverse volte.

Ci accompagnarono nell'ufficio del tenente Ron Vandervellen, che si alzò subito per salutarci. « Ehi, mi sa che ti devo fare le congratulazioni, Boxer. Benvenuta nel mondo della vita sedentaria. »

« Lo vorrei tanto, Ron », replicai.

« Qual buon vento? Vuoi scoprire come vanno le cose nella realtà? »

Per anni, le Squadre Omicidi di San Francisco e di Oakland avevano tenuto in vita una sorta di amichevole rivalità, basata sul fatto che, a detta di quelli di Oakland, i poliziotti al di là della baia si occupavano soltanto di qualche sporadico omicidio di venditori di computer ritrovati nudi nella loro camera d'albergo.

«Ti ho visto al notiziario della sera», ridacchiò Vandervellen. «Vieni bene in TV. Parlo di te, naturalmente...» aggiunse, rivolgendosi a Jacobi. «Allora, che cosa porta quaggiù due star come voi?»

«Un uccellino chiamato Chipman», replicai. Estelle Chipman era l'anziana donna di colore che, come mi aveva riferito Cindy, era stata impiccata nello scantinato del suo palazzo.

Lui scrollò le spalle. «Se i tuoi uomini non hanno abbastanza lavoro, ho qui almeno un centinaio di omicidi irrisolti.»

Ero abituata alle frecciate di Vandervellen, ma stavolta lui mi sembrava particolarmente risentito. «Non intendo immischiarmi, Ron. Vorrei soltanto vedere il luogo del delitto, se non è troppo disturbo.»

«Certo... Tuttavia sarà dura collegare quel fatto con la sparatoria alla chiesa.»

«Perché?»

Il tenente si alzò, si diresse verso la sala operativa e poi fece ritorno con un dossier. «Perché avrei qualche difficoltà a sostenere che un omicidio con un chiaro movente razzista sia stato commesso da uno di *loro*.»

«Come? L'assassino di Estelle Chipman è un *nero*?»

Inforcò gli occhiali da lettura e si mise a scartabellare il dossier finché non arrivò a un rapporto ufficiale contrassegnato: ALAMEDA COUNTY – RAPPORTO DEL MEDICO LEGALE. «Leggi e piangi», mormorò. «Bastava una telefonata e ti avrei risparmiato il viaggio... 'i campioni di tessuto ritrovati sotto le unghie della vittima indicano un'epidermide iperpigmentata, appartenente a un soggetto *non-caucasico.*' In questo preciso istante, quei campioni sono in laboratorio... Vuoi ancora esaminare il luogo del delitto?» chiese infine, come se fosse contento di aver segnato un punto a suo favore.

«Ti spiace? Tanto siamo qui, ormai.»

«Ma certo, sarò felice di accompagnarvi. Il caso è affidato a Krimpman, che ora è fuori. Vi ci porto io. Non vado più tanto sovente alle case popolari del complesso Gustave White. E poi, chissà, con due superpoliziotti come voi, magari imparo qualcosa.»

13

Il complesso di case popolari Gustave White era formato da sei alti edifici identici, in mattoni rossi, che si affacciavano su Redmond Street, nella zona occidentale di Oakland. Mentre ci avviavamo, Vandervellen disse: «In effetti non ha molto senso... Quella povera donna non era malata, non aveva problemi economici, andava in chiesa due volte alla settimana. Talvolta, però, la gente molla tutto e basta. Fino all'autopsia, sembrava un suicidio».

Feci mente locale su quello che avevo letto nel dossier: nessun testimone; nessuno aveva sentito gridare; nessuno aveva visto qualcuno fuggire. Si trattava soltanto di una donna anziana che viveva per conto suo e che era stata rinvenuta appesa a una tubatura nello scantinato, col collo ad angolo retto e la lingua in fuori.

Arrivati, ci dirigemmo verso il Condominio C. «L'ascensore ha tirato le cuoia», spiegò Vandervellen. Scendemmo le scale. Nello scantinato, i cui muri erano ricoperti da scritte, c'imbattemmo in un cartello che diceva: LAVANDERIA – CALDAIA.

«L'hanno trovata qui.»

L'interno era ancora delimitato dalle strisce gialle della polizia. Un odore pungente, rancido, saturava l'aria. C'erano scritte ovunque. Ogni cosa – il cadavere della donna, il filo elettrico con cui era stata uccisa – ormai era stata portata all'obitorio o inserita nell'elenco delle prove.

«Non so cosa speri di trovare», disse Vandervellen, stringendosi nelle spalle.

«Non lo so neanch'io.» Deglutii. «È accaduto nella notte di sabato scorso?»

«Secondo il medico legale, la morte risale alle dieci, più o meno. Probabilmente è venuta qui per fare il bucato e qualcuno l'ha aggredita. È stato il portiere a trovarla, il mattino dopo.»

«Che mi dici delle telecamere di sorveglianza?» intervenne Jacobi. «Le ho viste nell'ingresso e nei corridoi.»

«Stessa storia dell'ascensore. Rotte.» Vandervellen scrollò di nuovo le spalle.

Era chiaro che Vandervellen e Jacobi volevano andarsene il prima possibile, eppure qualcosa mi obbligava a restare. *Per quale motivo?* Non ne avevo idea. I miei sensi erano all'erta. *Trovami... Sono qui, da questa parte...*

« Anche escludendo il movente razzista, sai bene quanto sia insolito per un killer cambiare il proprio *modus operandi*. Quindi, se stai cercando un collegamento... » disse Vandervellen.

« Grazie, lo so », tagliai corto. Avevo passato al setaccio tutta la stanza. Nulla. Soltanto quella sensazione. « Be', credo che ci toccherà risolvere *questo* caso da soli. Chissà? Magari è già emerso qualcosa di nuovo sul nostro lato della baia. »

Proprio mentre Vandervellen stava per spegnere la luce, qualcosa attirò la mia attenzione. « Aspetta », dissi.

Come se fossi stata attirata dalla forza di gravità, avanzai verso la parte opposta della stanza, diretta al muro davanti al quale era stata trovata Estelle Chipman. M'inginocchiai e feci scorrere le dita sul cemento. Se non avessi visto prima quella cosa, non ci avrei assolutamente fatto caso.

Era un disegno rozzo; pareva tracciato da un bambino col gessetto arancione. Un leone. Analogo a quello descritto da Bernard Smith, ma più fiero. Il corpo del leone terminava in una coda a spirale, però era la coda di un altro animale... Di un rettile? Di un *serpente*?

E non era tutto.

Il leone aveva due teste: una di leone; l'altra, forse, di capra.

Sentii chiudersi lo stomaco e provai un brivido di disgusto, ma ebbi anche l'impressione di aver messo le mani su qualcosa d'importante.

« Hai trovato qualcosa, tenente? » chiese Jacobi, avvicinandosi.

Trassi un lungo respiro. « Ho trovato un Pokémon. »

14

ADESSO sapevo...

Era probabile che i due omicidi fossero collegati. L'informazione di Bernard Smith sul minivan che si era allontanato dal luogo del delitto si era rivelata preziosa. Sapevamo quale veicolo aveva usato l'assassino per fuggire. E forse avevamo un killer che aveva colpito due volte.

Quando tornai alla Corte, non mi sorprese affatto sentirmi dire che Mercer era furente e che pretendeva di essere chiamato nel preciso istante in cui avessi messo piede nel mio ufficio.

Chiusi la porta e composi il numero del suo interno, pronta a sorbirmi la sua sfuriata.

«Sa benissimo cosa sta succedendo», esordì lui, in un tono che rispecchiava tutta la sua autorità. «Pensa di essere autorizzata a star fuori tutto il giorno e ignorare le mie telefonate? Adesso lei è il *tenente* Boxer. Il suo compito è organizzare il lavoro di squadra. E tenermi informato.»

«Mi spiace, capo, è solo che...»

«Una ragazzina è stata uccisa, un intero quartiere vive nel terrore e là fuori c'è uno psicopatico che sta cercando di rendere questo posto un inferno. Entro domani, ogni leader afro-americano della città ci verrà a chiedere cosa stiamo facendo.»

«La situazione è più grave, capo.»

Mercer interruppe la ramanzina. «Più grave? In che senso?»

Gli raccontai che cosa avevo scoperto nello scantinato di Oakland. E gli riferii che il simbolo del leone-capra era stato ritrovato su entrambe le scene del delitto.

Lo sentii sospirare. «Mi sta dicendo che c'è un nesso tra i due omicidi?»

«Sto dicendo che, prima di trarre conclusioni affrettate, bisogna considerare anche questa possibilità.»

L'aria sembrò uscire di colpo dai polmoni di Mercer. «Porti in laboratorio la foto che ha scattato a Oakland. E anche il disegno realizzato in base alla descrizione del bambino di Bay View. Voglio sapere che cosa significa quell'immagine.»

«Ci stanno già lavorando», risposi.

«C'è qualche novità sul minivan?»

«Negativo.»

Un pensiero inquietante sembrò formarsi nella mente di Mercer. «Se ci troviamo di fronte a una specie di cospirazione, non ce ne staremo qui, con le mani in mano, mentre la città viene presa in ostaggio da qualche gruppo deciso a cavalcare l'ondata di terrore destinata a travolgerla.»

«Siamo sulle tracce del minivan. Mi conceda un po' di tempo per decifrare quel simbolo.» Non volevo confessargli le mie peggiori paure. Se Vandervellen aveva visto giusto – e quindi l'assassino di Estelle Chipman era un uomo di colore – e se Claire aveva ragione nel sostenere che Tasha Catchings era stata un *bersaglio*, allora non c'era nessun gruppo razzista deciso a spargere il terrore in tutta San Francisco.

Persino al telefono, mi sembrò di vedere le pieghe di grasso di Mercer diventare più profonde. Gli stavo chiedendo di correre un rischio, un rischio enorme. Alla fine, sospirò: «Non mi deluda, tenente. Risolva questo caso».

Riattaccai, avvertendo all'istante che la pressione su di me stava crescendo. Tutti spingevano perché mi avventassi come una furia su ogni gruppo di fanatici razzisti che operava a ovest del Montana... Be', ne dubitavo proprio.

Sulla scrivania, trovai un messaggio di Jill: «Che ne dici di un drink? Alle sei... *Tutte noi*».

Un intero giorno d'indagini... Se esisteva qualcosa che poteva placare le mie ansie, quel qualcosa era la compagnia di Jill, Claire e Cindy. E un Margarita da Susie's.

Lasciai un messaggio nella casella vocale di Jill, confermandole che ci saremmo viste là.

Guardai un cappellino da baseball, di uno sbiadito color azzurro, che stava su un attaccapanni di legno in un angolo del mio ufficio. È PARADISIACO... diceva la scritta ricamata sulla visiera. Il cappellino apparteneva a Chris Raleigh. Me lo aveva regalato durante il bellissimo weekend trascorso a Heavenly Valley, un weekend in cui avevamo chiuso fuori della porta il mondo intero e ci eravamo finalmente lasciati andare ai nostri veri sentimenti.

«Ti prego, fa' che non combini casini...» sussurrai. I miei occhi si riempirono di lacrime. *Dio mio, come vorrei che tu fossi qui con me*. «Figlio di puttana...» Scossi la testa. «Mi manchi.»

15

Una volta seduta nel nostro séparé da Susie's, non mi ci volle più di un minuto per capire che l'atmosfera era elettrica. Sì, stava succedendo di nuovo.

Un'indagine complessa che si prospettava sempre più difficile. Una caraffa di Margarita ad alta gradazione alcolica. Le mie migliori amiche, tutte ottime professioniste. Le donne del club omicidi erano tornate in azione.

« Proprio come ai vecchi tempi, eh? » sorrise Claire, scostando un po' la sua ampia mole per farmi posto.

« Più di quanto immagini », sospirai. Poi, versandomi il drink, aggiunsi: « Oddio, ne avevo proprio bisogno ».

« Giornata dura? » volle sapere Jill.

« No », risposi. « Pura routine. Tutto liscio come l'olio. »

« Sono le scartoffie che ti portano sulla strada dell'alcol », borbottò Claire, sorseggiando il suo Margarita. « Salute. È bello vedervi, ragazze. »

Sul gruppo aleggiava un'atmosfera di attesa. Bevvi un sorso del drink e mi guardai in giro. Tutti gli occhi erano puntati su di me.

« Uh-uh. » Il Margarita mi andò quasi per traverso. « Non posso parlare. Non cominciate nemmeno a farmi domande. »

« Te l'ho già detto », mormorò Jill con un sorriso pacato. « Le cose sono cambiate. Adesso conduci tu il gioco. »

« Non è così, Jill. Mercer ha ordinato il silenzio assoluto. E poi, credevo che fossimo qui per te. »

Gli acuti occhi azzurri di Jill brillarono. « La rappresentante dell'ufficio del procuratore distrettuale è lieta di cedere la parola alla sua stimata collega del terzo piano. »

« Gesù, è un'indagine che dura da *due* giorni... »

« E tu pensi che si parli d'altro, in città? » esclamò Claire. « Vuoi sentire cos'ho fatto io, oggi? Ore dieci: un bell'incidente frontale, seguito da una conferenza universitaria sulla patologia di... »

« Potremmo discutere dell'effetto serra o del libro che sto leggendo, *La morte di Vishnu* », la interruppe Cindy.

«Non è che non ne voglia parlare», ribattei. «Però è tutto top secret.»

«È top secret come quello che ti ho detto di Oakland?» chiese Cindy.

«Di questo parleremo *dopo*», replicai.

«Ho una proposta», intervenne Jill. «Tu ci racconti tutto, *come hai sempre fatto*. E io, in cambio, ti dirò una cosa. Poi tu giudicherai quale dei due racconti è più interessante e chi perde pagherà il conto.»

Sapevo che la mia resa era solo una questione di tempo. Non potevo avere segreti con le ragazze. Senza contare che i giornali e i notiziari ne parlavano di continuo... Non avevano tutti gli elementi, certo, però lo facevano. Inoltre, nell'intera Corte di Giustizia, non avrei potuto trovare tre menti più brillanti. Mi lasciai sfuggire un sospiro. «Che rimanga tra noi.»

«Uff, ma certo», esclamarono Jill e Claire.

Mi rivolsi a Cindy. «Ciò significa non scrivere niente, neanche una virgola. Almeno finché non ti dirò che puoi farlo.»

«Perché ho sempre l'impressione che mi ricatti?» Scosse la testa, poi annuì. «Okay. Affare fatto.»

Jill riempì il mio bicchiere. «Sapevamo che alla fine avresti ceduto.»

Bevvi un sorso. «No... Ho deciso di dirvelo quando mi hai chiesto: 'Giornata dura?'»

Passo dopo passo, spiegai come stavano procedendo le indagini. L'adesivo che Bernard Smith aveva visto sul minivan in fuga. Il disegno identico che avevo scoperto a Oakland. L'ipotesi che Estelle Chipman fosse stata uccisa. La convinzione di Claire sul fatto che Tasha Catchings era stata un bersaglio e non una vittima casuale.

«Lo sapevo!» urlò Cindy, trionfante.

«Devi assolutamente scoprire che cosa rappresenta l'immagine del leone-capra», disse Claire.

Annuii. «Ci sto lavorando a tempo pieno.»

Jill, l'assistente procuratore distrettuale, chiese: «Le vittime avevano qualcosa in comune?»

«Niente, almeno che io sappia.»

« E che mi dici del movente? » continuò.

« Tutti pensano che si tratti di omicidi a matrice razzista, Jill. »

Lei assentì, poi domandò: « E tu, cosa pensi? »

« Comincio a considerarli in modo un po' diverso. Credo che dovremmo valutare la possibilità che qualcuno si stia servendo del movente razzista per sviare le indagini. »

Sul tavolo cadde il silenzio.

« Un serial killer razzista », mormorò infine Claire.

16

Misi le ragazze al corrente di tutto, ed erano tutte cattive notizie. L'atmosfera al nostro tavolo divenne cupa.

Mi rivolsi a Jill. «Ora tocca a te...»

Cindy non la lasciò neppure cominciare. «Bennett non si candida più, vero?» Dopo otto anni di lavoro nell'ufficio del procuratore distrettuale di San Francisco, Jill era diventata il suo braccio destro. Se Bennett aveva deciso di ritirarsi, lei era senza dubbio la candidata ideale per occupare quella poltrona.

Jill rise e fece segno di no con la testa. «Quando morirà, lo inchioderanno dietro la sua scrivania di quercia, poco ma sicuro.»

«Be', però dovevi dirci *qualcosa*, no?» la incalzò Claire.

«Infatti», ammise.

Ci guardò, l'una dopo l'altra, come per prolungare al massimo la suspense. Quei suoi occhi color cobalto, di solito acuti e indagatori, non mi erano mai sembrati così sereni. Alla fine, con un sorrisetto timido e con un sospiro, disse: «Sono incinta».

Rimanemmo immobili, aspettando che dicesse la verità, cioè che ci aveva preso in giro. Ma non lo fece. Continuò a fissarci con quei suoi occhi penetranti. Passò almeno mezzo minuto.

«Stai... stai... scherzando», balbettai. Jill era la donna più determinata che avessi mai conosciuto. La trovavi in ufficio quasi ogni sera fin dopo le otto. Suo marito, Steve, gestiva un fondo venture capital per Bank America. E loro due erano anche attivissimi: avevano attraversato in mountain-bike il Moab e fatto windsurf sul Columbia River, nell'Oregon. *Un bambino...*

«È una cosa *normale*!» esclamò lei, sconcertata dal nostro stupore.

«Lo sapevo!» dichiarò Claire, battendo la mano aperta sul tavolo. «Sì, lo sapevo! Ho visto qualcosa nel tuo sguardo e ho notato che eri veramente radiosa. Così mi sono detta: è incinta. Sono un'esperta, sai? Da quando?»

«Da otto settimane. Dovrebbe nascere alla fine di maggio.» Gli occhi di Jill scintillavano come quelli di una ragazzina.

« Escludendo i parenti, siete le prime persone cui l'ho detto... *ovviamente.* »

« A Bennett verrà un colpo », ridacchiò Cindy.

« Lui ne ha tre, di figli. E poi non è che mollo tutto e vado a coltivare vigne a Petaluma. Avrò un bambino, tutto qui. »

Mi scoprii a sorridere. Una parte di me era così contenta per lei che quasi mi veniva da piangere. Un'altra parte era addirittura un po' gelosa. Ma soprattutto non riuscivo a crederci. « Quel bambino farà meglio a sapere subito cosa lo aspetta... Come ninnananna si ritroverà ad ascoltare le registrazioni dei processi... » ridacchiai.

« Assolutamente no », rise Jill, con aria di sfida. « Non lo farò. Ve lo prometto. Sarò una brava mammina. »

Mi alzai, chinandomi sul tavolo verso di lei. « È fantastico, Jill. » Per un istante ci guardammo in silenzio, con gli occhi che luccicavano. Ero *così* felice per la mia amica. Mi venne in mente il periodo in cui vivevo nel terrore per via di una malattia del sangue che mi avevano diagnosticato; era stato allora che Jill ci aveva fatto vedere le orribili cicatrici sulle sue braccia. E ci aveva spiegato che si era inflitta lei stessa quelle mutilazioni, prima al liceo e poi al college: la spinta a essere sempre la numero uno dominava la sua vita al punto che l'unico modo da lei trovato per scaricare la tensione era... farlo su se stessa.

Ci abbracciammo e io la strinsi forte.

« Lo avete pianificato? » chiese Claire.

« Ci stavamo provando da un paio di mesi », rispose Jill, sedendosi. « Non so se sia stata una decisione consapevole, però il momento è quello giusto. » Guardò Claire. « La prima volta che ti ho incontrato, quando Lindsay mi ha chiesto di entrare nel Club, e tu mi hai parlato dei *tuoi* figli... Be', dentro di me si è acceso qualcosa. Ricordo di aver pensato: 'Gestisce l'istituto di medicina legale ed è una delle donne più in gamba che abbia mai conosciuto, al vertice della sua carriera, eppure parla dei figli...' »

« Quando cominci a lavorare, sei concentrata, decisa », spiegò Claire. « Come donna, hai la sensazione di dover dimostrare tutto a tutti. Ma poi, se hai un figlio, ogni cosa cambia. Ti rendi conto che la vita non gira affatto intorno a te. Ti rendi conto che... non devi dimostrare un bel nulla. Hai già tutto.»

«Eh...» mormorò Jill, con gli occhi lucidi. «Anch'io desideravo una cosa del genere...» Esitò, poi riprese: «Non ve l'ho mai detto, ma io ho già avuto una gravidanza. Cinque anni fa». Bevve un sorso d'acqua e si gettò i capelli neri dietro le spalle. «La mia carriera era lanciatissima, pure troppo – lo ricordate, il processo La Frade, no? – e Steve aveva appena incominciato a gestire i suoi fondi...»

«Non era il momento giusto per te, cara», s'intromise Claire.

«No, non si trattava di quello», riprese Jill rapidamente. «Lo volevo. Però tutto era così frenetico. Lavoravo fino alle dieci di sera e mi sembrava che Steve fosse sempre via...» S'interruppe e il suo sguardo quasi si offuscò. «Ho avuto qualche perdita. Il medico mi aveva detto di tirare il fiato e io ci avevo provato, ma la pressione era enorme e io ero sempre sola. Un giorno, ho sentito dentro di me una specie di esplosione. L'avevo perso... al quarto mese.»

«Oddio... Oh, Jill», sussultò Claire.

Jill sospirò e su tutte noi cadde un velo di silenzio.

«Di' un po', come *ti* senti?» chiesi allora.

«Al settimo cielo», rispose. «Fisicamente sono più forte che mai...» Poi batté le palpebre, come se fosse soprappensiero, e infine ci guardò. «No, a dire la verità, sono a pezzi.»

Le presi la mano. «Cosa dice il medico?»

«Dice che terremo tutto sotto controllo e che bisognerà ridurre al minimo i casi impegnativi. Devo scalare un po' di marce.»

«Ci riesci?»

«Adesso sì», rispose, tirando su col naso.

«Accidenti!» esclamò Cindy. «Jill che tira i remi in barca da un momento all'altro...»

Scorgevo negli occhi di Jill un cambiamento straordinario e del tutto nuovo, per me. Lei era sempre stata una donna vincente: bella, animata da una determinazione incrollabile... Adesso, finalmente, capivo che era anche *felice*.

I suoi occhi erano pieni di lacrime, ed era una cosa bellissima.

In tribunale, l'avevo vista tener testa ai più grossi bastardi della città e perseguire gli assassini con risolutezza implacabile. E avevo pure visto le cicatrici sulle sue braccia, i segni tangibili della sua labilissima autostima.

Però, fino a quel momento, non avevo mai visto Jill piangere.

« Caspita... » Sorrisi, allungando una mano a sfiorarle la guancia. « Mi sa che tocca a me pagare. »

17

DOPO qualche altro emozionato abbraccio con Jill, mi diressi verso casa. Abitavo a Potrero Hill, al secondo piano di una casa azzurra ristrutturata, in stile vittoriano. Il mio appartamento era accogliente e luminoso, con una terrazza chiusa da alte finestre e affacciata sulla baia. Martha, il mio amato border collie, mi aspettava dietro la porta.

«Ciao, piccola», le dissi. In risposta, lei mi salutò, scodinzolando, e posò le zampe sulle mie gambe. «Allora, com'è andata la giornata?» le chiesi, strofinandomi contro il suo muso e baciandola.

Andai in camera da letto, mi tolsi i vestiti, mi tirai su i capelli e indossai un'enorme felpa dei Giants e i pantaloni di un pigiama di flanella: il mio abbigliamento casalingo nella stagione fredda. Diedi da mangiare a Martha, mi preparai una tazza di Orange Zinger e mi sedetti sui cuscini della terrazza.

Con Martha in grembo, bevvi un sorso di tè. Lontana, mi apparve una serie di luci: un aereo stava atterrando al San Francisco International Airport. Nella mia mente si formò l'immagine – quasi incredibile – di Jill mamma. La sua figurina slanciata col pancione, una festa soltanto per noi ragazze in cui le avremmo regalato un sacco di cose per il bebè... Ridacchiai, poi sorrisi a Martha. «La nostra piccola Jill sta per avere un bambino.»

Jill non mi era mai sembrata così... completa. Soltanto qualche mese prima, anch'io avevo riflettuto sulla possibilità di avere un bambino, un'idea che mi piaceva immensamente. Come aveva detto Jill: *Anch'io desideravo una cosa del genere*. Però non era scritto nel mio destino.

Nella mia famiglia, essere genitori non sembrava affatto una cosa naturale.

Mia madre era morta undici anni prima, quando io avevo ventiquattro anni e stavo per entrare in Accademia. Le era stato diagnosticato un cancro al seno e, durante i miei ultimi due anni di college, mi ero presa cura di lei, uscendo di corsa dalle lezioni per andarla a prendere all'Emporium, dove lavorava, preparando da mangiare e tenendo d'occhio Cat, la mia sorellina.

Mio padre, un poliziotto di San Francisco, se n'era andato di casa quando avevo tredici anni. Non sapevo ancora perché. Crescendo, mi avevano raccontato un sacco di versioni: che lui passava l'intero stipendio agli scommettitori, che aveva un'altra vita – di cui la mamma ignorava tutto –, che era un bastardo capace d'incantare chiunque, che un giorno non aveva più avuto il coraggio d'indossare l'uniforme...

L'ultima volta che ne avevo parlato con Cat, lei mi aveva detto che abitava a Redondo Beach e lavorava come guardia del corpo. Al Distretto Centrale, capitava che i più anziani mi chiedessero come stava il vecchio Marty Boxer e raccontassero qualche aneddoto su di lui. Forse era un bene che qualcuno lo ricordasse con una risata: Marty, quello che una volta aveva arrestato tre persone con un unico paio di manette; Marty, quello capace di fermarsi a piazzare una scommessa con l'indiziato ancora in macchina... Io riuscivo soltanto a pensare che quello stronzo mi aveva mollato lì, a occuparmi della mamma gravemente malata, e non era più tornato.

Non vedevo mio padre da quasi dieci anni e cioè dal giorno in cui ero diventata un poliziotto, alla consegna dei diplomi in Accademia. L'avevo individuato in mezzo alla folla, però non ci eravamo detti neppure una parola. Non mi mancava neppure.

Oddio, era passato un secolo dall'ultima volta in cui mi ero soffermata a esaminare quelle vecchie cicatrici. La mamma se n'era andata da undici anni. Mi ero sposata, avevo divorziato. Ero riuscita a entrare nella Omicidi. E adesso la stavo dirigendo. Da qualche parte, lungo la strada, avevo anche incontrato l'uomo dei miei sogni...

Avevo detto a Mercer che ero decisa a concentrarmi sul lavoro, come prima. Non era stata una bugia.

Però quando dicevo a me stessa di aver dimenticato Chris Raleigh... quella sì, era una bugia.

18

ERANO *sempre gli occhi a colpirlo.* Nudo, seduto sul letto nella stanza spoglia, simile a una cella, fissava per l'ennesima volta quella vecchia fotografia in bianco e nero.

Ed erano sempre gli occhi a colpirlo... con la loro quieta e disperata rassegnazione.

Poi c'era il modo in cui si mettevano in posa, pur nella consapevolezza che la loro vita stava per finire. Persino col cappio stretto intorno al collo.

L'album conteneva quarantasette foto e cartoline, disposte in ordine cronologico. Le aveva collezionate nel corso degli anni. La prima, una fotografia datata 9 giugno 1901, gliel'aveva data suo padre. *Dez Jones, impiccato a Great River, Indiana.* Sul bordo, una scritta a mano, ormai sbiadita: «Questo è il ballo cui sono andato l'altra sera. Di sicuro ci siamo *divertiti*, dopo. Tuo figlio Sam». In primo piano, un gruppetto di uomini in marsina e bombetta e, dietro di loro, ancora appeso, il cadavere dell'impiccato.

Girò la pagina. *Frank Taylor, Mason, Georgia, 1911.* Quella foto gli era costata cinquecento dollari, ma li valeva tutti. Seduto sul retro di un calesse, sotto una quercia, il condannato guardava verso la macchina fotografica. Di lì a pochi secondi, sarebbe morto. Sul suo viso non si leggeva né ostilità né paura. Una piccola folla di uomini e donne elegantemente vestiti sorridevano all'obiettivo, neanche stessero assistendo all'atterraggio di Lindbergh a Parigi. Erano abbigliati come per un ritratto di famiglia.

I loro occhi suggerivano l'idea che un'impiccagione fosse una cosa giusta, naturale. Gli occhi di Taylor, invece, dicevano semplicemente che lui non poteva fare più nulla.

Scese dal letto e si trascinò verso lo specchio. Era snello e muscoloso... era sempre stato forte. Ormai erano dieci anni che faceva pesi. Sussultò mentre faceva affluire il sangue ai pettorali ben definiti, gonfiandoli. Poi si massaggiò un graffio. Quella vecchia stronza gli aveva piantato le unghie nel petto proprio quando lui si era messo ad avvolgere il filo elettrico sulla tubatura del soffitto. Era uscito pochissimo sangue, però lui, guardando quel graffio, ebbe un moto d'irritazione. Odiava qualsiasi cosa che rovinasse la liscia superficie della sua pelle.

Si mise in posa davanti allo specchio, ammirando il tatuaggio del minaccioso leone-capra che aveva sul petto.

Quegli idioti avrebbero capito ben presto che non si trattava soltanto di odio. Avrebbero intuito il suo piano. Bisognava punire le colpe e difendere l'onore. Non provava una particolare avversione per nessuno di loro. No, non era odio. Ritornò a letto e si masturbò sulla foto di Missy Preston, il cui esile collo era stato spezzato da un cappio nell'agosto 1931, nella Childers County, Tennessee.

Venne senza neppure un grugnito, anche se quel flusso potente gli fece tremare le ginocchia. La vecchia aveva meritato di morire. E lo stesso valeva per la ragazzina del coro. Era carico al massimo!

Si massaggiò il tatuaggio sul petto. *Fra poco ti lascerò libero, animaletto mio...*

Riaprì l'album e andò all'ultima pagina, quella dopo l'immagine di Morris Tulo e Sweet Brown, a Longbow, nel Kansas, 1956. Era bianca.

Aveva lasciato vuota la pagina in attesa della fotografia giusta. E adesso ce l'aveva.

Prese un tubetto di colla e lo passò sul retro della foto. Poi premette quest'ultima sulla pagina bianca.

Era quello, il suo posto.

Ricordava come lei l'aveva fissato, l'espressione di avvilita ineluttabilità che si era stampata sul suo viso. *Gli occhi...*

Guardò, compiaciuto, la nuova acquisizione: Estelle Chipman, con gli occhi sgranati, che guardava l'obiettivo della macchina fotografica pochi istanti prima che lui scalciasse via la sedia da sotto i suoi piedi.

Si mettevano sempre in posa.

19

Per prima cosa, la mattina dopo, chiamai Stu Kirkwood: all'interno del Dipartimento, era il responsabile della sezione che si occupava dei reati a matrice razzista. Come favore *personale*, gli chiesi qualche indicazione sui gruppi che operavano nella Bay Area. Sapevo che i miei uomini l'avevano già contattato, però io avevo bisogno di muovermi in fretta.

La Scientifica aveva setacciato la zona intorno alla chiesa, ma senza risultato. E l'unico risultato ottenuto su Aaron Winslow era che nessuno poteva dire qualcosa di negativo su di lui.

Per telefono, Stu mi spiegò come, nella California del Nord, ci fossero alcuni gruppuscoli che proclamavano la supremazia della razza bianca: erano frange del Ku Klux Klan o di qualche folle organizzazione neonazista, in cui militavano degli skinhead. Aggiunse che la cosa migliore era contattare la sezione locale dell'FBI, dato che li teneva d'occhio più da vicino. Lui si occupava soprattutto dei reati compiuti a danno degli omosessuali.

Coinvolgere l'FBI in quella fase delle indagini non mi riempiva certo di entusiasmo, così chiesi a Kirkwood di passarmi tutto ciò che aveva e, un'ora dopo, lui arrivò con un contenitore di plastica pieno di faldoni rossi e blu. Facendomi l'occhiolino e lasciando cadere il contenitore sulla mia scrivania, annunciò: « Qualche lettura di base ».

Alla vista di quella pila di dossier, le mie speranze colarono a picco. « Mi puoi dare un'idea, Stu? »

Lui scrollò le spalle e, in tono comprensivo, disse: « San Francisco non è esattamente un focolaio di questi gruppi. La roba che c'è qui sembra piuttosto innocua. Pare proprio che trascorrano un sacco di tempo a scolarsi birre e a giocare a tirassegno ».

Siccome avrei passato almeno un paio d'ore seduta lì a leggere di pazzi scatenati che ce l'avevano coi neri e con gli ebrei, ordinai un'insalata. Poi tirai fuori un fascio di dossier e ne aprii uno a caso.

Una specie di gruppo paramilitare che operava a Greenview, vicino al confine con l'Oregon. Si facevano chiamare i California

Patriots. C'erano alcune informazioni sommarie fornite dall'FBI. *Tipo di attività*: paramilitare, da sedici a venti membri. *Armi a disposizione*: scarse, piccole pistole o semiautomatiche, liberamente acquistabili. In calce, c'era scritto: *Pericolosità*: bassa-moderata.

Scorsi rapidamente il dossier. Un po' di materiale a stampa che riportava loghi di pistole incrociate e testi che parlavano un po' di tutto, dai cambiamenti nella popolazione rispetto alla «maggioranza europea bianca» all'occultamento da parte dei media di programmi governativi per favorire la fecondazione *in vitro* d'individui appartenenti alle minoranze etniche.

Non riuscivo davvero a immaginare il mio killer che si sorbiva quegli sproloqui; non mi sembrava proprio sulla stessa lunghezza d'onda. Il tipo che stavamo cercando era organizzato e audace, non un esaltato ragazzotto di campagna. Si era dato molto da fare per indurci ad ascrivere i suoi omicidi nella categoria dei crimini a matrice razzista. Inoltre li aveva firmati.

Come quasi tutti i serial killer, *voleva farci sapere che era stato lui.*

E che ci sarebbero stati altri omicidi.

Sfogliai qualche altro dossier, però nulla attirò la mia attenzione. Cominciavo a pensare che quella ricerca fosse una perdita di tempo.

Poi, improvvisamente, Lorraine entrò come una furia nel mio ufficio. «Siamo a una svolta, tenente. Abbiamo trovato il minivan bianco.»

20

PRIMA ancora che Lorraine finisse di spiegarmi i dettagli, avevo preso la mia Glock, mettendola nella fondina, ed ero uscita, trascinando con me Cappy e Jacobi. « Voglio una squadra SWAT laggiù », gridai.

Dieci minuti dopo, inchiodammo davanti a un posto di blocco improvvisato sulla San Jacinto Way, una tranquilla strada di un quartiere residenziale.

Un'auto di pattuglia, durante un controllo di routine, aveva individuato un Dodge Caravan davanti a una casa nell'elegante zona di Forest Hills. A convincere il poliziotto che si trattava proprio del veicolo cui stavamo dando la caccia era stato l'adesivo di un leone a due teste sul parafango posteriore.

Vasquez, il giovane poliziotto da cui era giunta la segnalazione, c'indicò una casa in stile Tudor, circondata da alberi, che si trovava a metà dell'isolato: il minivan era parcheggiato in fondo al vialetto d'accesso. Sembrava assurdo. Quello era un quartiere ricco: improbabile che fosse un rifugio per criminali o assassini.

Eppure era lì.

Il nostro minivan bianco.

Col Mufasa di Bernard Smith.

Qualche istante dopo, sopraggiunse un veicolo SWAT, camuffato da furgoncino di una ditta di assistenza per la TV via cavo. A capo della squadra c'era il tenente Skip Arbichaut. Forse sarebbe stato necessario organizzare un assedio o magari un'irruzione... Lo ignoravo, però volevo essere pronta a qualsiasi sviluppo.

« Cappy e Jacobi, venite con me. Io entro per prima », annunciai.

Era un'operazione della Omicidi e non intendevo scaricare i rischi su qualcun altro. Lasciai che Arbichaut disponesse i suoi uomini: due sul retro, tre a sorvegliare l'ingresso e uno con noi, nell'eventualità che dovessimo entrare con la forza.

Indossammo i giubbotti antiproiettile e, sopra, i giacconi neri di nylon che c'identificavano come poliziotti. Tolsi la sicura alla mia calibro 9. Non c'era tempo per essere nervosi.

Il furgoncino si avviò, con tre cecchini vestiti di nero aggrappati al lato non visibile dalla casa.

Cappy, Jacobi e io lo usammo come copertura finché esso non si fermò davanti a una cassetta per le lettere che portava il numero 610. Vasquez aveva ragione. *Il minivan corrispondeva a quello segnalato.*

Il mio cuore batteva forte. Non era la prima volta che mi trovavo in una situazione del genere, tuttavia la posta in gioco non era mai stata così alta. Con cautela, ci muovemmo a zigzag verso la casa.

Dentro, c'erano alcune luci accese e si sentiva l'audio di una trasmissione televisiva.

A un mio cenno, Cappy bussò alla porta con la pistola. «Polizia di San Francisco.» Jacobi e io ci accovacciammo, con le pistole spianate.

Nessuna risposta.

Dopo alcuni istanti tesissimi, feci cenno ad Arbichaut di portare un ariete.

D'un tratto, la porta d'ingresso si aprì.

«Non si muova!» tuonò Cappy. «Polizia di San Francisco.»

Sulla soglia c'era una donna che indossava una tuta color azzurro polvere. Ci fissò, sgranando gli occhi. «Oddio!» strillò poi, fissando come ipnotizzata le nostre armi.

Cappy la spostò dal vano della porta, mentre la squadra di Arbichaut entrava in casa. «C'è qualcuno?» sbraitò il tenente della SWAT.

«Solo mia figlia», gridò la donna, terrorizzata. «Ha due anni.»

La squadra SWAT nerovestita si sparpagliò per la casa, neanche stesse cercando Elián González.*

* Nel novembre 1999, il piccolo Elián González e la madre fuggirono da Cuba via mare, ma l'imbarcazione fece naufragio: la donna morì ed Elián venne tratto in salvo e ospitato da alcuni parenti a Miami. Il padre, rimasto a Cuba, volle riavere il bambino e ciò diede origine a un'aspra battaglia diplomatica e legale, conclusasi nell'aprile 2000 con un'irruzione dell'FBI nella casa di Miami e con la successiva riconsegna di Elián al padre. (*N.d.T.*)

« È suo, quel minivan? » gridò Jacobi.

Gli occhi della donna si spostarono verso la strada. « Ma che succede... »

« È suo, quel minivan? » ripeté Jacobi, sempre gridando.

« No... » rispose lei, scossa dai tremiti. « No... »

« Sa a chi appartiene? »

Lei lo guardò di nuovo, agitatissima, e fece cenno di no. « Non l'ho mai visto prima. »

Si trattava di un errore, era evidente. Il quartiere, lo scivolo di plastica per bambini sul prato, la madre impaurita in tuta... Un sospiro di sconforto mi uscì dal petto. Il minivan era stato abbandonato lì.

D'un tratto, sopraggiunse un'Audi verde che accostò rapidamente al marciapiede, seguita da due auto della polizia: doveva aver forzato il posto di blocco. Un uomo con un vestito elegante e occhiali dalla montatura di tartaruga scese dalla macchina e corse verso la casa. « Kathy, ma che diavolo succede? »

« Steve... » La donna lo abbracciò, sospirando di sollievo. « Questo è mio marito. L'ho chiamato quando ho visto la polizia davanti a casa nostra... »

L'uomo guardò le otto macchine della polizia – i rinforzi della squadra SWAT – e i poliziotti con le armi spianate. « Cosa ci fate a casa mia? Questa è una follia, una vera follia! »

« Siamo convinti che quel minivan sia stato usato durante un omicidio », spiegai. « Abbiamo il diritto di essere qui. »

« Un omicidio? »

Due degli uomini di Arbichaut uscirono dalla casa, indicando che non c'era nessun altro. Dalla parte opposta della strada, si stava formando un capannello di gente. « Trovare questo minivan è stata la nostra priorità per due giorni. Mi spiace per il disturbo che vi abbiamo arrecato, però non c'era altro modo per essere sicuri. »

L'indignazione del marito crebbe. Aveva il viso e il collo violacei come una barbabietola. « E voi pensate che *noi* siamo implicati in un omicidio? »

Pensando di averli ormai sconvolti abbastanza, spiegai: « Con la sparatoria alla La Salle Heights Church ».

«Ma avete perso il senno? Credete che abbiamo a che fare con una sparatoria in una chiesa?» Rimase a bocca aperta e mi fissò con aria incredula. «Idioti che non siete altro... Ma avete idea di chi sono io?»

Osservai il suo vestito grigio a righe, la camicia azzurra *button-down*... Ed ebbi l'immediata, umiliante sensazione di essermi comportata veramente da idiota.

«Io sono il consigliere capo per il capitolo della California del Nord dell'Anti-Defamation League.»*

* L'Anti-Defamation League è la principale organizzazione mondiale di lotta all'antisemitismo, ai pregiudizi e a ogni forma d'intolleranza. (*N.d.T.*)

21

IL KILLER ci aveva preso in giro alla grande. Nell'intero isolato, nessuno sapeva nulla del minivan né aveva un qualsiasi legame con esso. Era stato abbandonato lì a bella posta, per farci uscire allo scoperto. Il team di Clapper ne avrebbe esaminato ogni centimetro, ma io già sapevo che non avremmo trovato un bel niente. Studiai l'adesivo: raffigurava lo stesso animale che avevo visto a Oakland. La prima testa era di leone, la seconda ricordava una capra e la coda somigliava a quella di un rettile. Ma che diavolo voleva dire?

«Una cosa l'abbiamo capita: quel figlio di puttana ha il senso dell'umorismo», ridacchiò Jacobi.

«Mi fa piacere che tu sia un suo ammiratore», replicai.

Una volta tornati alla Corte di Giustizia, dissi a Lorraine: «Voglio sapere da dove viene il minivan, chi era il suo proprietario e chi lo ha usato. E trovami ogni persona che abbia avuto rapporti col proprietario fino a un mese prima del furto».

Ero furibonda. Là fuori c'era un killer scatenato e noi non avevamo neppure uno straccio d'ipotesi sul motivo per cui agiva. Erano delitti a matrice razzista o del tutto irrelati? Si trattava di un gruppo organizzato o di un cane sciolto? Sapevamo che quel tizio era piuttosto intelligente. I suoi colpi erano stati pianificati con cura e se l'ironia faceva parte del suo *modus operandi*, allora abbandonare il minivan proprio in quel luogo era stato un vero tocco di classe.

Dall'interfono giunse la voce di Karen. C'era Ron Vandervellen al telefono. «Corre voce che hai sventato una minaccia alla società civile abilmente occultata sotto i panni di un membro dell'Anti-Defamation League», esordì il poliziotto di Oakland, ridacchiando.

«Dunque siamo pari, quanto a progressi nelle indagini, Ron», ribattei.

«Calmati, Lindsay, non ti ho mica chiamato per girare il coltello nella piaga», borbottò lui, cambiando tono. «Anzi pensavo proprio di dirti qualcosa per far svoltare la giornata.»

« Non sarò io a fermarti, Ron. Ora come ora, va bene qualsiasi cosa. Dimmi. »

« Lo sai che Estelle Chipman era vedova, no? »

« Sì, me l'hai detto, mi sembra. »

« Be', facendo qualche controllo di routine, abbiamo scoperto che aveva un figlio a Chicago. Sta venendo qui a reclamare il cadavere. Con quello che è successo, mi sembra giusto riferirti ciò che mi ha detto. È una coincidenza troppo smaccata... »

« Quale coincidenza, Ron? »

« Il marito di Estelle è morto cinque anni fa, d'infarto. E vuoi sapere che faceva per vivere? »

Avevo la netta sensazione che Vandervellen si stesse preparando a sferrare un colpo.

« Il marito di Estelle Chipman era un poliziotto. A San Francisco. »

22

CINDY THOMAS parcheggiò la Mazda sull'altro lato della strada rispetto alla La Salle Heights Church e sospirò. La facciata di assi bianche della chiesa era sfigurata da una fitta serie di crepe e di fori di proiettile. Là dove c'era la magnifica vetrata, adesso si apriva un buco enorme, chiuso da un telo cerato nero.

La vetrata era stata inaugurata all'epoca in cui Cindy si occupava della cronaca locale e quindi lei era presente alla cerimonia. Nei loro discorsi, il sindaco, alcuni funzionari cittadini e Aaron Winslow avevano detto che quella magnifica opera d'arte era stata pagata grazie al lavoro comunitario. Era un simbolo. Lei aveva anche intervistato Winslow, rimanendo colpita dal suo entusiasmo, ma soprattutto dalla sorprendente umiltà che aveva dimostrato.

Cindy s'infilò sotto il nastro giallo della polizia e si avvicinò alla parete squarciata dai colpi. Da quando lavorava al *Chronicle*, le era già capitato di occuparsi di omicidi, però quella era la prima volta in cui sentiva che anche la razza umana era morta un poco.

Una voce la fece sussultare. «La può guardare quanto vuole, non diventerà più bella.»

Cindy si girò, trovandosi di fronte un uomo dal volto liscio, affascinante, e dallo sguardo gentile. Lo conosceva. «Ero presente quand'è stata inaugurata la vetrata. Aveva dato molta speranza al quartiere.»

«La speranza c'è ancora. Non l'abbiamo persa», disse Winslow. «Non si preoccupi.»

Fissando quei profondi occhi marroni, Cindy sorrise.

«Sono Aaron Winslow», si presentò lui, spostando sotto il braccio una pila di libri scolastici per poter allungare la mano.

«E io sono Cindy Thomas», replicò lei. La stretta di lui era calda e delicata.

«Non mi dica che hanno messo la nostra chiesa nell'elenco delle attrazioni locali», sospirò Winslow, dirigendosi verso il retro dell'edificio, con Cindy accanto.

« Non sono una turista », lo corresse lei. « Desideravo soltanto vedere... questo. Senta... » Deglutì. « Vorrei dirle che sono venuta qui soltanto per manifestarle la mia solidarietà. È così, ma non è tutto. Sono una giornalista del *Chronicle*. Cronaca nera. »

« Una reporter. » Winslow sospirò. « Adesso è tutto chiaro. Nel corso degli anni abbiamo organizzato un doposcuola, tenuto corsi per analfabeti, dato vita a un coro riconosciuto a livello nazionale, eppure, su tutto ciò, non è apparsa mai neppure una riga. Poi arriva uno squilibrato e la CNN vuole intervistare l'intera città. Che desidera sapere, Ms Thomas? Cosa vuole il *Chronicle*? »

Le parole di lui l'avevano un po' ferita, eppure le erano piaciute. Aveva ragione.

« In effetti, io ho scritto un pezzo sulla chiesa, una volta. Proprio quand'è stata inaugurata la vetrata. È stato un giorno speciale. »

Lui smise di camminare e la fissò dritta negli occhi. Poi sorrise. « Sì, è stato davvero un giorno speciale. E, per essere sinceri, Ms Thomas, sapevo già chi era quando mi sono avvicinato. Mi ricordo di lei, dell'intervista... »

Da dentro la chiesa, qualcuno chiamò Winslow. Quindi uscì una donna e gli ricordò che aveva una riunione alle undici.

« E allora, Ms Thomas... Ha visto tutto quello che le interessava? Ritornerà, magari tra un paio d'anni? »

« No. Vorrei sapere come lei sta vivendo questo periodo, quali sono le conseguenze dell'ondata di violenza che rischia di travolgere tutto ciò che ha fatto... E qual è la reazione del quartiere? »

Winslow si concesse un sorriso. « Lasci che le dia un indizio. L'innocenza non è la mia specialità. Ho trascorso troppo tempo nel mondo reale. »

Lei rammentò che la fede di Aaron Winslow non si era plasmata nel corso di un'esistenza solitaria. Quell'uomo era cresciuto per strada. Era stato un cappellano militare. Soltanto qualche giorno prima, si era messo sulla linea di fuoco e probabilmente aveva salvato diverse vite umane.

« È venuta qui per sapere in quale modo la gente sta reagendo all'aggressione? Venga a vederlo lei stessa. Domani celebrerò il funerale di Tasha Catchings. »

23

CONTINUAVO a pensare alla sconvolgente scoperta di Vandervellen.

Entrambe le vittime erano collegate a poliziotti di San Francisco.

Poteva essere un buco nell'acqua. Potevano essere due vittime casuali, senza la minima connessione. In fondo si trattava di due persone di città diverse, con sessant'anni di differenza.

Oppure poteva essere la pista giusta.

Sollevai la cornetta del telefono e chiamai Claire. «Ho bisogno di un grosso favore», le dissi.

«Grosso quanto?» replicò. Capii che stava sorridendo.

«Dovresti dare un'occhiata al referto autoptico di quella donna che è stata impiccata a Oakland.»

«Favore concesso. Mandamelo, ci darò un'occhiata.»

«Qui sta il problema, Claire. Il referto è ancora a Oakland, nell'ufficio del medico legale. Non è stato divulgato.»

Attesi e infine la sentii sospirare. «Stai scherzando, vero, Lindsay? Vuoi che ficchi il naso in un'indagine in corso?»

«Senti, Claire, lo so che non è una procedura standard, ma in quel referto ci sono alcune cose che potrebbero dare una svolta alle indagini.»

«E saresti così gentile da dirmi per *quali* cose dovrò pestare i calli di un rispettato medico legale?»

«C'è un nesso tra gli omicidi, Claire, un piano. Estelle Chipman era sposata con un poliziotto. Lo zio di Tasha Catchings è un poliziotto. Le mie indagini si fondano sull'ipotesi che il killer sia uno solo. Quelli di Oakland, invece, pensano che vi sia coinvolto un uomo di colore.»

«E perché mai un nero farebbe una cosa simile?» esclamò Claire.

«Non lo so. Però ci sono un sacco di prove circostanziali che collegano i due delitti. Ho bisogno di sapere.»

Claire esitò. «E che diavolo dovrei cercare, di preciso?»

Le parlai dei campioni di pelle ritrovati sotto le unghie della vittima e le spiegai le conclusioni del medico legale.

« Teitleman è in gamba », replicò Claire. « Mi fido dei suoi risultati come se li avessi ottenuti io. »

« Lo so, Claire, però lui non è te. Ti prego... È importante. »

« Sappi che se Art Teitleman chiedesse di ficcare il naso in una delle mie indagini preliminari, gli straccerei la tessera per il parcheggio riservato e, con tutta calma, gli direi di tornarsene sul suo lato della baia. Non lo farei per nessun altro, Lindsay. »

« Lo so, Claire », mormorai, grata. « Perché mai credi che abbia premurosamente coltivato la nostra amicizia per tutti questi anni? »

24

ERA pomeriggio avanzato e, a uno a uno, i componenti della mia squadra se ne stavano andando a casa. Ma io non potevo imitarli.

Mi sforzavo di mettere insieme i pezzi, tuttavia ogni cosa era basata su pure illazioni. Il killer era bianco o di colore? Aveva ragione Claire a sostenere che Tasha Catchings era stata deliberatamente uccisa? Il simbolo del leone-capra c'era, comunque. *Collega le vittime*, diceva il mio istinto. *C'è un nesso. Ma qual è, dannazione?*

Dopo aver guardato l'orologio, chiamai Simone Clark dell'Ufficio Personale. La trovai per miracolo: si stava preparando per andarsene a casa. « Simone, ho bisogno che domani mi tiri fuori un dossier. »

« Ma certo. Quale? »

« Quello di un poliziotto andato in pensione otto anni or sono... forse addirittura dieci. Si chiamava Edward Chipman. »

« Risale a parecchio tempo fa... Temo che sia al porto. » Il Dipartimento aveva appaltato a una compagnia specializzata la gestione del magazzino in cui si trovavano i dossier più vecchi. « Va bene se te lo faccio avere per il primo pomeriggio? »

« Va bene, Simone. Fa' quello che puoi. »

Ero ancora carica di energia nervosa. Prelevai un altro fascio di dossier dal contenitore che mi aveva dato Kirkwood e li posai sulla scrivania.

Ne aprii uno a caso. Americans for Constitutional Action... Ploughs and Fifes, cioè Aratri e Pifferi, un altro gruppo paramilitare di zotici. Tutti quegli stronzi mi sembravano soltanto una manica di sfigati di estrema destra. Stavo perdendo tempo? Nulla mi saltava agli occhi. Nulla mi dava la pur minima speranza di trovarmi sulla strada giusta.

Va' a casa, Lindsay, mi diceva una vocina. *Magari domani spunteranno piste nuove. C'è il minivan, ci sarà il dossier su Chipman... Chiudila qui, 'sta giornata. Porta Martha a fare un giretto.*

Va' a casa...

Rimisi in pila i dossier, ormai quasi decisa a mollare, quando il fascicolo in cima attirò la mia attenzione. I Templars. Una costola degli Hells Angels, con sede nella zona di Vallejo. I templari erano i cavalieri cristiani delle Crociate... Notai subito il livello di pericolosità attribuito loro dall'FBI: *alta*.

Presi il dossier e mi misi a sfogliarlo. C'era un rapporto, sempre dell'FBI, in cui veniva descritta una serie di crimini rimasti insoluti, benché si pensasse che i Templars vi fossero coinvolti: rapine in banca e pestaggi « su commissione » a gang ispaniche e di neri.

Andai avanti: altri rapporti, fedine penali, foto... Poi, d'un tratto, quasi mi mancò il fiato.

Mi ritrovai a fissare una fotografia: un gruppo di motociclisti grossi, muscolosi e pieni di tatuaggi all'esterno del bar di Vallejo eletto a loro quartier generale. Uno era chino sulla sua moto e dava le spalle all'obiettivo. Aveva la testa rasata, un bandana e un giubbotto di jeans senza maniche che metteva in evidenza le braccia massicce.

Era stato il ricamo sul retro del giubbotto ad attirare la mia attenzione.

Un leone a due teste con la coda di serpente.

25

A SUD di Market Street, in una zona della città semiabbandonata e composta perlopiù da magazzini, un uomo che indossava una giacca a vento verde camminava con aria furtiva lungo un marciapiede immerso nel buio. Il killer.

A quell'ora della notte, in un quartiere così degradato, non c'era nessuno in giro, se si escludeva un paio di vagabondi stretti intorno a un fuoco acceso dentro un bidone della spazzatura. Depositi dismessi, negozi con insegne al neon monche: SI CAMBIANO ASSEGNI, FERRAMENTA, EARL KING, IL GARANTE PIÙ AFFIDABILE DELLA CITTÀ...

Appuntò il suo sguardo su un residence abbandonato e quasi in rovina, al numero 303 della 7th Street. Sorvegliava quel posto da tre settimane: metà degli appartamenti erano vuoti e l'altra metà offriva riparo notturno ai senzatetto che non sapevano dove altro andare.

Sputando sulla strada ingombra d'immondizie, si mise in spalla un borsone Adidas nero e girò l'angolo tra la 6th Street e Townsend Street. Poi, sempre camminando sull'asfalto lurido, si avvicinò a un magazzino rivestito da assi di legno e identificato solo da un cartello malridotto: AGUELLO'S... COMIDAS ESPAÑOL.

Assicuratosi di essere solo, il killer spinse la porta scrostata e s'infilò all'interno. I suoi battiti erano accelerati, ormai. Quella sensazione, in effetti, era per lui come una droga.

Sentì all'istante uno strano odore, che proveniva da una trappola per topi coperta da giornali vecchi e latte di lubrificante ammaccate. Salì le scale, sperando di non imbattersi in uno dei senzatetto che si accampavano nei corridoi.

Raggiunse il quinto piano e si diresse rapidamente verso la fine del corridoio. Lì, fece forza su una grata metallica e uscì sulla scala antincendio. Il tetto era vicinissimo.

Lassù, le strade abbandonate lasciavano il posto all'aura luminosa dello skyline cittadino. Si trovava sotto il Bay Bridge, che torreggiava su di lui come una nave gigantesca. Posò il borsone nero sul condotto di aerazione, lo aprì e ne estrasse lentamente i pezzi di un fucile PSG-1.

Alla chiesa, avevo bisogno della massima quantità di colpi. Qui me ne basta uno.

Mentre il traffico rombava sulla Bay Bridge Freeway, lui avvitò la lunga canna del fucile sull'asta e la fece scattare in posizione. Maneggiava le armi da fuoco con la stessa disinvoltura con cui usava coltello e forchetta. Avrebbe potuto farlo mentre dormiva.

Montò il mirino a infrarossi e vi guardò dentro, socchiudendo le palpebre: le forme color ambra si misero lentamente a fuoco.

Era molto più in gamba di loro, impegnati a cercare minivan bianchi e simboli idioti. Li avrebbe sconcertati ancora una volta. Quella sera, avrebbero finalmente cominciato a capire.

Si mise in posizione e il ritmo del suo cuore rallentò. Mirò al retro del residence fatiscente, segnato col numero 303. Da una finestra del quarto piano si scorgeva un appartamento fiocamente illuminato.

Il momento della verità era giunto.

Controllò il respiro sino a farlo diventare un sussurro e s'inumidì le labbra secche. Puntava un'immagine che aveva avuto in mente per molto tempo. Si *inchiodò* sull'obiettivo.

Poi, al momento giusto, premette il grilletto.

Clic...

Stavolta non ci sarebbe stato bisogno di lasciare una firma. L'avrebbero capito dal colpo. E dal bersaglio.

L'indomani, ogni abitante di San Francisco avrebbe saputo il suo nome.

Chimera.

PARTE SECONDA

GIUSTIZIA SARÀ FATTA

26

BUSSAI alla porta di vetro dell'ufficio di Stu Kirkwood, interrompendo la sua colazione: caffè e un bagel. Gli misi davanti la foto del motociclista che indossava il giubbotto col leone dalla coda di serpente. «Devo sapere chi è. E ho bisogno di saperlo subito, Stu.»

Quindi gli porsi le altre due versioni di quella immagine: il disegno dell'adesivo sul retro del minivan bianco e una Polaroid scattata al muro dello scantinato in cui era stata uccisa Estelle Chipman. *Leone, capra, la coda di un serpente o di una lucertola.*

Kirkwood s'irrigidì. «Non ne ho la più pallida idea», disse, guardandomi.

«Questo è il *nostro* killer, Stu. Come lo troviamo? Pensavo che fosse la tua specialità.»

«Ti ho già detto che la mia specialità sono i reati compiuti a danno degli omosessuali. Perché non mandi le foto per e-mail a Quantico?»

«Okay. Quanto ci vorrà?»

Kirkwood si raddrizzò. «Conosco un ricercatore capo, laggiù. Abbiamo fatto un seminario insieme. Posso contattare lui.»

«Fallo subito, Stu. E il bagel finiscilo *dopo*. Riferiscimi se hai qualche riscontro... nel momento esatto in cui lo ottieni.»

Tornata di sopra, feci cenno a Jacobi e Cappy di venire nel mio ufficio. Poi mostrai loro il dossier dei Templars e una copia della foto del motociclista. «Riconoscete l'artista, ragazzi?»

Cappy studiò la foto e sollevò lo sguardo. «E tu credi che 'ste piattole c'entrino qualcosa col nostro caso?»

«Voglio sapere chi sono. E voglio che vi muoviate con cautela. Questa gente è stata implicata in cose che fanno sembrare la sparatoria alla La Salle Heights Church una schermaglia coi fucili ad acqua. Traffico d'armi, violenza aggravata, omicidi su commissione... Secondo il dossier, il loro quartier generale è il bar Blue Parrot, a Vallejo. Però non voglio che facciate irruzione in quel posto come se voleste incastrare un magnaccia che se ne va a spasso su Geary Street. Ricordatevi bene che sarete fuori della *nostra* giurisdizione.»

«Afferrato, Loo», disse Cappy. «Nessun casino. Ci comporteremo come se fossimo in gita. Sarà bello passare la giornata fuori città.» Prese il dossier e batté sulla spalla di Jacobi. «Hai le mazze nel bagagliaio?»

«State *attenti*, ragazzi. Il nostro killer è un tiratore scelto.»

Dopo che se ne furono andati, scorsi una serie di messaggi e aprii il *Chronicle*. C'era un articolo firmato da Cindy, intitolato: «Le indagini sulla sparatoria alla chiesa si allargano. S'ipotizza un collegamento con la donna morta a Oakland».

Citando una «fonte vicina alle indagini» e un «contatto nel Dipartimento di polizia», Cindy formulava la teoria che avessimo ampliato il raggio delle indagini e parlava del delitto di Oakland. Le avevo dato via libera.

Premetti il numero memorizzato di Cindy. «Parla la fonte vicina alle indagini.»

«Ma neanche per idea. Tu sei il 'contatto nel Dipartimento'. La 'fonte' è Jacobi.»

«Oh, cazzo», ridacchiai.

«Bene, vedo che non hai perso il senso dell'umorismo. Senti un po'... Ho una cosa importante da farti vedere. Vieni al funerale di Tasha Catchings?»

Sbirciai l'orologio. Mancava meno di un'ora. «Sì, ci sarò.»

«Ci vediamo lì», disse Cindy.

27

QUANDO arrivai alla La Salle Heights Church, si era messa a cadere una pioggerella penetrante.

Centinaia di persone vestite di nero erano ammassate all'interno della chiesa crivellata di proiettili. Là dove prima c'era la vetrata, era stato messo un telo che, sferzato dalla brezza, si agitava come una bandiera.

Erano presenti il sindaco Fernandez e altri pezzi grossi della città che conoscevo soltanto di vista. Vernon Jones, l'attivista, si era messo vicinissimo alla famiglia. C'era pure Mercer. Quella ragazzina avrebbe avuto la cerimonia funebre più imponente che la città avesse visto da molti anni a quella parte e ciò rendeva la sua morte ancora più triste.

Sul fondo, scorsi Cindy, che indossava un corto abito nero. Ci scambiammo uno sguardo e un cenno d'intesa.

Mi sedetti accanto a Mercer, che guidava una delegazione del Dipartimento. Il famoso coro della La Salle Heights Church intonò una straziante versione di *I'll fly away*. Non c'è nulla di più commovente di un inno gioioso che risuona in una chiesa piena di gente. La mia fede è molto personale e non si discosta granché da quello che ho visto per le strade: nella vita, non è possibile scindere nettamente il bene dal male e la condanna dalla redenzione. Tuttavia, nel momento in cui l'onda di voci riempì la chiesa, non mi sembrò affatto sbagliato alzare una silenziosa preghiera affinché la misericordia divina scendesse su quell'anima innocente.

Quando l'inno si spense, Aaron Winslow si alzò e si diresse a un microfono. Indossava un completo nero che gli dava un'aria molto elegante. Parlò di Tasha Catchings come poteva fare soltanto qualcuno che la conosceva da sempre: la sua risatina infantile; l'orgoglio che dimostrava per il fatto di essere la più piccola del coro; come volesse diventare una star o un architetto per ricostruire il quartiere; come, ormai, soltanto gli angeli potessero sentire la sua bellissima voce.

Certi uomini di chiesa, animati da buone intenzioni, avrebbero invitato gli astanti a porgere l'altra guancia. Winslow era diverso. Il suo discorso conteneva parole di speranza ed era percorso da una forte tensione emotiva, però era basato sulla realtà dei fatti. Non riuscivo a guardarlo senza pensare che quell'uomo così attraente era stato in prima linea durante l'operazione Desert Storm e che soltanto pochi giorni prima aveva messo a repentaglio la sua vita per difendere quei ragazzini.

Col suo tono di voce pacato, ma autoritario, disse che non poteva dimenticare né esimersi dall'esprimere un giudizio. « Soltanto i santi non giudicano », spiegò. « E, credetemi, io un santo non lo sono davvero. Come tutti voi, sono stanco di dover scendere a patti con le ingiustizie. » Guardò verso Mercer. « Trovate l'assassino e portatelo di fronte a un tribunale. La politica, la fede o le istanze razziali non c'entrano nulla con quello che è successo. Il punto centrale è il diritto di essere liberi dall'odio. Sono persuaso che, di fronte alle azioni più terribili, il mondo non si spezza. Il mondo cura se stesso. »

Tutti si alzarono, piangendo o applaudendo. Mi alzai anch'io. Avevo gli occhi lucidi. Aaron Winslow aveva conferito dignità alle nostre azioni. In meno di un'ora era tutto finito. Nessun sermone infuocato, soltanto una serie di « amen » pronunciati a bassa voce. Ma la tristezza di quel momento non si sarebbe mai cancellata dai nostri cuori.

Come sembrava forte la madre di Tasha, mentre, camminando dietro il feretro, accompagnava la figlia al luogo del suo eterno riposo.

Il coro intonò *Will the circle be unbroken* e allora uscii anch'io, triste e confusa.

28

ALL'USCITA, aspettai Cindy, osservando Aaron Winslow che si muoveva in mezzo alla gente e tra i compagni di scuola di Tasha, tutti in lacrime. Quell'uomo aveva qualcosa che mi andava a genio. Mi sembrava sincero, schietto; senza contare che amava il suo lavoro e di certo voleva bene a quelle persone.

« Be', ecco un uomo con cui condividerei una buca da cecchino », disse Cindy, raggiungendomi.

« Ma... in che senso, scusa? »

« Non lo so... Ti posso dire soltanto che ieri sono venuta qui per parlare con lui e, quando me ne sono andata, avevo la pelle d'oca. Mi sembrava di aver intervistato Denzel Washington, o quel nuovo attore di *NYPD Blue*. »

« Tra i preti e i pastori c'è una certa differenza, no? »

« E sarebbe? »

« Sarebbe che nulla ti vieta di trascinare un pastore in una buca da cecchino. Soltanto per spostarsi dalla linea di fuoco, ovvio. »

« Ma certo », annuì lei. Poi mimò una bomba che esplodeva. « *Pum!* »

« È un uomo che colpisce. Il suo sermone mi ha fatto piangere. È lui che volevi farmi vedere? »

« No », replicò Cindy con un sospiro, tornando alla realtà. Frugò nella borsa a tracolla e ne tirò fuori un pezzo di carta ripiegato. « So che mi hai detto di non immischiarmi, ma... credo di avere ormai preso l'abitudine di pararti il culo. »

« Già. Allora, che mi dai? Siamo una squadra, no? »

Aprii il pezzo di carta e, con profondo sconcerto, mi ritrovai a fissare lo stesso disegno – il leone, la capra e il serpente – che avevo appena dato a Kirkwood. L'obbligo del segreto professionale non riuscì a impedirmi di spalancare gli occhi. « Come l'hai avuto? »

« Tu *sai* che cos'è, vero, Lindsay? »

« Mi sa che non è il giocattolo che tutti vorranno per Natale. »

Lei non rise. « È il simbolo di un gruppo di fanatici razzisti, ecco cos'è. Un gruppo che proclama la supremazia della razza bianca. C'è un mio collega, al giornale, che fa ricerche su queste organizzazioni. Dopo il nostro incontro, l'altra sera, non ho potuto fare a meno di scavare un po'. Questo simbolo, in particolare, è usato da un gruppo veramente ristretto, d'élite. Ecco perché è così difficile scoprire qualcosa al riguardo.»

Studiavo quell'immagine che avevo visto tante, troppe volte da quando Tasha Catchings era stata uccisa. «Questa... cosa ha un nome, vero?»

«Nella mitologia greca viene chiamata *chimera*, Lindsay. Secondo le mie fonti, il leone rappresenta il coraggio, la capra è simbolo di determinazione e volontà, e la coda del serpente indica cautela e astuzia. Ciò significa che, da qualsiasi parte lo aggredisci, quest'essere riuscirà comunque a vincere.»

Fissai quel simbolo – la chimera – con un senso di rabbia e disgusto. «Non stavolta.»

«Ovviamente non ne ho parlato nell'articolo, tuttavia qualche giornalista potrebbe arrivarci. Tutti sono convinti che gli omicidi sono collegati e questo simbolo è la chiave per stabilire un nesso, giusto? Be', lascia che ti dia la seconda definizione che ho trovato: 'grottesco prodotto dell'immaginazione'. Calza a pennello, eh?»

Mi ritrovai ad annuire. *Siamo tornati al via. Ai fanatici razzisti.* E forse si trattava proprio dei Templars. Una volta che Mercer l'avesse saputo, sarei stata costretta a fare irruzione nella sede di ogni gruppo che avevamo schedato. Ma com'era possibile che il killer fosse di colore? Mi sembrava illogico.

«Non sei arrabbiata con me, vero?» mi chiese Cindy.

Scossi la testa. «Certo che no. Quella tua fonte... Ti ha detto per caso com'è stata uccisa la chimera?»

«Grazie a un certo eroe che, sopraggiunto su un cavallo alato, le ha tagliato la testa. È bello avere amici – o amiche – che accorrono in un lampo, eh?» Mi guardò, seria. «E tu, ce l'hai un cavallo alato, Lindsay?»

«No.» Scossi di nuovo la testa. «Io ho un border collie.»

29

MENTRE rientravo, portandomi appresso una vaschetta d'insalata, incrociai Claire nell'atrio della Corte. « Dove stai andando? » le chiesi.

Indossava un elegante robe-manteau porpora e, a tracolla, portava una ventiquattr'ore Tumi di pelle. Mi lanciò un'occhiata guardinga. « In effetti, stavo venendo da te. »

Ormai avevo imparato a riconoscere quell'espressione: non si poteva definire compiaciuta o presuntuosa... No, Claire non era così. Era uno scintillio negli occhi che diceva: *Ho scoperto qualcosa*. O meglio: *Talvolta stupisco persino me stessa*.

« Hai pranzato? » domandai.

« Pranzato? » sbuffò. « E chi ha tempo per mangiare? Alle dieci e mezzo mi trovavo già in un laboratorio dall'altra parte del ponte, china su un microscopio. E tutto questo per te. » Sbirciò nella mia borsa e vide l'insalata di pollo al curry. « Sembra appetitosa. »

« Dipende da quello che hai scoperto. »

Mi spinse nell'ascensore.

« Per placare Teitleman, ho dovuto promettergli dei posti in platea. Nelle prime file... » disse Claire non appena fu entrata nel mio ufficio. « Dovrai dire grazie a Edmund. » Edmund era il marito di Claire e, da sei anni, era il percussionista della San Francisco Symphony Orchestra.

« Ma certo. E lo farò per iscritto », replicai, sedendomi. « Forse gli posso addirittura trovare i biglietti per i Giants... » Tirai fuori il mio pasto.

« Posso? » chiese lei, facendo ondeggiare una forchetta di plastica sopra l'insalata. « È faticoso pararti il culo. »

Tirai a me la vaschetta. « Te l'ho già detto. Dipende da quello che hai scoperto. »

Senza la minima esitazione, Claire infilzò un pezzo di pollo. « Era davvero illogico che un nero si accanisse contro persone di colore e spacciasse i suoi delitti per crimini a matrice razzista, eh? »

«Bene», dissi, spingendo verso di lei la vaschetta. «Cos'hai trovato?»

Lei annuì. «In gran parte corrisponde a quello che mi avevi già detto: assenza di escoriazioni o di segni tipici di un tentativo di difesa. Però c'erano quegli insoliti campioni di pelle ritrovati sotto le unghie del soggetto. Quindi li abbiamo esaminati al microscopio: appartengono a un individuo il cui tipo di pelle è iperpigmentata. Un tipo di pelle che, come dice il rapporto 'di solito è coerente con un non-caucasico'. L'analisi istopatologica si sta svolgendo proprio in questo istante.»

«Spiegati meglio... L'assassino di quella donna è un nero?» la incalzai.

Claire si chinò in avanti, prendendo l'ultimo pezzo di pollo dalla mia forchetta. «Be', è comprensibile che l'abbiano pensato, almeno in un primo momento. Se non afro-americano, almeno ispanico o asiatico. Anche Teitleman era di questo parere... sinché non gli ho chiesto di fare un ultimo esame.» Spalancò i grandi occhi marroni. «Ti ho mai detto che ho fatto il mio internato al Moffit, nel reparto di dermatologia?»

«No, Claire...» Sorrisi. Era così brava nel suo lavoro...

«No, eh? Chissà perché non ne abbiamo mai parlato. Comunque, a grandi linee, si cerca di stabilire se l'iperpigmentazione sia *intra*cellulare oppure *inter*cellulare.»

«Non parlare arabo, Claire. Il soggetto è bianco o nero?»

«Devi sapere che i melanociti sono cellule ricche di melanina, contenuta nei melanosomi. Nelle persone di razza nera, il numero di melanosomi è più alto e la melanina non si limita allo strato basale, ma si riscontra fino allo strato superficiale», proseguì lei, ignorando la mia interruzione. Poi sollevò una manica. «Guarda qui: questa è Melanosoma City. Il problema sta nel fatto che, nei campioni trovati sotto le unghie di Mrs Chipman, il pigmento era *inter*cellulare... cioè aveva una colorazione superficiale. E per di più con una sfumatura bluastra, del tutto atipica per la melanina. Qualsiasi dermatologo serio l'avrebbe capito.»

«Capito cosa, Claire?» domandai, notando il suo sorrisetto scaltro.

«Avrebbe capito che non è stato un nero a compiere quell'azione orribile, bensì un bianco con una pigmentazione topica», esclamò con enfasi. «*Inchiostro*, Lindsay. Quella donna ha affondato le unghie nel tatuaggio dell'assassino.»

30

CLAIRE uscì, e io rimasi lì a riflettere sul significato della sua scoperta. Ero sulla buona strada. Poi Karen bussò alla porta e mi diede una cartellina. « Da parte di Simone Clark. » Era il dossier dell'Ufficio Personale che avevo chiesto il giorno prima. CHIPMAN, EDWARD R.

Estrassi i fogli dalla busta e mi misi a leggere.

Chipman aveva fatto il poliziotto di pattuglia nel Distretto Centrale fino al 1994, quand'era andato in pensione col grado di sergente. Aveva ricevuto due Captain's Commendation per il coraggio dimostrato nell'adempimento del suo dovere.

Mi soffermai sulla sua foto. Un volto stretto, scolpito, con una di quelle cespugliose pettinature afro in voga negli anni '60. Probabilmente era stata scattata il giorno stesso in cui si era arruolato. Esaminai il resto del fascicolo. Perché mai qualcuno aveva ucciso la vedova di quell'uomo? Non c'era traccia di sanzioni sul suo curriculum, né per abuso di potere né per altro. Nel corso della sua carriera, durata trent'anni, Chipman non aveva sparato neppure un colpo. Aveva fatto parte di un'unità della polizia istituita per aiutare gli abitanti di un complesso di case popolari a Potrero Hill ed era stato membro di un gruppo di attivisti chiamato Officers for Justice, impegnato a difendere i diritti dei poliziotti neri. Come la maggior parte dei suoi colleghi, la carriera di Chipman era tanto nobile quanto priva di eventi significativi. Mai un casino, mai un'indagine interna, mai un istante sotto i riflettori dell'opinione pubblica. Nulla, in quel dossier, indicava che Chipman fosse collegato – anche in modo vago – a Tasha Catchings o a suo zio, Kevin Smith.

Mi stava sfuggendo qualcosa di determinante? Ero davvero così sicura che si trattasse di un serial killer? Il mio istinto mi pungolava. *Lo so che c'è qualcosa... Su, dai, Lindsay...*

Lorraine Stafford, bussando alla mia porta, mi ricondusse alla realtà. « Posso rubarti un minuto, tenente? »

La invitai a entrare e lei mi spiegò che il minivan apparteneva a un certo Ronald Stasic, che insegnava antropologia in un college a Mountain View. «Sembra che sia stato rubato dal parcheggio antistante l'edificio in cui lui lavora. Non ha denunciato subito il furto perché era andato a Seattle, fermandosi lì per una notte. Un colloquio di lavoro.»

«Qualcuno sapeva che sarebbe stato via?»

Lorraine sfogliò i suoi appunti. «Lo sapevano la moglie e il preside. Insegna in due classi ed è il tutor di alcuni studenti che provengono da altri istituti della zona.»

«Qualche studente si è mai interessato al suo minivan oppure teneva d'occhio il luogo in cui lo parcheggiava di solito?»

«Lui sostiene che metà di quei ragazzi possiede una BMW o una Saab. Perché mai dovrebbero mettere gli occhi su un minivan vecchio di sei anni?»

«E che dice di quell'adesivo sul retro?» Ignoravo se Stasic avesse qualcosa a che fare con gli omicidi, però l'adesivo sul minivan presentava lo stesso simbolo rinvenuto nella cantina di Oakland.

Lorraine scrollò le spalle. «Sostiene di non averlo mai visto. Gli ho spiegato che dovevo verificare la sua versione dei fatti e gli ho anche chiesto se sarebbe stato disposto a sottoporsi alla macchina della verità. Ha replicato che gli andava benissimo.»

«Dovresti controllare se qualcuno dei suoi amici – o dei suoi studenti – ha qualche strana inclinazione politica.»

Lei annuì. «Lo farò, certo, ma quel tizio è a posto... Era terrorizzato. Anzi, da come parlava, sembrava che lo stessi scuoiando.»

Mentre il pomeriggio avanzava, fui travolta dall'inquietante sensazione che fossimo arrivati a un punto morto. Si trattava di un serial killer, ne ero sicura, però forse la nostra pista migliore era quel tizio con la chimera ricamata sul giubbotto.

Il telefono squillò, facendomi sussultare. Era Jacobi. «Un buco nell'acqua, tenente. Siamo rimasti fuori da 'sto dannato Blue Parrot tutto il giorno e... *niente*. Però, grazie al barista, una cosa l'abbiamo scoperta: quei tizi di cui ci hai parlato sono morti e sepolti, nel senso che si sono separati sei, sette mesi fa. Il tipo più tosto che abbiamo incontrato è una specie di body builder che porta una T-shirt con la scritta: VIVA IL ROCK.»

«Che significa *si sono separati*, Warren?»

«*Va-va-vooma*, sgomma. Andati nel sud, chissà dove. Sempre secondo il barista, un paio di tizi che giravano con loro vengono ancora qui, di tanto in tanto. Ce n'è uno massiccio, dai capelli rossi... Ma, per farla breve, si sono dispersi. Definitivamente.»

«Non mollate. Trovatemi quello coi capelli rossi.» Il minivan non mi aveva portato da nessuna parte e non avevo neppure uno straccio di collegamento tra le vittime... Il simbolo del leone-capra era l'unica cosa che mi rimaneva.

«Non mollare?» si lagnò Jacobi. «E per quanto? Ci potrebbero volere giorni interi!»

«Vi manderò un cambio di biancheria», dissi e riagganciai.

Per un po' rimasi seduta lì, allungata all'indietro sulla sedia, travolta da una crescente sensazione di paura. Erano passati tre giorni dall'omicidio di Tasha Catchings e, tre giorni prima di lei, Estelle Chipman era stata uccisa.

Non avevo nulla. Nessuna prova significativa. Avevo soltanto quello che il killer ci aveva lasciato. Quella maledetta chimera.

E una consapevolezza... *I serial killer uccidono. E non si fermano finché non li prendi.*

31

IL sergente di pattuglia Art Davidson rispose subito alla chiamata. «*A tutte le unità disponibili. Possibile violenza domestica e disturbo della quiete pubblica. 3-0-3 7th Street, quarto piano.*»

Lui e il suo partner, Gill Herrera, si trovavano a quattro isolati, su Bryant Street. Erano quasi le otto; il loro turno sarebbe finito di lì a dieci minuti.

«Vuoi che la prendiamo, Gill?» chiese Davidson, sbirciando l'orologio.

L'altro scrollò le spalle. «Fai tu, Artie. Non sono mica io quello che deve andare a un party sfrenato.»

Un party sfrenato... Era il settimo compleanno di sua figlia Audra. Durante una pausa, Art aveva telefonato a casa e Carol gli aveva detto che, se fosse stato a casa per le nove e mezzo, allora non l'avrebbe mandata a letto, così lui avrebbe potuto darle il suo regalo: uno specchietto da trucco firmato Britney Spears. Davidson aveva cinque figli ed erano la sua vita. «Che diavolo», borbottò. «Non è forse per questo che ci danno un ricco stipendio?»

Accesero la sirena e, in meno di un minuto, la volante 2-4 si fermò di fronte alla fatiscente entrata del 303 sulla 7th Street. L'insegna dell'ormai defunto Driscoll Hotel era ancora precariamente appesa sulla porta d'ingresso.

«C'è ancora gente che si accampa in questo immondezzaio?» sospirò Herrera. «Ma chi diavolo ci vivrebbe, qui?»

Preso lo sfollagente e una grossa torcia, i due poliziotti si avvicinarono alla porta. Davidson la aprì. Quel luogo puzzava di feci, urina e probabilmente di topi. «Ehi! C'è qualcuno?» gridò. «Polizia!»

Improvvisamente, dall'alto, giunsero alcune grida. Qualcuno stava litigando.

«Trovato», esclamò Herrera, imboccando la prima rampa di scale.

Davidson lo seguì.

Giunto al secondo piano, Gill Herrera percorse il corridoio, picchiando con violenza la torcia contro le porte. «Polizia... Polizia...»

Ancora sulle scale, Davidson sentì di nuovo quelle voci che urlavano, concitate. Poi udì uno schianto, come se qualcosa si fosse rotto. Il rumore veniva da un punto imprecisato sopra la sua testa. Da solo, salì un altro paio di rampe.

Il rumore divenne più forte. Lui si fermò davanti a una porta. Appartamento 42. Un grido – «Puttana...» – seguito dal rumore di un piatto che andava in frantumi. Quindi una voce di donna, implorante: «Fermatelo, sta per uccidermi... Fermatelo, vi prego... Qualcuno mi aiuti, per favore...»

«Polizia», disse Artie Davidson, estraendo la pistola. Poi gridò: «Herrera! Quassù, subito!»

Si slanciò contro la porta e la abbatté. L'interno era fiocamente illuminato, ma, da una stanza vicina, giungevano una luce più intensa e un suono di voci alterate... sempre più forti...

Art Davidson tolse la sicura alla pistola ed entrò rapidamente nella stanza attraverso la porta aperta. Sbigottito, vide che non c'era nessuno.

Da una lampadina nuda pioveva una debole luce gialla. Sotto, c'era una sedia di metallo sulla quale era appoggiato un grosso registratore stereo. Voci esagitate uscivano dagli altoparlanti.

Le parole erano quelle che lui aveva già sentito. «Fermatelo, sta per uccidermi...»

«Cosa diavolo...» Davidson strizzò le palpebre, sconcertato.

Si diresse verso lo stereo, s'inginocchiò e lo spense. Il litigio violento s'interruppe di colpo.

«Ma che cazzo... Qualcuno vuole fare lo spiritoso...» mormorò.

Si guardò intorno. Sembrava che la misera stanza non fosse stata occupata da un bel pezzo. Il suo sguardo fu attratto dalla finestra e poi oltre quella, al di là di un vicolo, dal palazzo di fronte. Gli era sembrato d'intravedere qualcosa. Ma cosa?

Ping...

Scorse una minuscola scintilla gialla e poi avvertì una trafittura. Fu rapida come uno schioccare di dita, come il battito d'ali di una falena nelle tenebre.

Poi la finestra si spalancò e fu come se un ago fosse penetrato con violenza nell'occhio destro di Art Davidson.

Prima ancora di crollare a terra, era già morto.

32

STAVO giusto per arrivare a casa quando giunse la chiamata. «A tutte le unità disponibili... Portarsi al 3-0-3 sulla 7th Street, vicino a Townsend Street», gracchiò una voce.

1-0-6... Poliziotto in difficoltà.

Accostai l'Explorer. *Inviata unità di pronto soccorso. Chiamato il capitano del Distretto.* Gli scambi veloci, frenetici, mi convinsero che la situazione era critica.

Avevo la pelle d'oca. Si trattava di un'imboscata, di un colpo da lunga distanza, come alla La Salle Heights Church. Riavviai l'auto e feci una rapida inversione a U su Potrero, lanciandomi lungo la 3rd Street, diretta verso il centro città.

A quattro isolati di distanza dall'incrocio tra Townsend Street e la 7th Street, regnava il caos. Barricate di luci bianche e azzurre che lampeggiavano, uniformi ovunque, radio che gracchiavano nella notte.

Continuai ad avanzare, tenendo il distintivo fuori del finestrino, finché non riuscii ad andare oltre. Allora mollai l'auto e mi misi a correre per raggiungere l'epicentro di quel tumulto. Afferrai il braccio del primo poliziotto che trovai. «Chi è? Lo sai?»

«Un poliziotto di pattuglia. Uno del Distretto Centrale... Davidson.»

Oh, merda... Il mio cuore mancò un battito e avvertii un senso di nausea. Conoscevo Art Davidson: avevamo frequentato l'Accademia nello stesso periodo. Era un bravo poliziotto e un bravo ragazzo. Il fatto che lo conoscessi voleva dire qualcosa?

Poi venni travolta da una seconda ondata di nausea e di paura. *Art Davidson era nero.*

Avanzai a fatica tra la folla, diretta al palazzo abbandonato davanti al quale c'erano alcune ambulanze disposte in circolo. Sam Ryan, il capo dei detective, stava uscendo dall'edificio, tenendo una radio accostata all'orecchio.

Gli andai incontro e lo tirai da parte. «Sam, ho sentito che si tratta di Art Davidson... C'è qualche possibilità che...»

«Qualche *possibilità*?» m'interruppe lui, scuotendo la testa.

«È stato attirato in una trappola, Lindsay. Un colpo di fucile alla testa... Uno solo, sembra. Il medico ha già confermato il decesso.»

Un suono straziante riecheggiò nella mia testa, diventando sempre più forte. Era come se una paura intima e ignota si fosse improvvisamente materializzata, rivelandosi però soltanto a me. Ero certa che si trattava di *lui*, di Chimera. Quello era il delitto numero tre. Stavolta un unico colpo era stato sufficiente.

Mostrai il distintivo al poliziotto in uniforme di guardia all'ingresso e corsi all'interno dell'edificio semidiroccato. Alcuni paramedici stavano scendendo le scale. Con le gambe pesanti e il respiro affannoso, li superai, salendo.

Sul pianerottolo del terzo piano, un poliziotto schizzò di fianco a me, gridando: «Scendono! Toglietevi di mezzo!»

Apparvero altri due paramedici e due poliziotti. Reggevano una barella. Non riuscii a distogliere lo sguardo. «Fermatevi un istante», mormorai.

Era proprio Davidson. Aveva ancora gli occhi aperti e, sopra quello destro, c'era un foro rosso delle dimensioni di una moneta da dieci cent. Ogni nervo del mio corpo sembrò allentarsi. Aveva dei figli, ricordai. *E se quegli omicidi avessero qualcosa a che fare coi bambini?*

«Oddio, Art...» sussurrai. Mi costrinsi a guardare il cadavere, la ferita d'arma da fuoco. Poi gli sfiorai la tempia. «Potete portarlo giù, ora», dissi. *Cazzo!*

In qualche modo riuscii ad arrivare al piano superiore. Davanti alla porta aperta di un appartamento c'era un gruppetto di civili, palesemente arrabbiati. Poi uscì Peter Starcher, un ex detective della Omicidi che adesso lavorava per l'Ufficio Affari Interni.

Lo raggiunsi. «Pete, che diavolo è successo?»

Starcher mi aveva sempre guardato storto. Era un cinico, uno di quelli che rimpiangevano i vecchi tempi. «Che ci fa qui, tenente?»

«Conoscevo Art Davidson dai tempi dell'Accademia.» Non volevo che intuisse il vero motivo per cui mi trovavo lì.

Starcher arricciò il naso, tuttavia mi spiegò com'era andata. I due poliziotti di pattuglia erano arrivati lì in seguito a una chiamata fatta al 911 e proveniente dall'edificio. Però avevano trovato soltanto quel registratore. Era tutta una messinscena organizzata. «È stato incastrato. Qualche figlio di puttana voleva uccidere un poliziotto.»

Mi sentivo stordita. Ero certa che fosse lui. «Do un'occhiata in giro.»

Quel luogo era proprio come Starcher me lo aveva descritto: inquietante, strano, irreale. Il soggiorno era vuoto, con le pareti scrostate e lo stucco pieno di crepe. Entrai nella stanza adiacente e mi sentii gelare. C'era una pozza di sangue sul pavimento e il sangue era anche schizzato sulla parete in cui si era incastrato il proiettile. *Povero Davidson...* Al centro, su una sedia, c'era un registratore stereo.

La finestra era ridotta a poche schegge di vetro. Mi affacciai.

E improvvisamente compresi. Mi sporsi in fuori, guardando dalla parte opposta della strada. Non c'erano segni di Chimera né di nessun altro. Però io sapevo. Lo sapevo perché lui me l'aveva detto. Il colpo, la vittima... *Voleva farmi sapere che si trattava di lui.*

33

« È STATO lui, Lindsay, vero? »

Alle undici passate, ero al telefono con Cindy. Cercavo di recuperare un po' di lucidità alla fine di quella pazzesca, terribile serata. Avevo portato Martha a fare un lungo giro ed ero appena rientrata. Volevo soltanto farmi una doccia bollente e lavar via dai miei pensieri l'immagine di Art Davidson.

« *Devi* dirmelo. È stato lui, *Chimera*, non è così? »

Mi gettai sul letto. « Non lo sappiamo. Non c'era niente sulla scena del delitto che... »

« Tu lo sai, Lindsay. E io so che tu sai. Lo sappiamo entrambe che è stato lui. »

Come desideravo mi lasciasse in pace, lì, raggomitolata sul letto. « Non so », replicai stancamente. « Forse. »

« Di che calibro è il proiettile? Corrisponde a quello con cui ha ucciso Tasha Catchings? »

« Cindy... Non giocare al detective con me, ti prego. Lo conoscevo, quel poliziotto. Il suo partner mi ha detto che oggi sua figlia ha compiuto sette anni. Ne aveva cinque, di figli. »

« Mi spiace, Lindsay. » La voce di Cindy era diventata un sussurro. « Tuttavia somiglia troppo al primo omicidio. Un colpo che nessun altro poteva mettere a segno. »

Per qualche istante rimanemmo in silenzio. Aveva ragione. Sì, era nel giusto, lo sapevo. Poi Cindy disse: « È come l'altro caso, vero, Lindsay? »

Non ribattei. Avevo capito che cosa intendeva.

« È di nuovo un killer che uccide con una precisa finalità. Un cecchino che spara a sangue freddo. E prende di mira i neri. »

« Non soltanto... » sospirai.

« Non soltanto i neri? » Cindy esitò, poi riprese a parlare in fretta. « Un reporter di nera di Oakland ha avuto una soffiata dalla Squadra Omicidi della sua città: il marito di Estelle Chipman era un poliziotto. Prima lo zio di Tasha, poi il marito della Chipman... E con Davidson sono tre. Oddio, Lindsay... »

« Non puoi divulgare questa informazione », dichiarai. « Scusa, Cindy, ma ho bisogno di dormire, adesso. Non puoi sapere quanto sia pesante questa situazione, per noi. »

« Lascia che ti aiutiamo, Lindsay. E parlo a nome delle ragazze. Vogliamo aiutarti. »

« Lo farò, Cindy. Ho bisogno del vostro aiuto. Ho bisogno di voi. »

34

DURANTE la notte pensai una cosa. *Il killer aveva chiamato il 911.*

E la mattina seguente cominciai proprio da lì. Lila McKendree era la responsabile della centrale radio di smistamento delle pattuglie ed era stata lei a chiamare Davidson.

Lila era una donna grassottella, dalle guance rosate e dal sorriso pronto, tuttavia nessuno la batteva quanto a professionalità. Poteva gestire situazioni di emergenza con la stessa freddezza di un controllore del traffico aereo.

Fece ascoltare il nastro della chiamata al 911 a tutti i membri della Squadra Omicidi, riuniti nella sala operativa. C'erano anche Cappy e Jacobi, rientrati da Vallejo.

«L'ho montata in loop, così la potremo sentire tre volte», spiegò Lila, premendo il pulsante del playback.

Tra pochi secondi ascolteremo per la prima volta la voce dell'assassino.

«Polizia di San Francisco, 9-1-1», disse una centralinista.

Nella sala era calato un silenzio assoluto.

Una concitata voce maschile gridò: «Voglio segnalare una lite... C'è un tizio che sta menando la moglie, neanche fosse O.J. Simpson».

«Okay», replicò la centralinista. «Anzitutto mi dica dove si trova e dove sta avvenendo questa lite.»

Un rumore di fondo – come se ci fosse un televisore acceso o l'uomo si trovasse in mezzo al traffico – rendeva difficile capire le parole. «3-0-3, 7th Street. Quarto piano. Fareste meglio a mandare qualcuno. Sembra proprio una brutta faccenda.»

«L'indirizzo è 3-0-3, 7th Street, mi ha detto?»

«Sì, esatto», rispose il killer.

«E il suo nome è...»

«Mi chiamo Billy, Billy Reffon e abito in fondo al corridoio. Sbrigatevi, vi conviene.»

Ci guardammo, stupiti. *L'assassino aveva rivelato il suo nome? No, impossibile...*

« Senta... Riesce a capire cosa sta succedendo in questo preciso istante? »

« Sento 'sto matto che se la sta prendendo a morte con una donna. »

La centralinista esitò. « Riesce a capire se qualcuno è ferito? »

« Mica sono un dottore... Volevo fare soltanto la cosa giusta. Faccia venire qualcuno e basta! »

« Va bene, Mr Reffon, sto mandando una volante. Però lei dovrebbe uscire dal palazzo e aspettare gli agenti. Stanno arrivando. »

« Fareste meglio a darvi una mossa », disse il killer. « *Mi sa proprio che qualcuno si farà molto male.* »

La telefonata s'interruppe. Poi cominciò la registrazione della chiamata di smistamento.

« Ha chiamato da un cellulare... clonato, senza dubbio », spiegò Lila, scrollando le ampie spalle. « Ecco... adesso ricomincia. » Dopo pochi secondi, il nastro ripartì. Mi sforzai di cogliere in quella voce qualcosa che potesse aiutarmi.

Voglio segnalare una lite... Un tono preoccupato, ansioso, eppure freddo.

« È un attore dannatamente bravo », sbuffò Jacobi.

Mi chiamo Billy, Billy Reffon...

Mentre ascoltavo le giuste indicazioni della centralinista, mi ritrovai a stringere i braccioli della mia sedia di legno. *Però lei dovrebbe uscire dal palazzo e aspettare gli agenti...* Per tutto quel tempo, invece, lui era rimasto seduto, con l'occhio incollato al mirino, aspettando l'arrivo della sua preda.

Fareste meglio a darvi una mossa. Mi sa proprio che qualcuno si farà molto male.

Ascoltammo la registrazione per la terza volta. Fu allora che mi accorsi di quanto la voce dell'uomo fosse beffarda e indifferente. Non rivelava neppure un vago scrupolo per quello che stava per fare. Nell'ultimo avvertimento, mi sembrò persino di cogliere un lieve, gelido sorriso, mentre diceva: *Mi sa proprio che qualcuno si farà molto male.*

« È tutto quello che ho », concluse Lila McKendree. « La voce del killer. »

35

L'OMICIDIO di Davidson cambiò tutto.

Il titolo a caratteri cubitali del *Chronicle* gridava: « Il poliziotto è probabilmente la terza vittima dell'ondata di terrore ». L'articolo di prima pagina, firmato da Cindy, illustrava l'incredibile precisione del colpo che aveva ucciso Davidson e rivelava come, sulla scena dei due delitti precedenti, fosse stato trovato un simbolo riconducibile a gruppi di fanatici razzisti.

Mi diressi ai laboratori della Scientifica e trovai Charlie Clapper rannicchiato dietro la sua scrivania metallica. Indossava un camice da laboratorio e, per colazione, sgranocchiava patatine. I suoi capelli sale e pepe erano unti e scompigliati; i suoi occhi erano segnati da pesanti borse. « Ho dormito su questa scrivania due volte, questa settimana », borbottò. « Ma non si ammazza più nessuno, di giorno? »

« In caso tu non l'abbia notato, nell'ultima settimana neanch'io ho fatto il mio abituale pisolino di bellezza », replicai. « Su, Charlie, ho bisogno di qualcosa sul caso Davidson. Il killer ha preso di mira noi poliziotti... »

« Lo so benissimo. » Sospirando, il paffuto responsabile della Scientifica si alzò a fatica e raggiunse un bancone, dove prese un sacchettino di plastica trasparente, chiuso da una zip, dentro il quale c'era un bossolo scuro e appiattito.

« Eccolo, il tuo bossolo, Lindsay. L'abbiamo tirato fuori dal muro alle spalle di Art Davidson. Un colpo solo. Fine della storia. Parlane con Claire, se vuoi. Quel figlio di puttana sa sparare, eccome. »

Sollevai il sacchettino e cercai di capire di che calibro era il proiettile.

« Calibro 40 », disse lui. « La mia opinione è che si tratti di un PSG-1. »

« Ne sei sicuro, Charlie? » chiesi, aggrottandomi. Tasha Catchings era stata uccisa con un M16.

M'indicò un microscopio. « Accomodati, tenente. Immagino che tu abbia trascorso una vita a studiare balistica. »

« Non intendevo questo, Charlie. Speravo che ci fosse una relazione con l'omicidio della piccola Tasha Catchings. »

« Reese ci sta ancora lavorando », spiegò lui, prendendo una patatina. « Ma non ci scommetterei. Proprio come alla chiesa, l'assassino non ha lasciato impronte digitali né altro sulla scena del delitto. Il registratore è un modello standard, acquistabile ovunque, ed è stato attivato da un telecomando a lunga distanza. Abbiamo persino capito come si è mosso nell'edificio e come ha raggiunto quel piano... Inoltre abbiamo cercato impronte in tutti i posti, dalle ringhiere agli infissi. E in effetti una cosa è venuta fuori... »

« Che cosa? » lo incalzai.

Mi guidò verso un bancone. « L'impronta parziale di una scarpa da ginnastica. L'abbiamo presa nell'asfalto del tetto da cui è partito il colpo. Sembra una scarpa normalissima, però sopra ci sono tracce di una fine polvere bianca. Non posso essere certo che venga dall'assassino, però... »

« Polvere? »

« Gesso », chiarì Charlie. « Il che restringe il campo a cinquanta milioni di persone, più o meno. Forse quel killer lascia la propria firma, Lindsay, ma fa anche di tutto perché non la troviamo. »

« Lui la lascia, una firma, Charlie », dissi con convinzione. « È il modo in cui colpisce. »

« Un laboratorio esterno analizzerà l'impronta vocale della telefonata al 911. Quando avrò i risultati, te li farò sapere. »

Gli battei una mano sulla spalla in segno d'incoraggiamento. « Vedi di dormire un po', Charlie. »

Lui sollevò il pacchetto di patatine. « Ma certo. Subito dopo colazione. »

36

Tornai nel mio ufficio e, con un moto di stizza, mi lasciai cadere sulla sedia dietro la scrivania. Dovevo scoprire qualcosa di più su quella chimera. Stavo per telefonare a Stu Kirkwood, il responsabile della sezione che si occupava dei reati a matrice razzista, quando tre uomini in completo scuro entrarono nella sala operativa.

Uno di loro era Mercer. Non c'era da stupirsi. Aveva fatto il giro dei talk-show mattutini, invitando tutti alla calma. Sapevo che non gli andava proprio di sottoporsi a un fuoco di fila di domande senza poter annunciare risultati concreti.

Ma l'altra persona – accompagnata dall'addetto stampa – non l'avevo mai vista lì nei sette anni in cui avevo lavorato alla Omicidi.

Era il sindaco di San Francisco.

«Non voglio sentire neanche la minima stronzata», esordì Art Fernandez, sindaco di San Francisco da due mandati. «Non voglio che i superiori accampino scuse soltanto per difendere i sottoposti e non voglio che qualcuno, credendo di far bene, agisca d'impulso, mandando tutto a puttane.» Puntò gli occhi nello spiraglio tra Mercer e me. «Voglio soltanto una risposta sincera. Abbiamo qualche punto fermo?»

Eravamo stipati nel mio ufficio, racchiuso da pareti di vetro. Fuori, si era radunata una piccola folla a godersi lo spettacolo.

Frugai sotto la scrivania per rimettermi le scarpe. «No, non c'è», ammisi.

«Allora Vernon Jones ha ragione.» Il sindaco sospirò, poi si sedette su una sedia di fronte alla scrivania. «Sappiamo soltanto che ci troviamo di fronte a un'ondata di omicidi a matrice razzista e che la polizia non può far nulla per fermarla, ma l'FBI sì.»

«Non direi che...» cominciai.

«Davvero?» m'interruppe lui, inarcando le sopracciglia. Poi guardò Mercer e si accigliò. «C'è qualcosa che mi sfugge? In due luoghi del delitto su tre avete trovato un simbolo collegato a gruppi di fanatici razzisti, quella chimera. Il nostro medico legale è convinto che la Catchings sia stata un *bersaglio* e non una vittima casuale.»

«Il tenente voleva dire che forse non si tratta semplicemente di una serie di omicidi riconducibili all'odio razziale», intervenne Mercer.

Mi sembrava di avere la bocca piena di cotone, quindi deglutii. «Credo che ci sia qualcosa di più... profondo.»

«Di più *profondo*, tenente Boxer? E, secondo lei, con cosa abbiamo a che fare?»

Fissai Fernandez dritto negli occhi. «Secondo me, abbiamo a che fare con una vendetta personale. Probabilmente si tratta di un assassino che vuole coprire i suoi delitti di una vernice razzista, imitando il *modus operandi* dei gruppi di fanatici.»

«Una vendetta, dice...» intervenne Carter, l'addetto stampa. «Una vendetta contro i neri, ma non un crimine a matrice razzista. Contro bambini di colore e vedove... *ma non un crimine a matrice razzista*?»

«Contro i *poliziotti* neri», dissi.

Il sindaco socchiuse le palpebre. «Vada avanti.»

Illustrai i legami di Tasha Catchings e di Estelle Chipman con la polizia. «Ci deve essere qualche altra relazione, tuttavia al momento la ignoriamo. Il killer è organizzato e le tracce che lascia dietro di sé dimostrano che è anche arrogante. Dubito che un assassino mosso da intenti razzisti decida di firmare i suoi delitti. Il minivan che ha usato per la fuga, il disegno nello scantinato dov'è stata ritrovata Estelle Chipman, quella telefonata al 911, così proterva... No, non si tratta di omicidi collegati da un elemento razzista. È una vendetta... calcolata e personale.»

Il sindaco guardò Mercer. «Concordi, Earl?»

«Sì... E non lo dico per proteggere una mia sottoposta», sussurrò Mercer con un sorriso tirato.

D'un tratto nella stanza affollata cadde il silenzio e la temperatura sembrò toccare i cinquanta gradi.

«Mi sembra che le possibilità siano due», riprese il sindaco. «In base alla legge sui crimini a matrice razzista, posso coinvolgere l'FBI, che tiene d'occhio da vicino questi gruppi...»

« Non hanno la minima idea di come gestire le indagini su un omicidio », protestò Mercer.

« ... oppure posso lasciare che il tenente faccia il suo lavoro. E dire ai federali che ci occupiamo noi della faccenda. »

Fissai di nuovo il sindaco negli occhi. « Ho frequentato l'Accademia con Art Davidson. Crede forse che abbia meno voglia di lei di trovare il suo assassino? »

« E allora lo trovi », ribatté il sindaco, alzandosi. « Be', almeno adesso abbiamo capito cosa rischiamo. »

Mi limitai ad annuire cupamente. In quell'istante, Lorraine entrò di slancio nella stanza. « Scusi l'interruzione, tenente. Jacobi ha chiamato da Vallejo, dicendo di fare le pulizie di casa perché sta arrivando un ospite importante. Hanno trovato Red, il motociclista del Blue Parrot. »

37

CIRCA un'ora dopo, Jacobi e Cappy entrarono nella sala operativa, spingendo davanti a loro un ragazzone dai capelli rossi, con le mani dietro la schiena, serrate nelle manette.

«Guarda un po' chi ha deciso di venirci a trovare», ridacchiò Jacobi.

Con uno strattone spavaldo, Red si liberò della presa di Cappy, mentre lui lo faceva entrare nella stanza per gli interrogatori numero uno. Lì, Red inciampò in una sedia di legno, crollando a terra.

«Scusa, amico», borbottò Cappy. «Ero convinto di averti avvertito di quel gradino.»

«Richard Earl Evans», annunciò Jacobi. «Noto anche come Red, Boomer o Duke. Non prendertela se non si alza a stringerti la mano.»

«Ma non vi avevo ordinato di starvene tranquilli?» dissi con aria accigliata. In realtà ero felice che mi avessero portato quell'uomo.

«'Sto tizio qui ha una fedina penale di lunghezza smisurata e che comincia così: 'Chiamatemi Ishmael...'» sogghignò Jacobi. «Furto, violenza aggravata, tentato omicidio, due denunce per detenzione illegale di armi.»

«Ammirate, signori», esclamò Cappy, tirando fuori da una borsa di Nordstrom una bustina di marijuana, un coltello da cacciatore con una lama di almeno dodici centimetri e una Beretta calibro 22.

«Sa perché l'avete portato qui?» chiesi.

«No», grugnì Cappy. «L'abbiamo incastrato per detenzione illegale di armi. E abbiamo lasciato che calmasse un po' i bollenti spiriti sul sedile posteriore della nostra macchina.»

Entrammo nella piccola stanza degli interrogatori e ci disponemmo di fronte a Richard Earl Evans. Quel delinquentello ci squadrò con un sorrisetto compiaciuto. Aveva le braccia così coperte da tatuaggi da farle sembrare le maniche di un indumento. Indossava una T-shirt nera con una grossa scritta sul retro: SE

RIESCI A LEGGERE *QUI*... ALLORA LA STRONZA È CADUTA DALLA MOTO.

A un mio cenno di assenso, Cappy gli tolse le manette.

« Mr Evans... Sa perché si trova qui? » gli chiesi.

« So che voi tre siete nella merda fino al collo se pensate che vi dica qualcosa. » Tirò su col naso un grumo di muco e sangue. « Gli sbirri di San Francisco non hanno giurisdizione a Vallejo. »

Sollevai il sacchetto di droga. « Babbo Natale le ha portato un sacco di brutti giocattoli, eh? Lei è già stato dentro per detenzione illegale di armi ed è fuori in libertà vigilata. È stato in galera a Folsom, a San Quintino. Le piace stare in quei posti, eh? Lo sa che, la prossima volta, le daranno trent'anni secchi? »

Evans alzò gli occhi al cielo. « L'unica cosa che so è che non mi avete trascinato fin qui per qualche stronzata sulle armi. Il cartello sulla porta dice OMICIDI. »

« No, amico, hai ragione », intervenne Cappy. « Mandare il tuo culo in galera per detenzione illegale di armi è soltanto un hobby, per noi. Però, se non risponderai bene a qualche domanda, potrebbe essere il motivo per cui ti beccherai trent'anni di galera. »

« Cazzate », grugnì il motociclista, puntandogli contro gli occhi duri e freddi. « Voi stronzi non avete altro su di me. »

Cappy scrollò le spalle, quindi calò con violenza una lattina piena sulla mano di Evans, che si lasciò sfuggire un singulto di dolore.

« Accidenti, pensavo avessi sete », mormorò Cappy in tono contrito.

Red gli lanciò un'occhiataccia. Di certo stava immaginando di passare con la sua moto sulla faccia del poliziotto.

« Comunque lei ha ragione, Mr Evans », intervenni. « Non l'abbiamo portata qui per parlare di ciò che ha in suo possesso, benché non ci penserei due volte a consegnarla alla polizia di Vallejo. Ma oggi potrebbe essere il suo giorno fortunato. Cappy, chiedi a Mr Evans se vuole qualcos'altro da bere. »

Cappy mimò di nuovo il gesto ed Evans allontanò di scatto la mano dal tavolo.

Quindi il massiccio poliziotto aprì la lattina e, con un ampio sorriso, la sistemò proprio di fronte a lui. « Va bene così o desidera un bicchiere? »

« Senta », ripresi. « Possiamo comportarci bene, sa? A essere sinceri, non ce ne frega una mazza di lei. Se risponderà a qualche domanda, la riporteremo a casa, con gli omaggi della Squadra Omicidi di San Francisco, e lei non ci vedrà mai più. In caso contrario, chiuderemo lei e quel suo culo da perdente in una stanza al decimo piano per qualche giorno... cioè fino a quando non ci ricorderemo che si trova lì e avvertiremo la polizia di Vallejo. Così vedremo quanta giurisdizione hanno i poliziotti di San Francisco se si tratta di condannare un delinquente a trent'anni di galera. »

Evans si passò una mano sulla sella del naso, tamponando il sangue. « Mi sa che prenderò un goccio di quella bibita, se la vostra offerta è ancora valida. »

« Congratulazioni, figliolo », disse Jacobi. « È la prima cosa sensata che fai da quando ci siamo incontrati. »

38

MISI di fronte a Red una foto dei Templars, scattata dai federali. Lui sembrò sconcertato. « Ecco la prima cosa che vogliamo sapere: dove stanno i suoi amici? »

Evans alzò lo sguardo e sogghignò. « Ma, insomma, di cosa stiamo parlando? »

« Su, dai, intelligentone... Il tenente ti ha fatto una domanda », lo incalzò Jacobi.

Disposi sul tavolo altre tre immagini che mostravano vari membri del gruppo.

Evans scosse la tesa. « Mai andato in giro con 'sti tizi. »

La persona raffigurata nell'ultima foto che posai sul tavolo era *lui*.

Cappy si avvicinò e, forte dei suoi quasi cento chili di peso, sollevò Evans dalla sedia, prendendolo per la T-shirt. « Senti un po', stronzetto, ritieniti fortunato che a noi non ce frega niente di quello che andate in giro a fare tu e la tua banda di perdenti. Comportati bene e uscirai di qui, così noi potremo tornare a occuparci delle cose di cui ci frega davvero. »

Evans scrollò le spalle. « Be', forse sono andato un po' in giro con loro. Ma niente di più. Il gruppo si è sciolto. Troppe frizioni. Questi qui non li vedo da mesi. Si sono separati. Se volete trovarli, dovete andare a sud. »

Guardai i miei colleghi. Benché dubitassi che Evans avrebbe denunciato i suoi compagni, gli credevo. « Un'altra domanda », dissi allora. « Una importante. » Gli misi di fronte l'immagine del motociclista col giubbotto su cui era ricamata la chimera. « Che significa? »

Evans sbuffò. « Che 'sto tizio si veste in modo strano? »

Cappy si chinò in avanti.

Evans indietreggiò. « È un simbolo, amico. Vuol dire che lui è nel movimento. Che è un patriota. »

« Un patriota? E che diavolo significa? »

« Che è un difensore della razza bianca, dell'autodeterminazione di una società libera e votata all'ordine. » Sorrise a Cappy.

«Presenti esclusi, ovviamente. E va da sé che nessuna di quelle stronzate riflette necessariamente le mie opinioni personali.»

«Anche questo tizio è andato nel Sud?» chiese Jacobi.

«Lui? Perché? Cosa pensate che abbia fatto?»

«E ricomincia...» mormorò Cappy, avvicinandosi ancora. «Non si risponde a una domanda con una domanda...»

Evans deglutì. «Sentite un po'... È stato con noi per poco tempo. Non so neppure come si chiami davvero. Mac... McMillan? McArthur? Che ha fatto?»

Pensai che non c'era motivo per nascondergliélo. «Cosa sai di ciò che è successo alla La Salle Heights Church?»

Red sussultò, sgranando gli occhi. Improvvisamente tutto gli fu chiaro. «E voi pensate che i miei vecchi amici abbiano messo quella chiesa a ferro e fuoco? *Che quel tizio... Mac?*»

«Sai come possiamo contattarlo?» gli domandai.

«È una bella impresa. Pure per voi», replicò Evans con un ghigno.

«Mettici alla prova», ribattei. «Abbiamo un sacco di risorse.»

«Ne sono sicuro, ma quello stronzo è morto lo scorso giugno. Lui e un altro si sono fatti saltare in aria, nell'Oregon. Quel cazzone doveva aver letto da qualche parte che si poteva trasformare la merda di vacca in una bomba.»

39

CINDY THOMAS scese dalla sua Mazda nel piccolo parcheggio asfaltato adiacente alla La Salle Heights Church. Un gorgoglio dello stomaco le rivelò che neppure lei sapeva bene perché si trovava lì.

Inspirò e aprì il portone di quercia della chiesa che, soltanto il giorno prima, era stata riempita dalle voci echeggianti del coro. Adesso invece sembrava stranamente quieta e i banchi erano vuoti. Attraversò la chiesa ed entrò nell'edificio cui era collegata.

Alcuni uffici si aprivano sul corridoio rivestito di moquette. Una donna di colore sollevò la testa da una fotocopiatrice e chiese: « Posso esserle utile? Desidera qualcosa? »

« Sono qui per incontrare il reverendo Winslow. »

« Al momento non riceve nessuno », replicò la donna.

Da una delle stanze si alzò la voce di Winslow. « Falla passare, Carol. »

Cindy venne accompagnata nel suo ufficio. Era piccolo e pieno di libri. Winslow indossava una T-shirt nera e pantaloni kaki. Non somigliava a nessun altro uomo di Chiesa che lei avesse mai visto.

La fece accomodare su un divanetto e si sedette a sua volta su una consunta poltrona di pelle rossa. Lì accanto, un paio di occhiali era posato su un libro e lei, d'istinto, ne sbirciò il titolo: *L'opera struggente di un formidabile genio.* Non era il genere di lettura che si sarebbe aspettata.

« Si sta riprendendo? » chiese Cindy.

« Ci provo. Ho letto il suo articolo, oggi. Che cosa terribile, quel poliziotto. È vero? È possibile che l'omicidio di Tasha sia collegato agli altri due delitti? »

« Questo pensa la polizia. Il medico legale è convinto che il killer l'abbia colpita deliberatamente. »

Winslow fece una smorfia. « Non capisco. Tasha era una ragazzina. Quale legame ci può mai essere? »

« Il legame non riguarda tanto Tasha, bensì quello che lei rappresentava », replicò Cindy, senza staccare lo sguardo da Aaron

Winslow. «Sembra che le tre vittime abbiano un nesso con altrettanti poliziotti di San Francisco.»

Winslow socchiuse le palpebre. «Allora, mi dica: cosa l'ha spinta a venire qui così presto? La sua anima dolente? Perché è qui?»

Cindy abbassò gli occhi. «La funzione di ieri. È stata davvero commovente. Mi ha dato i brividi e non mi succedeva da lungo tempo... Sì, in effetti, credo che la mia anima stia soffrendo, però non le ho mai dato retta.»

Lo sguardo di Winslow si addolcì. Gli aveva rivelato una piccola verità e lo aveva colpito. «Bene. Sono contento che la cerimonia l'abbia commossa.»

Cindy sorrise. Sembrava incredibile, eppure lui la faceva sentire davvero a proprio agio. Quell'uomo pareva equilibrato, autentico... In più, aveva sentito soltanto cose buone su di lui. Voleva scrivere un articolo su Aaron Winslow e sapeva che sarebbe stato un buon pezzo, forse addirittura eccezionale.

«Scommetto che so cosa sta pensando», disse lui.

«Okay, ci provi.»

«Si sta chiedendo... Questo tizio sembra abbastanza a posto, non del tutto sballato, insomma. E non ha l'aria di un 'reverendo'. E allora perché ha deciso di vivere in questo modo?»

Cindy sorrise, imbarazzata. «Be', lo ammetto, talvolta ho pensato qualcosa del genere. Mi piacerebbe scrivere un articolo su di lei e sul quartiere di Bay View.»

Lui sembrò rifletterci. Ma poi cambiò argomento. «Cosa le piace fare, Cindy?»

«Fare...?»

«In quel grande e brutto mondo chiamato San Francisco in cui lei vive e lavora. Dopo che ha consegnato i suoi articoli, intendo. Cosa la spinge ad andare avanti, a parte il suo lavoro al *Chronicle*? Quali passioni ha?»

Lei si scoprì a sorridere. «Ehi, sono io che faccio le domande. Voglio fare un pezzo su di *lei*. Il contrario non vale... Oh, vabbe'. Mi piace lo yoga. Frequento un corso due volte la settimana, a Chestnut Street. Ha mai fatto yoga?»

«No, tuttavia medito ogni giorno.»

Cindy sorrise di nuovo, sebbene ignorasse il perché. «Sono socia di un club femminile del libro. Di due club femminili, in realtà. Mi piace il jazz.»

Gli occhi di Winslow s'illuminarono. «Che tipo di jazz? Anche a me piace.»

Cindy rise apertamente. «Okay, adesso c'intendiamo. Che tipo di jazz le piace?»

«Il progressive, il free jazz... Qualsiasi cosa, da Pinetop Perkins a John Coltrane.»

«Conosce il Blue Door su Geary Street?»

«Ma certo. Ci vado il sabato sera, ogni volta che Carlos Reyes è in città. Magari potremmo andarci insieme, qualche volta. Sarebbe un elemento in più da mettere nell'articolo. Non deve rispondermi subito.»

«Allora accetta che io scriva un pezzo su di lei?»

«Accetto che lei scriva qualcosa... sul quartiere. Anzi la aiuterò.»

Mezz'ora dopo, in macchina, Cindy accese il motore e lo lasciò girare al minimo, quasi troppo turbata per muoversi. *Non posso credere a quello che ho appena fatto...* Lindsay le avrebbe chiesto se aveva tutte le rotelle a posto, magari dopo averle dato pure una sberla.

Eppure le sue rotelle *erano* a posto. Ed erano anche un po' eccitate, per la verità. Aveva la pelle d'oca.

C'erano tutte le premesse per un ottimo articolo... Rischiava di scapparci pure qualche premio.

Inoltre aveva appena accettato un appuntamento col reverendo Aaron Winslow e non vedeva l'ora di reincontrarlo.

Forse la mia anima stava soffrendo davvero, pensò Cindy, mentre si allontanava dalla chiesa.

40

ERANO quasi le sette di sabato sera. Una settimana lunga, folle e indicibilmente stressante era finita. Tre persone erano morte. Le uniche piste valide si erano delineate soltanto per scomparire subito dopo.

Avevo bisogno di parlare con qualcuno e così salii all'ottavo piano, dove si trovavano gli uffici del procuratore distrettuale. A due porte di distanza dal grand'uomo in persona c'era l'ufficio d'angolo di Jill.

Le stanze erano vuote e buie: la gente se n'era andata per il weekend. Sebbene avessi bisogno di sfogarmi, quasi speravo che Jill – la *nuova* Jill – fosse a casa, magari a sfogliare cataloghi per scegliere la tappezzeria della cameretta del bambino.

Mentre mi avvicinavo, però, sentii un brano di musica classica provenire dell'ufficio e vidi che la porta era socchiusa.

Bussai leggermente e la spinsi. Ed eccola lì, nella sua poltrona preferita, con le ginocchia sollevate verso il petto e un bloc-notes appoggiato sopra. Sulla scrivania, pile e pile di scartoffie.

« Che ci fai qui? » chiesi.

« Beccata », sospirò lei, alzando le mani in un finto gesto di resa. « È per quella dannata faccenda Perrone. Lunedì mattina c'è l'arringa conclusiva. » Jill era alle ultime battute di un caso importante: un bambino di otto anni era morto a causa del crollo di un soffitto e quel poveraccio del padrone di casa era stato incriminato per omicidio colposo.

« Sei incinta, Jill. E sono le sette passate. »

« Lo stesso vale per Connie Sperling, l'avvocato difensore. Sai come chiamano questo caso? 'Pancia contro Pancia'. »

« Non m'importa come lo chiamano... Alla faccia dello 'scalare le marce'... »

Jill spense il CD e distese le lunghe gambe. « Comunque Steve è fuori città. Nulla di nuovo, quindi. Faccio qui le stesse cose che farei a casa. » Chinò la testa di lato e sorrise. « Mi sorvegli, eh? »

« No, ma forse qualcuno dovrebbe farlo. »

« Buon Dio, Lindsay. Sono seduta qui a scrivere, mica corro la maratona. Sto bene. » Guardò l'orologio. « Da quando in qua sei diventata il testimonial di 'vita equilibrata'? »

« Io non sono incinta, Jill. Va bene, va bene... Fine del predicozzo. »

Entrai nell'ufficio e osservai la foto che le era stata scattata a Stanford, quando aveva vinto il torneo femminile di calcetto, i diplomi incorniciati e le immagini in cui Steve e lei facevano arrampicate o correvano col loro labrador nero, Snake Eyes.

« Se vuoi fermarti un po', ho ancora qualche birra in frigo », disse lei, lanciando il bloc-notes sulla scrivania. « Aprimi una Buckler. »

Obbedii. Quindi spostai la giacca nera del suo tailleur Max Mara – gettata su un cuscino – e mi sedetti sul divano di pelle.

Accostammo le bottiglie e poi, all'unisono, dicemmo: « Allora, come va il tuo caso? »

« Prima tu », m'invitò Jill, sorridendo.

Separai il pollice e l'indice di un centimetro, a indicare che non avevo praticamente nulla. Quindi la condussi in quel labirinto apparentemente senza uscita: il minivan, il disegno della chimera, le foto dei Templars, il fatto che la Scientifica non avesse scoperto nulla sul luogo dell'agguato a Davidson...

Jill mi raggiunse sul divano. « Hai bisogno di parlare, Linds? L'hai detto tu, che non sei venuta fin qui per assicurarti che mi stessi comportando bene. »

Sorrisi con aria colpevole e posai la birra sul tavolino da caffè. « Devo orientare le indagini in un'altra direzione, Jill. »

« Okay, ti ascolto. Rimane tra noi. »

Un tassello alla volta, le esposi la mia teoria: il killer non era un maniaco senza scrupoli, mosso dall'odio, bensì un assassino audace, con un piano ben preciso, che stava mettendo in atto una vendetta personale.

« Forse ti stai spingendo troppo avanti », mormorò Jill. « L'unica cosa *certa* è che le tre vittime sono afro-americane. »

« E allora dimmi: perché *quelle* vittime, Jill? Perché una ragazzina undicenne? Perché un poliziotto decorato? Perché Estelle Chipman, vedova ormai da cinque anni? »

«Non lo so, cara. Il mio compito è inchiodarli al muro dopo che tu li hai arrestati.»

Sorrisi, poi mi chinai in avanti. «Jill, ho bisogno del tuo aiuto. Devo trovare un nesso tra le vittime. C'è, ne sono sicura. Vorrei esaminare tutti i casi in cui un bianco è stato aggredito da un poliziotto nero. Il mio istinto mi dice che è questa la strada da seguire, che il punto di partenza degli omicidi potrebbe trovarsi lì. La vendetta c'entra qualcosa.»

«E se la prossima vittima non avrà nulla a che fare con un poliziotto? Come agirai, allora?»

La guardai, implorante. «Vuoi aiutarmi?»

«Ma certo.» Scosse la testa. «Non mi puoi dire qualcosa per restringere un po' il campo?»

Annuii. «Maschio. Bianco. Forse un tatuaggio... o forse tre tatuaggi.»

«Basta e avanza», esclamò ironicamente Jill, alzando gli occhi al cielo.

Le strinsi una mano. Sapevo di poter contare su di lei. Sbirciai l'orologio: le sette e mezzo. «È meglio che ti lasci finire di leggere mentre sei ancora nel primo trimestre.»

«Non andartene, Lindsay.» Jill mi prese per il braccio. «Stai un po' con me.» Nel suo abito senza maniche, coi capelli neri arricciati intorno alle orecchie, aveva tutta l'aria di un avvocato di successo, la numero due dell'ufficio del procuratore. Ma c'era un tremolio nella sua voce... «Sto bene. Sì, davvero, fisicamente sono a posto. Dovrei essere felice, no? Avrò un bambino. Dovrei camminare sulle nuvole.»

«Soltanto tu puoi sapere come ti senti, Jill», mormorai, prendendole una mano.

Lei annuì distrattamente. Poi sollevò le ginocchia contro il petto. «Quand'ero piccola, talvolta, di notte, mi svegliavo. E ogni volta avvertivo questo terrore strisciante, la sensazione che il mondo intero stesse dormendo, che in tutto il nostro enorme pianeta soltanto io fossi sveglia. In certi casi, arrivava mio padre e mi cullava, per farmi addormentare. Stava di sotto, nello studio, a esaminare i suoi casi e, prima di andare lui stesso a dormire, veniva a controllarmi. Mi chiamava la sua seconda sedia. Però anche quando c'era lui, mi sentivo tanto sola... » Gli occhi le si riempirono di lacrime. « Ma guardami... Steve sta fuori per un paio di notti e io divento un'idiota totale. »

« Non credo che tu sia un'idiota », sussurrai, accarezzandole il viso.

« Non posso perdere questo bambino, Lindsay. So che sembra stupido. Ho una vita dentro di me. È *qui*, sempre dentro di me. E allora perché mi sento così sola? »

Le strinsi le spalle. Mio padre non mi aveva mai cullato per farmi addormentare. Anche prima che ci lasciasse, faceva sempre il terzo turno e, prima di rientrare, andava da McGoey's per una birra. Ogni tanto, mi scoprivo a pensare che l'unico cuore che batteva all'unisono col mio fosse quello del bastardo cui stavo dando la caccia.

« Ti capisco », dissi, sempre a bassa voce. La abbracciai. « Talvolta anch'io mi sento così. »

41

ALL'ANGOLO tra Ocean Street e Victoria Street, un uomo che indossava una giacca a vento verde e sbocconcellava un burrito si rannicchiò, mentre la Lincoln nera avanzava lentamente lungo l'isolato. Aveva aspettato lì dozzine di notti, sorvegliando la sua preda per settimane intere.

La persona che lui aveva atteso tanto a lungo viveva in una casa elegante a Ingleside Heights, una zona così vicina che la si poteva raggiungere a piedi. Aveva una famiglia: due figlie che frequentavano una scuola cattolica e una moglie che lavorava come infermiera. Aveva anche un labrador nero che talvolta accorreva a salutarlo non appena l'auto si fermava. Il cane si chiamava Bullit, come quel vecchio film con Steve McQueen.

Di solito, la macchina arrivava alle sette e mezzo. Un paio di volte alla settimana, l'uomo scendeva – sempre nello stesso punto, su Victoria Street – e faceva un tratto a piedi. Gli piaceva fermarsi al negozietto coreano e parlare col proprietario mentre sceglieva un melone o un cavolo. Giocava al grand'uomo che si mescola alla gente comune.

Poi magari gironzolava nel Tiny's News e s'infilava sottobraccio un po' di riviste: *Car and Driver*, *PC World*, *Sports Illustrated*. Una volta si era persino trovato in fila alla cassa dietro di lui.

Avrebbe potuto ucciderlo. Molte volte. Un unico, strepitoso colpo a distanza.

E invece no. *Doveva* trovarsi vicino a lui. A faccia a faccia. Quell'omicidio avrebbe messo a soqquadro l'intera città di San Francisco. Avrebbe dato risonanza internazionale al caso e non erano molti i casi che diventavano tanto importanti.

Il suo cuore accelerò, mentre lui s'ingobbiva sotto la pioggerella insistente. Ma stavolta la Lincoln gli passò semplicemente accanto.

Quindi non sarà stanotte. Tirò un respiro. *Va' a casa dalla mogliettina e dal tuo cane... Ma ben presto... Hai dimenticato...* pensò, avvolgendo il resto del burrito nella carta e buttando tutto in un cestino della spazzatura. *Hai dimenticato quello che è successo.* Ma il passato t'insegue e ti trova. Sempre.

Ho vissuto in compagnia del passato ogni giorno della mia vita.

Osservò la Lincoln nera, dai finestrini oscurati. Come al solito, l'auto girò a sinistra, su Cerritos Street, e scomparve nella zona di Ingleside Heights.

Mi hai rubato la vita. E adesso io mi prenderò la tua.

42

Mi concessi la domenica mattina di libertà: portai Martha a correre lungo la baia e feci un po' di tai chi a Marina Green. Ora di mezzogiorno, mi trovavo nel mio ufficio, con indosso un paio di jeans e una felpa. Lunedì mattina, le indagini stavano ancora a un punto morto: non c'erano elementi nuovi da esaminare. Continuavamo a diramare comunicati soltanto per tenerci la stampa fuori dei piedi. Ogni spunto d'indagine che si arenava e ogni vicolo cieco avvicinavano il momento in cui Chimera avrebbe colpito di nuovo.

Stavo riportando alcuni dossier a Jill quando le porte dell'ascensore si aprirono e Mercer uscì lentamente. Mi vide e sembrò sorpreso, ma non dispiaciuto.

« Venga a fare un giretto con me », disse.

La sua macchina era in attesa nei pressi dell'uscita laterale, sulla 8th Street. L'autista della polizia si voltò verso di lui e Mercer disse: « A West Portal, Sam ».

West Portal era un ampio quartiere medio-borghese nei pressi del centro cittadino. Ignoravo perché Mercer volesse trascinarmi lì nel bel mezzo della giornata.

Lungo la strada, lui mi fece qualche domanda, ma, per la maggior parte del tempo, rimase in silenzio. Un brivido di paura mi attraversò. *Ha intenzione di togliermi il caso*, pensai.

L'autista si fermò in una strada residenziale in cui non ero mai stata e parcheggiò di fronte a una casa azzurra in stile vittoriano, davanti alla quale c'era il campo giochi di un liceo. Era in corso una partita di basket.

Lo guardai di sottecchi. « Di cosa voleva parlarmi, capo? »

Mercer si girò verso di me. « Lei ha qualche modello, Lindsay? »

« Tipo Amelia Earhart o Margaret Thatcher? » Scossi la testa. Non ne avevo mai avuti, neanche da piccola. « Forse Claire Washburn », aggiunsi sorridendo.

Mercer annuì. « Arthur Ashe è sempre stato uno dei miei idoli. Quando gli hanno chiesto se era stato difficile affrontare l'AIDS, lui ha risposto: 'Molto meno che crescere negli Stati Uniti avendo la pelle nera'.» La sua espressione divenne seria. «Vernon Jones ha detto al sindaco che mi reputa incapace di valutare adeguatamente i rischi di questo caso.» Indicò la casa azzurra. «La vede quella casa? Era dei miei genitori. Ci sono cresciuto, qui. Mio padre era un meccanico che lavorava sui treni e mia madre un'impiegata amministrativa nell'azienda che forniva elettricità alla ferrovia. Hanno lavorato una vita intera per far sì che io e mia sorella potessimo andare a scuola. Lei fa l'avvocato civilista ad Atlanta, adesso. Però le nostre radici sono qui.»

«Anche mio padre lavorava... per la città», commentai, annuendo.

«Non gliel'ho mai detto, Lindsay, però io conoscevo suo padre.»

«Davvero?»

«Sì, abbiamo cominciato come poliziotti di pattuglia, nel Distretto Centrale. Abbiamo persino fatto qualche turno insieme. *Marty Boxer...* Suo padre era una specie di leggenda, Lindsay, anche se non necessariamente per i suoi meriti sul campo.»

«Mi dica qualcosa che non so.»

«Va bene...» Fece una pausa, poi riprese: «Era un buon poliziotto, all'epoca. Un poliziotto dannatamente bravo. Molti di noi lo prendevano a esempio».

«Finché non ha mollato.»

Mercer mi lanciò un'occhiata. «Ormai dovrebbe sapere che, nella vita di un poliziotto, succedono cose che non sempre hanno origine da scelte precise. E che non sempre vengono comprese all'esterno.»

«Non gli parlo da ventidue anni.»

Lui annuì. «Non so nulla di lui come padre o come marito, però... Ha mai pensato che forse lei sta giudicando l'uomo, o almeno il poliziotto, basandosi su fatti che non conosce per intero?»

«Non mi è stato vicino abbastanza a lungo da chiarirmeli, quei fatti.»

«Mi spiace... Le racconterò qualcosa di Marty Boxer, ma non adesso.»

« Mi racconterà che cosa? E quando? »

Abbassò il divisorio di vetro e comunicò all'autista che era arrivato il momento di tornare alla Corte. Poi disse: « Quando troverà Chimera ».

43

Più tardi, quella sera, mentre l'auto rallentava a causa del traffico, Mercer, dal sedile posteriore, disse: « Fammi scendere qui, Sam ».

Sam Mendez si lanciò un'occhiata alle spalle. Le disposizioni erano chiare: nessun rischio inutile.

Mercer, però, fu irremovibile. « Sam, ci sono più poliziotti di pattuglia nel giro di cinque isolati di quanti ce ne siano alla Corte. » Di solito, c'erano anche un paio di auto che andavano avanti e indietro su Ocean Street e un'altra di fronte a casa sua.

La macchina accostò. Mercer aprì la portiera e fece scivolare fuori la sua grossa mole. « Passami a prendere domani, Sam. Buonanotte. »

Mentre l'auto si allontanava, Mercer strinse la pesante valigetta in una mano e, con l'altra, si gettò sulla spalla l'impermeabile marrone chiaro. Fu come travolto da un'ondata di sollievo. Quelle brevi scorrerie post-lavorative erano gli unici momenti in cui si sentiva davvero libero.

Si fermò al Kim's Market, scelse un cestino di fragole che sembravano davvero dolcissime e anche qualche prugna. Poi attraversò la strada verso l'Ingleside Wine Shop, dove acquistò un Beaujolais adatto ad accompagnare lo stufato d'agnello che Eunice stava preparando.

Tornato in strada, lanciò un'occhiata all'orologio e si diresse verso casa. Due colonne di pietra separavano Ocean Street dall'enclave di Ingleside Heights. Il traffico alle sue spalle sembrò scomparire.

Costeggiò la bassa casa di pietra dei Taylor. Da dietro una siepe giunse un rumore. « Bene, bene, capo... »

Mercer si fermò, col cuore che accelerava.

« Non essere timido. Sono anni che non ti vedo », aggiunse la voce. « Probabilmente non ricordi... »

Che diavolo stava succedendo?

Da dietro la siepe uscì un uomo alto e muscoloso, con un sorrisetto ironico stampato sul viso. Indossava una giacca a vento verde.

Mercer ebbe la vaga sensazione di conoscerlo... Era un volto familiare, però lui non riusciva a rammentare a chi appartenesse. Poi, improvvisamente, ricordò tutto. E ogni cosa, d'un tratto, divenne logica, coerente. Quella consapevolezza gli mozzò il fiato.

« È un vero onore... » riprese l'uomo. « ... per te. »

Teneva in mano una grossa pistola argentata e la puntava al petto di Mercer. Il capo della polizia sapeva di dover fare qualcosa: lanciarsi addosso a quell'uomo, trovare il modo d'impugnare la propria pistola... Doveva agire come avrebbe fatto un tempo, quand'era un poliziotto di pattuglia.

« Volevo che mi vedessi in faccia. Volevo che sapessi perché stai per morire. »

« Non sparare. Ci sono poliziotti ovunque, in questa zona. »

« Benissimo. Va ancora meglio, per me. Non aver paura, capo. Sei diretto in un posto in cui troverai un sacco di vecchi amici. »

Il primo colpo lo raggiunse al petto, con un tonfo sordo. Mercer avvertì una trafittura bruciante, sentì l'abito che si lacerava e le ginocchia che cedevano. Pensò di gridare. Chi c'era, davanti a casa sua, Parks o Vasquez? Solo qualche decina di metri più avanti... Ma la voce gli morì nel petto. *Dio mio, ti prego, salvami.*

Il secondo colpo gli trapassò la gola. Non sapeva più se era in piedi o a terra. Avrebbe voluto aggredire l'assassino. Voleva immobilizzare quel bastardo. Ma le sue gambe erano... paralizzate, inerti.

L'uomo con la pistola adesso lo fissava dall'alto e continuava a parlare, però Mercer non lo sentiva. Un attimo prima, il suo viso era a fuoco, un attimo dopo non lo era più. Un nome attraversò come un fulmine la mente di Mercer. Gli sembrava impossibile. Lo pronunciò due volte, per essere sicuro, mentre il respiro gli rimbombava nelle orecchie.

« Proprio così », disse il killer, spianando la pistola argentata. « Hai risolto il caso. Hai capito chi è Chimera. Congratulazioni. »

Mercer pensò che avrebbe dovuto chiudere gli occhi. E fu allora che il lampo arancione esplose sul suo viso.

44

NON dimenticherò mai quello che stavo facendo quando mi comunicarono la notizia. Mi trovavo in casa e tenevo d'occhio la pasta che avevo messo a cuocere sul fornello. Dallo stereo venivano le note di *Aida* di Sara MacLachlan.

Aspettavo Claire. Con la promessa di prepararle le mie celeberrime farfalle asparagi e limone, l'avevo convinta a venire a cena da me. No, « convinta » non è la parola giusta. L'avevo letteralmente *pregata*. Volevo parlare di qualcosa di diverso dalle indagini. Dei suoi figli, dello yoga, della corsa al senato per la California, del perché i Golden State Warriors non azzeccassero più una partita. Di *qualsiasi* cosa.

Non dimenticherò mai... Martha giocherellava con un orsacchiotto senza testa – una mascotte dei San Francisco Giants – che ormai considerava incluso nella lista delle sue proprietà. Io stavo tagliando il basilico e controllavo la pasta. Grazie al cielo, Tasha Catchings e Art Davidson mi erano usciti di mente.

Il telefono si mise a suonare. Un pensiero egoista mi attraversò, tagliente come una lama. Speravo proprio che Claire non annullasse il nostro incontro all'ultimo minuto.

Incastrai la cornetta tra la spalla e l'orecchio. « Ehi... »

Era Sam Ryan, il capo dei detective. Nella scala gerarchica, Ryan era il mio diretto superiore amministrativo. Mi bastò sentire la sua voce per capire che era successo qualcosa di veramente grave.

« Lindsay... È accaduta una cosa terribile. »

Mi sentii mancare le forze, come se una mano mi avesse squarciato il petto e, con gelida indifferenza, mi stritolasse il cuore. *Tre colpi a distanza ravvicinata... A poche decine di metri da casa... Oddio, Mercer...*

« Dov'è, Sam? »

« Al Moffit. Chirurgia d'emergenza. Sta lottando per sopravvivere. »

« Arrivo subito. Sono già in strada. »

« Non c'è nulla che lei possa fare qui, Lindsay. Vada sulla scena del crimine. »

« Ci andranno Chin e Lorraine. Io vengo lì. »

Il campanello suonò. Come in trance, mi avvicinai alla porta e la aprii.

« Ehi », mi salutò Claire.

Non dissi nulla. Lei vide subito che ero pallidissima. « Cos'è successo? »

Avevo gli occhi pieni di lacrime. « Claire... Ha sparato a Mercer. »

45

SCENDEMMO a precipizio i gradini di casa e salimmo sulla Pathfinder di Claire. Attraversammo a folle velocità Potrero Hill e Parnassus Heights, dirette al California Medical Center. Durante quella corsa, il mio cuore, pieno di speranza, batteva all'impazzata. Le strade si susseguivano, indistinte: la 24th Street, Guerrero Street, poi l'incrocio tra Castro Street e la 17th Street e infine l'ospedale in cima al monte Sutro.

Neanche dieci minuti dopo aver ricevuto la telefonata, Claire infilava la Pathfinder in un parcheggio riservato davanti all'entrata dell'ospedale. Poi si presentò all'infermiera dell'accettazione e chiese ragguagli. Infine, con aria cupa e con passo deciso, entrò nel pronto soccorso. Io raggiunsi di corsa Sam Ryan. « Si sa qualcosa? »

Lui scosse la testa. « È in sala operatoria. Ma se c'è qualcuno al mondo che può beccarsi tre pallottole e cavarsela, questo qualcuno è lui. »

Presi il cellulare e chiamai Lorraine Stafford, che si trovava sul posto. « Qui è un casino », mi spiegò. « C'è gente dell'Ufficio Affari Interni e di qualche maledetta unità *di crisi*. Per non parlare dei giornalisti. Non sono riuscita a raggiungere il poliziotto di pattuglia che è arrivato per primo. »

« Impedisci a chiunque di avvicinarsi alla scena del crimine. Dovete farlo soltanto tu e Chin. Verrò lì non appena mi sarà possibile. »

Claire uscì dal pronto soccorso. « Lo stanno operando, Lindsay », mi spiegò, con voce tesa. « Non ci sono molte speranze. La pallottola ha leso la corteccia cerebrale e lui ha perso un sacco di sangue. È già un miracolo che abbia resistito così a lungo. »

« Devo vederlo, Claire. »

Lei fece cenno di no. « È aggrappato a un filo. Ed è sotto anestesia, ovviamente. »

Ero ossessionata dall'idea di dover fare qualcosa per Mercer, per tutte quelle morti che non avevano ancora un colpevole. Lui sapeva – ne ero certa – e, se fosse morto, la verità sarebbe morta con lui. « Io vado dentro. »

Spinsi le porte del pronto soccorso, ma Claire mi trattenne. Guardandola negli occhi, sentii dissolversi le ultime stille di speranza. Avevo litigato con Mercer, mi ero trovata spesso a lottare contro di lui, spinta dalla volontà di dovergli *sempre* dimostrare qualcosa. Però, alla fine, lui aveva creduto in me. In un modo stranissimo, era come se stessi perdendo un altro padre.

Neanche un minuto dopo, un medico in camice verde uscì dal pronto soccorso e, togliendosi i guanti di lattice, mormorò qualche parola a uno degli uomini del sindaco, poi al vicecapo della polizia, Anthony Tracchio.

« Il capo è morto », disse Tracchio.

Tutti noi ci ritrovammo a fissare il vuoto. Claire mi passò un braccio intorno alle spalle e mi abbracciò.

« Non so se ce la faccio », mormorai, aggrappandomi a lei.

« Sì, che ce la fai », replicò.

Raggiunsi il medico mentre si avviava a tornare nel pronto soccorso. « Ha per caso detto qualcosa, quand'è arrivato? »

« Per un po' è rimasto cosciente, ma qualsiasi cosa abbia detto era priva di senso. Un riflesso, niente di più. Lo abbiamo portato subito in rianimazione. »

« Ma il cervello funzionava, no? » Aveva visto il killer in faccia. Aveva in corpo tre pallottole. Ero sicura che Mercer non si era arreso, che si era sforzato di dire qualcosa. « *Qualsiasi cosa* lei ricordi... »

Gli occhi stanchi del medico si mossero all'intorno, come se lui stesse cercando di rammentare. « Mi spiace... Eravamo impegnati a salvargli la vita. Provi a chiedere ai paramedici che l'hanno portato qui. »

Tornò dentro. Quando le porte si aprirono, scorsi fuggevolmente Eunice Mercer e una delle sue figlie. Si stavano abbracciando, in lacrime.

Ebbi l'impressione che le mie viscere si squarciassero e avvertii un conato di vomito.

Corsi nel bagno delle donne, mi chinai sul lavandino e mi

spruzzai un po' d'acqua fresca sul viso. «Dannazione! Maledetto!»

Quando mi fui calmata un poco, mi guardai allo specchio. Avevo gli occhi pesti, infossati e vuoti. E, nella mia mente, una voce prese a gridare, ripetendo incessantemente: *Quattro omicidi... Quattro poliziotti neri.*

46

Lorraine Stafford mi aspettava vicino alle due colonne di pietra che segnavano il confine di Ingleside Heights. « Il capo stava rientrando a casa... Si trovava poco più avanti », disse. Si morse il labbro inferiore. « Nessun testimone. Però lì c'è l'autista. »

Raggiunsi il punto in cui era stato trovato il corpo di Mercer. Il team di Charlie Clapper era già al lavoro, setacciando la zona. Era una strada tranquilla, residenziale. L'alta siepe che correva lungo il marciapiede avrebbe impedito a chiunque di vedere il killer.

La sagoma del corpo era stata tracciata col gesso e, all'interno di quel perimetro, si scorgevano larghe chiazze di sangue. Tutt'intorno erano sparse le cose che Mercer aveva con sé negli ultimi istanti di vita: borse di plastica che contenevano giornali, frutta e una bottiglia di vino.

« Ma non c'era un'auto di pattuglia di fronte alla casa? » domandai.

Lorraine m'indicò un giovane poliziotto in uniforme appoggiato al cofano di un'auto bianca e blu. « Quand'è arrivato qui, l'assassino era già sparito e Mercer sanguinava. »

Era ovvio che il killer si era appostato, in attesa. Si era nascosto tra i cespugli finché non aveva visto Mercer. L'assassino sapeva. Proprio com'era successo con Davidson.

Jacobi e Cappy stavano risalendo Ocean Street. Vederli mi strappò un sospiro di sollievo.

« Grazie per essere venuti », mormorai.

Fu allora che Jacobi fece una cosa del tutto insolita, per lui. Mi prese per le spalle e mi fissò dritto negli occhi. « Sta diventando una faccenda grossa, Lindsay. Arriveranno i federali. Qualsiasi cosa si possa fare, di qualsiasi cosa tu abbia bisogno, in qualsiasi momento tu voglia parlare... Be', vieni da me. »

Mi girai verso Lorraine e Chin. « Avete finito? »

« Vorrei capire da quale parte è fuggito », rispose Chin. « Se è venuto in auto e l'ha parcheggiata, allora ci può essere un testimone. In caso contrario, forse qualcuno l'ha visto risalire Ocean Street.»

«Ah, Mercer...» sospirò Jacobi. «Ho sempre pensato che avrebbe tenuto una conferenza stampa al suo funerale.»

«Classifichiamo anche questo come omicidio riconducibile all'odio razziale, tenente?» chiese Cappy.

«Non so tu, però io, nei confronti di 'sto bastardo, provo un odio piuttosto intenso.»

47

SU una cosa Jacobi aveva avuto ragione. Il mattino dopo, tutto *era* cambiato. I giornalisti di ogni agenzia di stampa, di ogni giornale e di ogni rete televisiva del Paese si ammassavano freneticamente sui gradini della Corte di Giustizia, allestendo postazioni video o cercando di strappare un'intervista. Anthony Tracchio fu nominato capo *pro tempore* della polizia. Era stato il braccio destro di Sam Ryan, però non aveva mai fatto veramente carriera. Adesso era lui il mio referente per il caso Chimera. «Non voglio fughe di notizie», mi avvertì seccamente. «Nessun contatto con la stampa. Le interviste le concedo soltanto io.»

Per indagare sull'omicidio di Mercer fu allestita una task force congiunta. Ma il senso di quel «congiunta» mi fu chiaro solo quando salii al piano superiore.

Due agenti dell'FBI, che indossavano entrambi un completo marrone chiaro, mi aspettavano nella sala operativa. Il primo si chiamava Ruddy ed era un azzimato uomo di colore che sfoggiava una camicia Oxford e una cravatta gialla. Sembrava lui il più alto in carica, mentre il secondo, che si chiamava Hull, aveva tutta l'aria di un agente operativo, uno di quelli con le palle quadrate.

La prima frase che uscì dalla bocca di Ruddy fu di apprezzamento per la possibilità di collaborare con l'ispettore che aveva risolto il caso del «killer degli sposini». La seconda fu la richiesta dei dossier su Chimera. Di tutti i dossier. Quello di Tasha. Quello di Davidson. E qualsiasi cosa avessimo su Mercer.

Dieci secondi dopo che se ne furono andati, ero al telefono col mio nuovo capo. «Credo di aver capito cosa intendeva per task force 'congiunta'.»

«I reati contro i pubblici ufficiali sono di competenza federale, tenente. Non posso farci granché.»

«Mercer diceva che questi sono crimini contro la *città*. E che toccava alle forze dell'ordine cittadine trovare il colpevole», spiegai.

La replica di Tracchio fu un colpo al cuore. «Mi spiace. Non è più così.»

48

PIÙ tardi, quel pomeriggio, andai a Ingleside Heights per parlare con la moglie di Mercer. Sentivo di doverlo fare. Lungo la strada erano già parcheggiate numerose macchine. Un parente venne ad aprirmi la porta e mi spiegò che Mrs Mercer era di sopra coi familiari.

Rimasi nel soggiorno, che si riempì ben presto di gente. Conoscevo quasi tutti. Dopo qualche minuto, Eunice Mercer scese le scale, accompagnata da una bella signora di mezz'età che scoprii essere la sorella. Mi riconobbe e mi raggiunse.

«Mi spiace davvero. Non posso crederci», le dissi, prima stringendole la mano e poi abbracciandola.

«Lo so», mormorò lei. «E so anche che lei ci è passata da poco.»

«È molto difficile, lo capisco, però avrei bisogno di farle qualche domanda.»

Lei annuì e, mentre la sorella ritornava dagli ospiti, mi fece strada verso un piccolo studio.

Le rivolsi molte delle domande che avevo già fatto ai parenti delle altre vittime. Il marito aveva ricevuto qualche minaccia, di recente? C'erano state telefonate insolite? Aveva notato qualche individuo sospetto aggirarsi intorno alla casa?

Eunice scosse la testa. «Earl diceva che questo era l'unico luogo in cui gli sembrava davvero di vivere in città e non soltanto di gestire la polizia cittadina.»

Cambiai tattica. «Prima di questa settimana, aveva mai sentito parlare di Art Davidson?»

«Ma lei crede che Earl sia stato ucciso dalla stessa persona che ha commesso quei delitti orribili?» mi chiese di rimando, sconcertata.

Le presi una mano. «Sì, credo che gli omicidi siano riconducibili a un unico killer.»

«Lindsay, nulla ha senso per me, in questo momento», sussurrò lei, passandosi l'altra mano sulla fronte. «Earl è stato ucciso... Quel libro...»

« Quale libro? » chiesi.

« Earl leggeva molte riviste sulle automobili. Aveva un sogno, una volta in pensione... Una vecchia GTO che teneva nel garage di un cugino. Diceva sempre che l'avrebbe smontata tutta e poi ricostruita. Ma il libro che aveva nella tasca della giacca... »

« Quale libro? » ripetei.

« Un giovane medico dell'ospedale me l'ha restituito, insieme col portafoglio e con le chiavi. Non pensavo davvero che a Earl interessassero quelle cose mitologiche... »

Improvvisamente i miei battiti accelerarono. « Me lo potrebbe mostrare? »

« Ma certo. » Eunice Mercer uscì dallo studio e tornò un minuto dopo, porgendomi un tascabile: *Mitologia* di Edith Hamilton.

Era una copia malconcia, come se fosse stata sfogliata mille volte. Passai rapidamente le pagine, ma non vidi nulla.

Poi andai all'indice e lo trovai. Pagina 141. Era sottolineato. *Bellerofonte uccide la chimera.*

Bellerofonte... Billy Reffon.

Avvertii una stretta al cuore. Era il nome che l'assassino aveva dato al 911, mentre si preparava a uccidere Art Davidson. Lui aveva detto di chiamarsi Billy Reffon.

Andai a pagina 141. Ed eccola lì, con tanto d'illustrazione. Il leone, la capra, la coda di serpente...

Chimera.

Quel bastardo ci stava dicendo che aveva ucciso Mercer.

Una scossa elettrica mi attraversò. C'era qualcos'altro. Poche parole scarabocchiate sopra l'illustrazione con una grafia netta, angolosa.

Non è finita... Giustizia sarà fatta.

49

ERO in un bagno di sudore quando lasciai la casa di Mercer. Ormai sapevo la verità e quella consapevolezza mi sgomentava.

Il mio istinto non mi aveva tradito. Non si trattava di un killer che, mosso dall'odio per i neri, sceglieva le sue vittime a caso, bensì di un assassino freddo e calcolatore. Ci provocava, proprio come aveva fatto col minivan bianco e con quella telefonata arrogante. Billy Reffon.

E allora vaffanculo, pensai. Poi chiamai le ragazze. Non potevo tenermi tutto dentro. In città, non avrei potuto trovare menti più acute e brillanti per quanto riguardava la lotta al crimine. Decidemmo d'incontrarci da Susie's.

« Ho bisogno del vostro aiuto », dissi, guardandole, una volta che ci fummo sistemate nel nostro séparé.

« Siamo qui per questo », replicò Claire. « Tu chiami e noi accorriamo. »

« *Finalmente* ammetti che non vali nulla senza di noi, eh? » ridacchiò Cindy.

Dal televisore, acceso su una partita di basket, arrivavano le note di *This kiss* di Faith Hill, però noi, isolate nel nostro séparé, formavamo un mondo a parte. Era bello ritrovarsi insieme.

« Senza Mercer, tutto sta andando a puttane. L'FBI ha cominciato a ficcare il naso. Non so neppure chi sia veramente al timone della polizia. So soltanto che più aspettiamo, più persone saranno uccise. »

« Stavolta dobbiamo fissare dei limiti », disse Jill, tirando verso di sé una Buckler analcolica. « Questo non è un gioco. L'ultima volta credo di aver infranto ogni regola cui avevo giurato di attenermi. Nascondere prove, usare l'ufficio del procuratore distrettuale per scopi personali... Se fosse venuto fuori qualcosa, adesso lavorerei al decimo piano. »

Ridemmo. Al decimo piano della Corte si trovavano le celle di sicurezza.

« Okay », dissi. Concordavo in tutto. « Se troviamo qualcosa, lo consegniamo alla task force. »

«Be', adesso non esageriamo», esclamò Cindy con una risata maliziosa. «Siamo qui per aiutare te, Lindsay, non per favorire la carriera di qualche austero burocrate di sesso maschile.»

«Evviva la nostra 'squadra Margarita'», scherzò Jill. «Sono davvero contenta di tornare in pista.»

«Non dubitarne *mai*», disse Claire.

Guardai le ragazze. Le donne del club omicidi. Una parte di me fremeva di preoccupazione. Quattro persone erano morte, compreso l'ufficiale di polizia di grado più alto in città. Il killer aveva dimostrato di poter colpire come e quando voleva.

«A ogni omicidio, il bersaglio si è fatto più importante e più difficile», dissi, spiegando poi gli ultimi sviluppi del caso, compresa la scoperta del libro infilato nella giacca di Mercer. «Ormai il killer non ha più bisogno di nascondersi dietro il *modus operandi* dei gruppi razzisti. L'elemento razziale c'entra, ovvio, tuttavia non so come.»

Claire c'illustrò a grandi linee i risultati dell'autopsia su Mercer che lei aveva effettuato quel pomeriggio. Era stato colpito tre volte a distanza ravvicinata, con una calibro 38. «Osservando le ferite, ho avuto l'impressione che i tre colpi siano stati sparati a intervalli predefiniti. L'ultimo è stato quello alla testa, quando Mercer era già a terra. Forse il killer voleva ucciderlo lentamente. È anche probabile che si siano parlati. Insomma, a mio parere, Mercer conosceva il suo assassino.»

«Hai indagato sui possibili legami fra i tre poliziotti?» intervenne Jill, rivolta a me. «Ma certo che l'hai fatto. Sei Lindsay Boxer, no?»

«Sì, l'ho fatto, è vero. Non mi risulta che si siano mai incontrati e neppure le loro carriere hanno avuto punti di contatto. Lo zio di Tasha Catchings è più giovane degli altri due di vent'anni. No, non abbiamo trovato nulla che li colleghi.»

«È qualcuno che odia i poliziotti... Be', in fondo, questo vale per un sacco di gente», borbottò Cindy.

«Non riesco a trovare un nesso. All'inizio, tutto sembrava riconducibile all'odio per i neri. Il killer voleva che le indagini si orientassero in quella direzione e voleva pure che trovassimo gli indizi da lui lasciati. Ma soprattutto voleva farci arrivare a quel suo simbolo del cazzo, alla chimera. »

« Però, se ammettiamo che si tratta di una vendetta personale, allora non ha senso ricondurre gli omicidi a un gruppo organizzato », mormorò Jill.

« A meno che il killer non voglia depistarci », replicai.

« O a meno che la chimera non si ricolleghi affatto a un gruppo di fanatici razzisti. Forse questo libro è un modo per dirci qualcos'altro », disse Jill, mordicchiandosi il labbro.

La guardammo tutte. « Su, parla, Einstein. »

Lei sbatté le palpebre, riflettendo, poi scosse la testa. « Stavo solo pensando ad alta voce. » Quindi disse che avrebbe tirato fuori qualsiasi denuncia per maltrattamenti o violenze sporta da un bianco a carico di un poliziotto nero: se la vendetta era il movente, quei dati potevano rivelarsi preziosi per chiarire la disposizione mentale del killer. Cindy avrebbe fatto lo stesso al *Chronicle*.

Era stata una lunga giornata e mi sentivo esausta. La mattina dopo, alle sette e mezzo, mi aspettava una riunione con la task force. Guardai le mie amiche. « Grazie. Grazie davvero. »

« Risolveremo questa faccenda con te », promise Jill. « Prenderemo Chimera. »

« Dobbiamo prenderlo », intervenne Claire. « Così tu continuerai a pagare i conti del bar. »

Parlammo ancora per qualche minuto, discutendo su cosa avremmo fatto il giorno dopo e quando ci saremmo riviste. Stavamo cominciando a carburare. Le auto di Jill e Claire erano parcheggiate lì accanto. Siccome Cindy viveva dalle parti di Castro Street, vicino a casa mia, le chiesi se aveva bisogno di un passaggio.

Lei sorrise. « A essere sincera, ho un appuntamento. »

« Complimenti, una nuova vittima. E chi sarebbe? » esclamò Claire. « Quand'è che potremo dargli un'occhiata? »

« Ma sentile, le donne che si vantano di essere mature e piene di talento e che invece vogliono soltanto *lumarlo* come una combriccola di scolarette... Comunque, se è per questo, potete farlo anche subito. Mi passa a prendere. »

« Non mi perdo mai una bella *lumata* », dichiarò Claire.

« Stasera potresti pure uscire con Mel Gibson e Russell Crowe *insieme* e la cosa non mi smuoverebbe di un centimetro », ridacchiai.

Mentre aprivamo la porta del locale, Cindy mi tirò per un braccio. « Comincia a tremare, cara. »

Lo vedemmo tutte nello stesso momento. E ci ritrovammo tutte a *lumarlo*, incredule.

Perché lì fuori, in attesa, bellissimo e sexy, vestito interamente di nero, c'era Aaron Winslow.

50

NON ci potevo credere. Rimasi lì, a bocca aperta. Guardai Cindy, poi di nuovo Winslow e, a poco a poco, la mia aria sorpresa lasciò il posto a un sorrisetto impacciato.

« *Tenente...* » disse Winslow, cercando di superare l'imbarazzo. « Quando Cindy mi ha detto che doveva incontrare alcune amiche, non immaginavo che parlasse anche di lei. »

« Già », borbottai.

« Stiamo andando al Blue Door », annunciò Cindy al gruppetto, facendo le presentazioni. « C'è Pinetop Perkins in città. »

« Fantastico », esclamò Claire.

« *Celestiale* », la corresse Jill.

« Qualcuno vuol venire? » chiese Aaron Winslow. « Se non avete mai ascoltato il blues di Memphis, non sapete cosa vi perdete. »

« Devo essere in ufficio domattina alle sei », disse Claire. « Voi due andate pure senza di me. »

Mi chinai verso Cindy per sussurrarle: « Sai, quando abbiamo parlato di quella buca da cecchino, l'altro giorno, stavo solo scherzando ».

« Tu sì, ma io no », ribatté lei, prendendomi a braccetto.

E così io, Claire e Jill, basite, rimanemmo a guardare quei due che si allontanavano. Dovevo ammettere che formavano una bella coppia... E poi, andavano soltanto a sentire un po' di musica, no?

« Okay. Ditemi che non stavo sognando », disse Jill.

« Non stavi sognando affatto, ragazza mia », ribatté Claire. « Spero soltanto che Cindy sappia a cosa sta andando incontro. »

« Lo spero anch'io », mormorai.

Mentre salivo in macchina, fantasticai un po' sull'idea di Cindy con Aaron Winslow, riuscendo quasi a dimenticare il vero motivo per cui ci eravamo incontrate.

Svoltai con l'Explorer in Brannan Street e salutai con un cenno Claire, che proseguì. Mentre giravo, però, vidi con la coda dell'occhio una Toyota bianca che si metteva in moto dietro di me.

Avevo coinvolto le ragazze in un caso orribile e quel pensiero mi ossessionava. Avevo appena disatteso un ordine del sindaco *e* del mio diretto superiore. Non ci sarebbero state scappatoie, stavolta. Roth non mi avrebbe giustificato. E Mercer non poteva più farlo.

Una Mazda con due ragazzine si fermò proprio alle mie spalle, a un semaforo sulla 7th Street. Quella che guidava era attaccata al cellulare e parlava a raffica, mentre l'amica stava cantando la canzone trasmessa dall'autoradio.

Ripartimmo e le tenni d'occhio per un isolato, ma poi svoltarono, imboccando la 9th Street, e la Mazda fu sostituita da un minivan blu.

Arrivai a Potrero Hill dal sottopassaggio della 101st Street e mi diressi a sud. Il minivan girò.

Fu allora che, con mia sorpresa, vidi la stessa Toyota bianca di prima a trenta metri dalla mia auto.

Proseguii. Una BMW argentata accelerò sulla corsia di sinistra e si mise alle mie spalle. Dietro di essa, c'era un autobus di linea. L'auto misteriosa sembrava sparita.

Con tutto quello che stai passando, un po' di nervosismo è normale, no? mi dissi. La mia faccia era apparsa sui giornali e in TV.

Girai come al solito in Connecticut Street e cominciai a risalire verso Potrero Hill. Speravo che la mia vicina, Mrs Taylor, fosse uscita a portare a spasso Martha. E avevo quasi deciso di fermarmi sulla 20th Street per prendermi un gelato alla vaniglia.

Dopo un paio d'isolati, guardai un'altra volta nello specchietto retrovisore. E apparve la Toyota.

Quel figlio di puttana viveva nel mio stesso isolato... oppure mi stava seguendo.

Ero certa che fosse Chimera.

51

Il mio cuore batteva all'impazzata ed ero scossa dai brividi. Socchiudendo le palpebre, scrutai la targa nello specchietto retrovisore, cercando di capire se numeri e lettere mi dicevano qualcosa: California... PCV... 182. Non riuscivo a vedere chi era alla guida. *Roba da matti...* Di certo, comunque, non me l'ero immaginato.

Parcheggiai davanti a casa mia, aspettando in macchina finché non vidi il cofano della Toyota che saliva oltre il bordo della 20th Street e poi si fermava ai piedi dell'ultima collina. Il sangue mi divenne ghiaccio liquido.

Ho fatto capire a quel bastardo dove abito.

Presi la Glock dal vano portaoggetti e controllai il caricatore. *Calma, sta' calma. Lo prenderai, quel bastardo. Sì, sarai* tu *ad arrestare Chimera e lo farai* ora.

Mi rannicchiai, soppesando le possibilità. Potevo chiamare qualcuno... Una volante mi avrebbe raggiunto in pochi minuti. Ma prima dovevo capire chi era. Un'auto della polizia lo avrebbe spaventato, inducendolo a fuggire.

Il mio cuore sembrava impazzito. Impugnai la Glock, aprii la portiera e scivolai fuori, nella notte. *E adesso?*

Al pianterreno di casa mia c'era una porta di servizio che si apriva su un vicolo. Da lì, potevo fare il giro dell'isolato, sbucando nel parco in cima alla collina. Se quel bastardo non si fosse mosso, avrei potuto sorprenderlo alle spalle.

Arrivata alla porta, esitai per qualche istante, sufficiente a scorgere la Toyota che si avviava. Cercai affannosamente le chiavi nella borsa e le spinsi nella serratura.

Ero dentro. Vedevo la Toyota da una finestrella. Provai di nuovo a individuare chi era al volante, ma le luci all'interno dell'auto erano spente.

Aprii il catenaccio della porta di servizio e corsi lungo il vicolo, nascosta dagli edifici, verso il parco in cima alla collina. Lì mi voltai, tuffandomi nelle ombre dei palazzi sull'altro lato della strada.

Dietro di lui...

La Toyota era ferma sul lato della strada opposto rispetto a casa mia. I fari erano spenti.

Il guidatore stava fumando una sigaretta.

Mi accucciai dietro una Honda Accord, stringendo la pistola. *Si arriva al dunque, Lindsay... Puoi incastrarlo se rimane in auto? E se le portiere sono bloccate?*

D'un tratto, la portiera si aprì e la luce interna si accese. Stava scendendo dalla macchina, il bastardo. Però mi voltava le spalle.

Indossava un giaccone impermeabile scuro e un berretto floscio, calzato a coprirgli gli occhi. Guardava casa mia. *Il mio appartamento.*

Poi attraversò la strada. Senza paura.

Bloccalo. Ora. Quel figlio di puttana era venuto fin lì per me. Mi aveva minacciato con quella scritta nel libro di Mercer. Mi sollevai, uscendo allo scoperto, abbandonando la protezione delle auto parcheggiate.

Il mio cuore correva e tambureggiava. Temevo che lui si girasse di scatto. *Ora. Vai! L'hai preso!*

Avanzai, la Glock stretta in pugno. Gli strinsi il collo con un braccio, tirai e gli mollai un calcio alle gambe da dietro.

Ruzzolò a terra, battendo la fronte. Allora lo bloccai, premendogli la pistola alla nuca. « Polizia, stronzo! Spalanca le braccia! »

Un grugnito di dolore. Obbedì. *Era davvero Chimera?*

« Volevi me, stronzo, eh? Be', eccomi. E adesso girati. »

Mollai la presa col ginocchio quel tanto che bastava perché si voltasse. E, quando lo fece, il mio cuore si fermò.

Davanti a me c'era la faccia di mio padre.

52

MARTY BOXER rotolò sulla schiena con un gemito, espirando a fatica. Conservava ancora un tocco di quel fascino virile che ricordavo, ma era un po' diverso: più vecchio, più smilzo, più sfatto. Aveva pochi capelli e i suoi occhi azzurri, un tempo così vivi, sembravano slavati.

Non lo vedevo da dieci anni. E non gli parlavo da ventidue.

« Che ci fai qui? » volli sapere.

« Be', ora come ora, mi sto facendo massacrare da mia figlia », replicò con voce sforzata, girandosi su un fianco.

Qualcosa di duro sporgeva dalla tasca del giaccone. Lo afferrai, tirando fuori una Smith & Wesson calibro 40, di quelle che il Dipartimento, in passato, dava agli agenti in servizio. « E questa che cazzo è? Il tuo modo di salutare? »

« Eh, il mondo è una giungla », rispose ansimando.

Mi staccai da lui. Mi bastava guardarlo per sentirmi oltraggiata, per far riaffiorare di colpo ricordi che avevo seppellito da anni. Non allungai la mano per aiutarlo ad alzarsi. « Che stavi facendo? Mi pedinavi? »

Si mise lentamente a sedere. « Dunque non sapevi che era il tuo vecchio quello che voleva farti visita, eh, Buttercup? Vabbè, facciamo finta che sia così. »

« Non chiamarmi in *quel* modo! » gridai. *Buttercup*, « ranuncolo »: quando avevo sette anni – e lui stava ancora a casa – mi aveva dato quel soprannome. Invece mia sorella Cat era Horsefly, « tafano ». Un'ondata di ricordi sgradevoli mi travolse. « Sbuchi fuori dopo tutto 'sto tempo, mi fai cacare sotto dalla paura e poi credi di sfangarla chiamandomi Buttercup? Non sono la tua figlioletta. Sono un tenente della Omicidi. »

« E a me lo dici? Caspita, piccola, la sai atterrare una persona... »

« Ritieniti fortunato », replicai, mettendo la sicura alla Glock.

« Si può sapere chi diavolo stavi aspettando? » chiese, massaggiandosi le costole. « Sylvester Stallone? »

« Non sono fatti tuoi. Voglio soltanto sapere che ci fai qui. »

Tirò su col naso, con aria colpevole. « Mi sa proprio che non sei entusiasta di vedermi, eh, Buttercup? »

« Non lo so, cosa sono. Sei malato? »

Gli occhi azzurri lampeggiarono. « Ma pensa un po'... Un padre non può far visita alla sua primogenita senza che ci sia qualcosa sotto. »

Studiai le sue rughe. « Non ti vedo da dieci anni e parli come se fosse una settimana. Vuoi un aggiornamento? Mi sono sposata e ho divorziato. Sono entrata nella Omicidi. Adesso sono un tenente. È un po' sintetico, lo ammetto, ma almeno adesso lo sai, papà. »

« Credi che, dopo tutti questi anni, non abbia più il diritto di considerarti mia figlia? »

« Non lo so, come mi consideri. »

Il suo sguardo divenne improvvisamente dolce. « Dio mio... Sei davvero bellissima, *Lindsay* », mormorò, sorridendo.

Eccola lì, quell'aria ammiccante, sfrontata, che avevo visto infinite volte, da bambina. Scossi la testa, stizzita. « Rispondi alla mia domanda, Marty. »

« Ascolta... » Deglutì. « Pedinarti non mi ha fatto guadagnare molti punti, però... E se parlassimo un poco? Mi offri un caffè? »

Fissai con aria incredula quell'uomo che aveva abbandonato la sua famiglia quando avevo soltanto tredici anni. Che si era ben guardato dal tornare quando la mamma si era ammalata. Al quale, dalla maggiore età in poi, avevo pensato come a un vigliacco, a un mascalzone o anche peggio. L'ultima volta in cui l'avevo visto era stato il giorno del diploma, quand'ero diventata un poliziotto: se ne stava seduto in fondo alla sala. Volevo menarlo o abbracciarlo? Non lo sapevo.

« *Una* tazza... » risposi, allungando una mano e aiutandolo ad alzarsi. Poi, mentre gli levavo di dosso qualche sassolino, aggiunsi: « Mi hai convinto a offrirti soltanto *una* tazza di caffè ».

53

Preparai un bricco di caffè per mio padre e una tazza di tè Red Zinger per me. Gli mostrai rapidamente la casa, presentandolo a Martha, la quale, disattendendo i miei ordini silenziosi, prese subito in simpatia il caro, vecchio paparino.

Ci sedemmo sul divano di tela bianca, con Martha accoccolata ai piedi di papà. Gli diedi un asciugamano umido e lui si tamponò il graffio sulla guancia.

« Scusami per quello », mormorai, sistemandomi la tazza caldissima sulle ginocchia. *Be', si fa per dire...*

« Mi è andata peggio altre volte. E me lo meritavo, pure », replicò, scrollando le spalle e sorridendo.

« Ne sono certa. »

Eravamo l'uno di fronte all'altra e nessuno dei due sapeva da dove cominciare. « Allora... Direi che è arrivato il momento di dirmi cos'hai fatto negli ultimi ventidue anni, no? »

Lui bevve un sorso di caffè e posò la tazza. « Be', certo. Fin lì, ci arrivo. » Mi descrisse la sua vita, che mi sembrò perlopiù un caotico susseguirsi di colpi di sfortuna. Aveva lavorato per un po' come assistente cuoco a Redondo Beach – e quello già lo sapevo –, poi aveva mollato il posto per diventare guardia del corpo. Gente importante: Kevin Costner, Whoopi Goldberg... « Sono andato persino alla cerimonia degli Oscar », ridacchiò. Si era risposato, però il matrimonio era durato solo un paio d'anni. « Non ero adatto per quel lavoro », disse, accompagnando la battuta con un gesto che indicava *ci ho messo una pietra sopra*. Adesso era di nuovo una guardia del corpo, ma non per i VIP. Lavoretti, qui e là.

« Giochi sempre? » chiesi.

« Scommetto, sì, ma col pensiero. Ho dovuto smettere quando ho finito la grana. »

« Sei ancora fissato coi Giants? » Quando finiva il turno, mi portava sempre all'Alibi, un bar nel Distretto di Sunset. Mi metteva in piedi sul bancone, mentre lui e i suoi amici guardavano le partite pomeridiane che si giocavano a Candlestick Park. A quell'epoca, stare con lui era il massimo, per me.

«No, li ho mollati quando hanno venduto Will Clark. Adesso tifo per i Dodgers. Ma mi piacerebbe vedere il nuovo stadio.» Mi fissò a lungo.

Toccava a me. Come potevo raccontare a mio padre gli ultimi ventidue anni della mia vita? Gli descrissi tutto quello che potevo, evitando di tirare in ballo la mamma. Gli parlai di Tom, il mio ex, e del perché non aveva funzionato. («Mi ricorda qualcuno...» ironizzò. «Già, però almeno io sono rimasta», replicai.) Gli spiegai quanto mi ero impegnata per entrare nella Omicidi e come, alla fine, ci fossi riuscita.

Annuì, cupo. «Ho letto del grosso caso di cui ti sei occupata. Anche da noi, nel Sud, non si parlava d'altro, sui giornali.»

«Fa una gran bella figura sul curriculum.» Gli rivelai che, un mese dopo, ero stata promossa, diventando tenente.

Lui si chinò in avanti, appoggiandomi una mano sul ginocchio. «Lindsay, volevo vederti. Ho provato un milione di volte e poi... non so perché non l'ho fatto. Sono orgoglioso di te. Essere nella Omicidi vuol dire trovarsi al top. Ti guardo e sei... forte, sicura di te. E tanto bella. Vorrei soltanto avere una piccola parte di merito.»

«Ma ce l'hai. Mi hai insegnato a non fidarmi di nessuno se non di me stessa.»

Mi alzai, gli versai dell'altro caffè e mi sedetti di nuovo. «Senti, mi spiace che le cose non ti siano andate bene. Mi spiace davvero. Ma sono passati ventidue anni... Perché sei qui?»

«Ho chiamato Cat, chiedendole se avevi voglia d'incontrarmi. Mi ha detto che sei stata male.»

Non avevo nessun bisogno di rivivere quel periodo. Aver davanti mio padre era già abbastanza difficile. «Sì, sono stata male, però adesso va meglio. E spero di continuare così.» Mi sembrava che il mio cuore premesse contro il petto. Stavo cominciando a sentirmi a disagio. «Da quanto tempo mi segui?»

«Da ieri. Per tre ore sono stato fermo in macchina sull'altro lato della Corte, cercando di trovare un modo per avvicinarti. Non sapevo se volevi vedermi.»

«E infatti non ne sono ancora sicura, papà.» Mi sforzavo di trovare le parole giuste e ormai ero sull'orlo delle lacrime. «Tu non c'eri mai. Sei scappato. Non è che posso cambiare di colpo le cose che ho provato in tutti questi anni.»

«Non mi aspetto che tu lo faccia, Lindsay. Sto diventando vecchio. Un vecchio ben consapevole di aver fatto un milione di errori. Non posso far altro che rimediare ad alcuni di essi.»

Lo guardai, incerta se scuotere la testa, sconcertata, oppure sorridere. Mi asciugai gli occhi. «Sta succedendo un gran casino. Hai sentito di Mercer?»

«Già.» Sospirò. Mi aspettavo che dicesse qualcosa, ma lui si limitò a scrollare le spalle. «Ti ho visto in televisione. Sei davvero stupenda. Lo sai, Lindsay?»

«Ti prego, papà, smettila.» Le indagini richiedevano una concentrazione assoluta e io invece me ne stavo lì, a confrontarmi di nuovo con mio padre. Era una follia. «Non so se ho energie da impegnare in... questo, adesso.»

«Non lo so neanch'io.» Allungò una mano verso la mia. «E se ci provassimo?»

54

ALLE nove del mattino dopo, Morris Ruddy, l'agente scelto dell'FBI, stava prendendo appunti su un bloc-notes. «Allora, tenente, quando avete stabilito un nesso tra il simbolo della chimera e i gruppi che proclamano la supremazia dei bianchi?»

Mi sentivo ancora stordita per quello che era successo la sera precedente. Una riunione con la task force – coi federali – era in assoluto l'ultima cosa che avrei voluto fare. «È stata proprio l'FBI a suggerirlo. Ci è arrivato un messaggio da Quantico.»

Non era proprio verissimo. Stu Kirkwood si era limitato a confermare quello che avevo appreso da Cindy.

«E in seguito, giacché avevate appurato questa circostanza, quanti di tali gruppi avete controllato?» proseguì il tizio dell'FBI, in tono monocorde.

Gli lanciai un'occhiata depressa che voleva dire: *Se uscissimo da qui, forse potremmo fare qualche progresso nelle indagini.* «Ha letto i dossier che le ho dato... Ne abbiamo controllato due o tre.»

«Ne avete controllato *uno*», mi corresse, sollevando un sopracciglio.

«Senta un po'... In questa zona, non abbiamo rilevato attività particolari di gruppi del genere. La dinamica degli omicidi è analoga a quella di altri casi di cui mi sono occupata. Sono convinta che siamo alle prese con un serial killer. È soltanto un'intuizione, lo ammetto, però...»

«Se ho capito bene, lei parte da quattro crimini distinti e arriva a sostenere che sono stati compiuti da un unico individuo...»

«Sì. Parto da *quello* e da sette anni nella Omicidi.» Il suo tono non mi piaceva.

«Agente Ruddy, questo non è un processo», intervenne finalmente Sam Ryan, il capo dei detective.

«Sto solo cercando di capire se dobbiamo concentrarci su questa zona e con quanti mezzi», replicò l'uomo dell'FBI.

«Gli indizi su Chimera non ci sono mica caduti in mano così, manco fossero in una cartella stampa. Un bimbo di sei anni ha visto il minivan bianco. Sulla scena del delitto Chipman c'era un disegno sul muro. Il nostro medico legale ha ipotizzato che Tasha Catchings fosse un bersaglio preciso e non casuale della sparatoria alla La Salle Heights Church », insistetti.

« E voi, ancora adesso, dopo che il vostro capo è stato ucciso, non siete convinti che si tratti di omicidi a matrice razzista o politica? »

« Forse gli omicidi ce l'hanno, una matrice politica. Non conosco i piani dell'assassino. Ma so che è uno solo e che è matto perso. Dove ci porta tutto ciò? »

« Ci porta al delitto numero *tre* », intervenne Hull, l'altro agente. « All'omicidio di Davidson. » Si sollevò con una certa fatica dalla sedia – era ben piazzato – e si avvicinò a una lavagna portablocco, sulla quale, in colonne ordinate, erano elencati gli omicidi e i dettagli salienti. « I delitti uno, due e quattro hanno legami con Chimera. Ma il delitto Davidson non c'entra affatto. Vorremmo capire perché siete tanto sicuri che si tratti di un unico assassino. »

« Non ha visto il colpo », dissi.

« In base a ciò che ho qui... » – Hull scorse le sue note – « ... Davidson è stato ucciso con un'arma completamente diversa da... »

« Non parlavo dei dettagli balistici, Hull. Mi riferivo al colpo. Era preciso, da tiratore scelto. Proprio come quello che ha ucciso Tasha Catchings. »

« Intendevo che non abbiamo nessuna *prova tangibile* che colleghi l'omicidio di Davidson agli altri », continuò Hull. « Se ci atteniamo ai fatti, e non alle intuizioni dell'ispettore Boxer, nulla ci indica che i delitti di cui ci stiamo occupando *non* abbiano una matrice *politica*. »

Qualcuno bussò alla porta della sala riunioni e Charlie Clapper infilò dentro la testa, neanche fosse una timida marmotta che sbirciasse dalla tana. Annuì in direzione dei due agenti dell'FBI, poi mi fece l'occhiolino. « Mi sa che questo vi sarà utile », disse, posando sul tavolo una foto in bianco e nero dell'orma lasciata da una scarpa da ginnastica. « Ricordi quell'impronta che abbiamo preso nell'asfalto del tetto da cui è partito il colpo che ha ucciso Art Davidson? »

«Certo», risposi.

Mise un altro ingrandimento accanto al primo. «E questa l'abbiamo presa dal terreno fangoso accanto alla scena del delitto Mercer.»

Le orme erano identiche.

Il silenzio parve riempire la stanza. Prima guardai l'agente Ruddy, poi l'agente Hull.

«Be', è ovvio: si tratta di un normalissimo paio di Reebok Cross Trainers», spiegò Charlie. Poi, dalla tasca del suo camice bianco da laboratorio, tirò fuori un vetrino su cui c'erano minuscoli granuli di polvere. «E questo l'abbiamo trovato dov'è stato ucciso il capo.»

Mi chinai a osservare quelle tracce di gesso e ribadii: «Il killer è uno solo».

55

AVEVO proprio voglia di vedere le ragazze, quindi le chiamai per un pranzo veloce.

C'incontrammo agli Yerba Buena Gardens e sedemmo nello spiazzo di fronte al nuovo cinema IMAX, mangiando tortilla e insalata e osservando i bambini che giocavano accanto alla fontana. Feci un riassunto di tutto quello che era successo dal momento in cui le avevo lasciate, raccontando del misterioso sconosciuto che mi aveva seguito e di come avessi immobilizzato mio padre fuori del mio appartamento.

« Oddio, il padre prodigo... » borbottò Claire.

Per un istante ci sembrò di trovarci sotto una cupola di silenzio, completamente isolate dal mondo. Tutte mi fissavano con aria incredula.

« Da quant'era che non lo vedevi? » chiese infine Jill.

« Dal giorno del diploma all'Accademia. Non lo avevo invitato, ma lui, chissà come, l'aveva scoperto. »

« Ti ha seguito dal nostro incontro, neanche fosse un subdolo pervertito? Puah! » esclamò Jill, rabbrividendo.

« Tipico di Marty Boxer... » Sospirai. « Signore, vi presento mio padre. »

Claire mi posò una mano sul braccio. « Insomma, cosa voleva? »

« Non ne sono ancora sicura. È stato come se volesse chiedere scusa per qualcosa. Cat, mia sorella, gli ha detto che ero stata malata. Ha seguito il caso del 'killer degli sposini' e voleva farmi sapere che era davvero orgoglioso di me... almeno così afferma. »

« Ma è successo mesi fa », protestò Claire, prendendo un morso dalla sua tortilla pollo e avocado. « Se l'è presa comoda, eh? »

« Proprio quello che ho detto io », commentai.

« Quindi, *dopo vent'anni*, ha semplicemente deciso di bussare alla tua porta? » disse Cindy, scuotendo la testa.

« È un bene, Lindsay », intervenne Claire. « Mi conosci... Guardo sempre il lato positivo. »

«È un *bene* che dopo vent'anni ricompaia d'un tratto con la coscienza sporca?»

«No, è un bene che abbia bisogno di te, Lindsay. È solo, no?»

«Mi ha detto di essersi risposato, ma dopo un paio d'anni ha divorziato di nuovo. Pensa un po', Claire... Tuo padre si risposa e tu lo vieni a sapere un sacco di tempo dopo...»

«Il punto è un altro, Lindsay. Ha fatto il primo passo e tu non dovresti essere così orgogliosa da respingerlo», replicò Claire.

«Ma tu, come ti senti?» chiese Jill.

Mi pulii la bocca, bevvi un sorso di tè freddo e trassi un profondo respiro. «Sinceramente? Non lo so. Mi sembra che mi sia apparso un fantasma dal passato, portandosi appresso un sacco di brutti ricordi. Lui ha soltanto fatto del male alle persone che si sono trovate sulla sua strada.»

«Cara, si tratta di tuo padre», mormorò Claire. «È da quando ti conosco che convivi con questo dolore. Dagli almeno una possibilità, Lindsay. Potresti ottenere qualcosa che non hai mai avuto.»

«Ma lui potrebbe anche darle un'altra mazzata.»

«Caspita!» esclamò Cindy, lanciando un'occhiata a Jill. «La prospettiva della maternità non ti ha esattamente reso tutta latte e miele, eh?»

«Ti è bastato uscire una volta col reverendo per trasformarti nel grillo parlante del gruppo? Davvero notevole», sbuffò Jill.

Guardammo tutte Cindy, trattenendo a stento un sorriso.

«Già», annuì Claire. «Non vorrai mica abbandonare questo consesso di povere vecchiette, eh?»

Cindy arrossì. Da quando la conoscevo, non avevo mai visto Cindy Thomas arrossire.

«Voi due fate proprio una bella coppia», sospirai.

«Mi piace», sbottò Cindy. «Abbiamo parlato per un paio d'ore. In un bar. Poi mi ha portato a casa. Fine della storia.»

«Come no?» ridacchiò Jill. «È carino, ha un lavoro sicuro e, semmai tu venissi tragicamente uccisa, non dovresti preoccuparti di chi celebrerà il tuo funerale.»

«A questo non avevo pensato», commentò Cindy, sorridendo. «Insomma è stato soltanto un appuntamento. Sto scrivendo un pezzo su di lui e sul quartiere. Sono sicura che non mi chiederà di uscire di nuovo.»

«Ma tu glielo chiederai?» volle sapere Jill.

«Siamo amici... no, conoscenti. Ho passato due ore molto piacevoli e vi garantisco che ognuna di voi direbbe lo stesso. Sto *raccogliendo del materiale*», dichiarò Cindy, incrociando le braccia.

Sorridemmo. Ma Cindy aveva ragione: nessuna di noi avrebbe rifiutato la possibilità di trascorrere due ore in compagnia di Aaron Winslow. Se mi veniva in mente il suo discorso ai funerali di Tasha Catchings, avevo ancora i brividi.

Mentre radunavamo le confezioni delle tortilla, mi rivolsi a Jill. «Allora, stai bene?»

Lei sorrise. «Sì... In effetti, sto benissimo.» Chiuse le mani sul seno che si stava ingrossando e gonfiò le guance, come a dire *grassa*... «Devo soltanto chiudere quest'ultimo caso. Poi magari mi prenderò una pausa... Chissà!»

«Se lo vedo ci credo», rise forte Cindy. Claire e io spalancammo gli occhi a sottolineare l'affermazione.

«Be', potreste avere una sorpresa», replicò Jill.

Ci stavamo alzando quando Claire mi chiese: «Allora, che intendi fare?»

«Continuerò a cercare un nesso tra le vittime. Prima o poi verrà fuori.»

Mi studiò. «Intendevo con tuo padre.»

«Non lo so. Non bastava questo momentaccio, ci voleva pure Marty a rompere le scatole. Se vuole un'amnistia, si metta in coda.»

Claire mi scoccò uno dei suoi sorrisi furbetti.

«Mi sa che vuoi suggerirmi qualcosa», borbottai.

«Ma certo. Perché non fai quello che si fa normalmente nelle situazioni incerte e stressanti?»

«Vale a dire?»

«Lo inviti a cena. E cucini tu.»

56

QUEL pomeriggio, ingobbita di fronte al suo computer, al *Chronicle*, Cindy sorseggiava una Stewart's Orange n'Cream e scorreva sul monitor l'ennesima, inutile ricerca.

Da qualche parte, nei recessi della sua memoria, c'era *qualcosa* che lei aveva archiviato, un ricordo che la tormentava, ma cui non riusciva a dare forma. *Chimera*... Quella parola, usata in un contesto diverso, forse poteva essere utile per risolvere il caso...

Aveva già setacciato il CAL, il database online degli archivi del *Chronicle*: zero assoluto. Poi si era rivolta ai motori di ricerca: Yahoo, Jeeves, Google... Le sue antenne fremevano. Come Lindsay, era convinta che quel mostro mitologico non c'entrasse nulla con qualche fantomatico gruppo di fanatici razzisti. Era il simbolo di un'unica persona: molto precisa, molto perversa e molto intelligente.

Su, dai, sbuffò, frustrata, pestando sul tasto invio. *Lo so che sei lì, da qualche parte...*

La giornata era quasi finita e lei non aveva trovato niente, neanche un piccolo spunto per l'edizione del mattino dopo. Il suo caposervizio avrebbe borbottato, in tono iroso: *Abbiamo dei lettori, e i lettori vogliono continuità*. Doveva promettergli qualcosa. *Ma cosa?* Le indagini erano a un punto morto.

Era su Google quando lo trovò. Scorreva stancamente con lo sguardo l'ottava pagina di risultati e la frase la colpì come uno schiaffo.

Chimera... La fossa dell'inferno*, libro di denuncia sulla vita carceraria a Pelican Bay di Antoine James. Pubblicato postumo. Le sofferenze e le crudeltà di una prigione e una vita nel crimine.*

Pelican Bay... Nel sistema carcerario californiano, era il luogo in cui veniva buttata la feccia della feccia, dove finivano i peggiori in assoluto. Criminali violenti che non si potevano tenere sotto controllo altrove.

Rammentò di aver letto qualcosa riguardo a Pelican Bay sul *Chronicle*, forse un paio d'anni prima. Ecco dove aveva sentito parlare di Chimera. Tutto tornava. Era *quello* che l'aveva tormentata fin dall'inizio.

Spostò la sedia verso il monitor del CAL, sistemato lì vicino. Spingendosi gli occhiali sul naso, digitò: *Antoine James*.

Cinque secondi dopo, apparve il risultato. Un articolo, datato 10 agosto 1998. Due anni prima. Scritto da Deb Meyer e apparso nell'edizione domenicale. Titolo: «Diario postumo tratteggia un universo d'incubo e violenza dietro le sbarre».

Cliccò sulla barra MOSTRA e, in pochi istanti, sul monitor apparve un facsimile dell'articolo. Era stato pubblicato nella cronaca cittadina. Antoine James stava scontando una pena da dieci a quindici anni di carcere a Pelican Bay per rapina a mano armata quand'era stato pugnalato e ucciso durante un alterco. Aveva tenuto un diario, in cui raccontava la sconvolgente vita della prigione, elencando una serie pressoché ininterrotta di delazioni forzate, aggressioni a matrice razzista, pestaggi da parte dei secondini e violenze di gruppo.

Cindy stampò l'articolo, chiuse il CAL e ritornò con la sedia alla sua scrivania. Appoggiandosi allo schienale, posò i piedi su una pila di libri e incominciò a esaminare la pagina.

«Dal preciso istante in cui varchi i cancelli, la vita a Pelican Bay è una continua intimidazione da parte dei secondini, una vera guerra segnata dalle violenze di gruppo...» aveva scritto James in un quaderno con la copertina bianca e nera. «Le gang ti danno prestigio, un'identità. E ti proteggono, anche. Ognuno si prende un impegno e, quale che sia il gruppo cui appartieni, esso ti controlla e ti dice cosa si aspetta che tu faccia.»

Lo sguardo di Cindy corse sulla pagina. Quella prigione era un vespaio di gang. I Bloods e i Daggers erano rispettivamente i neri e i musulmani. Gli ispanici si dividevano fra i Nortenos, coi loro bandana rossi, i Serranos coi bandana blu e i Los Eme, membri della mafia messicana. Tra i bianchi, c'erano i Guineas – gli italiani –, i Bikers e alcuni depravati che si facevano chiamare Stink Toilet People. Poi c'erano gli Aryans, che ovviamente difendevano la supremazia della razza bianca.

«Alcuni gruppi erano supersegreti», aveva scritto James. «Una volta che ne facevi parte, nessuno ti toccava.

«Un gruppo di bianchi era parecchio tosto. Era composto da gente finita in galera per crimini particolarmente violenti. Una volta scommisero su che cosa aveva mangiato un detenuto e, per capire chi aveva vinto, lo squartarono.»

Un flusso di adrenalina percorse Cindy mentre leggeva la frase seguente.

James aveva dato un nome a quel gruppo: *Chimera*.

57

STAVO quasi per dichiarare chiusa la giornata – non era emerso niente di nuovo sulle quattro vittime; il gesso bianco rimaneva ancora un enigma –, quando giunse la telefonata di Cindy.

«La Corte di Giustizia è ancora sotto corte marziale?» mi stuzzicò, riferendosi alla moratoria messa dal sindaco sulle conferenze stampa.

«Fidati, non è che qui dentro ce la spassiamo.»

«Incontriamoci. Ho qualcosa per te.»

«Certo. Dove?»

«Guarda dalla finestra. Sono qui di fronte.»

Mi sporsi: Cindy era là, appoggiata a un'auto davanti alla Corte di Giustizia. Erano quasi le sette. Sgombrai la scrivania e, dopo un rapido saluto a Lorraine e a Chin, sgattaiolai fuori dall'entrata posteriore. Risalii di corsa la strada e raggiunsi Cindy, che indossava una gonna corta e una giacca di jeans ricamata. In spalla, aveva uno zainetto kaki piuttosto consunto.

«Serata di prove del coro?» scherzai.

«Senti chi parla. La prossima volta che ti becco con addosso una tuta della SWAT, ne dedurrò che hai un appuntamento col tuo paparino.»

«A proposito... L'ho chiamato, invitandolo da me domani sera. Allora, Gola Profonda, mi vuoi dire cosa c'è di così importante da incontrarci qui?»

«Ho una notizia buona e una cattiva», disse Cindy, tirando fuori dallo zaino una busta formato A4. «Mi sa che l'abbiamo trovato, Lindsay.»

Mi passò la busta e io la aprii. Dentro, c'era un articolo del *Chronicle* di due anni prima: parlava del diario di un detenuto, intitolato *La fossa dell'inferno* e l'autore era un certo Antoine James. Alcune frasi erano evidenziate in giallo. Cominciai a leggere.

«*Gli Aryans erano ben più di difensori della razza bianca. Tutti erano già stati in carceri di massima sicurezza. Bianchi, cattivi, pieni d'odio. Non sapevamo chi odiassero di più, se noi, il 'branco' con cui dovevano dividere i pasti, o i poliziotti e i secondini che li avevano messi lì e ce li tenevano.*

Quei bastardi si erano dati un nome. Si chiamavano Chimera.»

I miei occhi sembrarono incollarsi su quella parola.

«Sono animali, Lindsay. La peggior feccia del sistema carcerario. Se uscivano, s'impegnavano addirittura a compiere vendette per conto dei loro soci rimasti dentro...» mormorò Cindy e aggiunse: «Questa è la notizia buona. Quella cattiva è Pelican Bay».

58

NELL'ANATOMIA del sistema carcerario californiano, Pelican Bay era *il posto in cui non batteva il sole*.

Il giorno dopo, presi con me Jacobi e inoltrai una richiesta ufficiale per poter disporre di un elicottero della polizia che, in un'ora, ci avrebbe portato a Crescent City, vicino al confine con l'Oregon. Ero già stata due volte a Pelican Bay: la prima per incontrare un informatore su un caso di omicidio e la seconda per un'udienza in cui si doveva decidere se mettere in libertà vigilata un tizio che avevo sbattuto dentro. In entrambi i casi, mentre volavo sopra la fitta foresta di sequoie che circondava il complesso, mi ero sentita come se mi avessero fatto un nodo alla bocca dello stomaco.

Se sei un agente di polizia – e soprattutto se sei una donna – quello è uno dei luoghi in cui non vuoi proprio andare. All'ingresso, dove sbrighi le pratiche, c'è un cartello che avverte: se venite presi in ostaggio, dovete cavarvela da soli. *Non si tratta coi detenuti.*

Avevo fissato un appuntamento col direttore, Roland Estes, nell'edificio dell'amministrazione. Ci fece aspettare per qualche minuto. Infine comparve. Estes era alto e compunto, con un volto squadrato e duri occhi azzurri. Si avvertiva in lui un atteggiamento di profonda diffidenza, tipico di chi ha vissuto molti anni sotto una disciplina rigidissima.

«Mi scuso per il ritardo», esordì, sedendosi dietro la larga scrivania di quercia. «Abbiamo avuto qualche fastidio nel Braccio O. Uno dei nostri detenuti – un norteno – ha pugnalato al collo un rivale.»

«Come si è procurato il coltello?» chiese Jacobi.

«Nessun coltello...» Estes fece un sorriso tirato. «Ha limato il bordo di una zappa da giardinaggio.»

Non avrei voluto il posto di Estes nemmeno per un secondo... Tuttavia non mi piaceva affatto la reputazione di quel luogo, ben noto per i pestaggi, le intimidazioni e per lo slogan: «Fa' la spia, esci in libertà vigilata o crepa».

«Il motivo che vi porta qui è legato all'omicidio di Mercer, vero, tenente?» chiese, chinandosi un po' in avanti.

Estrassi un dossier dalla borsa. «Sì, ma anche a una possibile serie di omicidi. M'interesserebbe sapere qualcosa su una certa gang della prigione.»

«La maggior parte dei detenuti ha fatto parte di una gang fin da quando aveva dieci anni. Ogni banda o gang di Oakland o di East Los Angeles ha il suo corrispettivo qui dentro.»

«Mi riferivo a una gang chiamata Chimera.»

Sul volto di Estes non apparve il benché minimo stupore. «Non comincia dai pesci piccoli, eh, tenente? Be', che vuole sapere?»

«Se gli omicidi sono legati agli uomini di questa gang. Se essi sono così spietati come sembra. E in più m'interessa il nome di ogni membro riconosciuto che, al momento, si trova fuori.»

«La risposta alla seconda domanda è sì.» Estes annuì, impassibile. «Parliamo di detenuti che riescono a sopportare prove durissime e che rimangono in isolamento per lunghi periodi. Per loro, è una specie di prova del fuoco, che permette di acquisire autorità e guadagnare alcuni privilegi.»

«Privilegi?»

«La libertà, almeno come la intendiamo noi. Libertà dall'essere interrogati, dal dover fare soffiate.»

«Come le dicevo, vorrei avere una lista dei componenti della gang che attualmente si trovano in libertà vigilata.»

Estes sorrise. «Non è che ce ne siano molti. Alcuni vengono trasferiti in altri istituti. Temo che ci siano propaggini di Chimera in ogni prigione di massima sicurezza dello Stato. E non è che teniamo un dossier di quelli dentro e di quelli fuori. È più una cosa del tipo: vediamo un po' chi, a mensa, si siede accanto al Pezzo Grosso.»

«Però voi lo sapete, no? Sapete chi è dentro.»

«Sì.» Estes si alzò, come se la nostra conversazione fosse finita. «Ho bisogno di un po' di tempo... Devo chiedere vari permessi. Comunque farò del mio meglio.»

«Già che sono qui, potrei anche incontrarlo.»

«Incontrare chi, tenente?»

« Il Pezzo Grosso. Il capo di Chimera. »

Estes mi fissò. « Mi spiace, tenente, ma non è possibile. »

Lo fissai di rimando. « Vuole che torni con un'ingiunzione? Senta un po': il nostro capo della polizia è morto. Ogni politico di questo Stato vuole che i responsabili siano catturati. Sono coperta, ho appoggi ovunque, e lei lo sa bene. Mi porti qui quel bastardo. »

Estes si rilassò. « Si accomodi, tenente. Però lui non si muove... Sarà lei ad andare da lui. » Poi sollevò la cornetta del telefono e compose un numero. Dopo qualche secondo, disse in tono secco: « Preparate Weiscz. Ha una visita. Una donna ».

59

PERCORREMMO un lungo passaggio sotterraneo, accompagnati da Estes e da un certo O'Koren, un secondino capo che si portava appresso un manganello.

Quando arrivammo a una scala che portava la scritta ISOLAMENTO, il direttore ci precedette, facendo prima un cenno a un monitor della sicurezza, poi superando una massiccia porta – dotata di chiusura a compressione –, che si apriva su un braccio ultramoderno.

« Come la maggior parte dei nostri detenuti, Weiscz è arrivato qui da un'altra prigione, Fulton. Là era il leader della Fratellanza Ariana... almeno finché non ha strangolato un secondino di colore », mi spiegò Estes lungo la strada. « Si trova in isolamento da diciotto mesi. Finché non si tornerà alla pena di morte, in questo Stato, non potremo fargli altro. »

Jacobi mi sussurrò all'orecchio: « Sei sicura di quello che fai, Lindsay? »

Non lo ero affatto. Il mio cuore stava battendo all'impazzata e avevo le mani tutte sudate. « Ecco perché ho voluto che venissi anche tu. »

« *Già...* » borbottò lui.

Non avevo mai visto nulla di paragonabile a quell'unità d'isolamento a Pelican Bay. Ogni cosa era stata dipinta di un uniforme bianco asettico. Secondini ben piazzati – di entrambi i sessi, ma tutti di pelle bianca e vestiti con un'uniforme kaki – sorvegliavano il posto dai loro gabbiotti di vetro.

Ovunque – *ovunque* – c'erano monitor e telecamere a circuito chiuso. L'unità somigliava a un baccello che ospitava dieci celle, ognuna dotata di una porta con chiusura a compressione.

Estes si fermò davanti a una porta metallica nella quale si apriva un'ampia finestra. « Benvenuta al ground zero della razza umana », disse.

Apparve una guardia massiccia e stempiata, che reggeva un elmetto con visiera e una pistola elettrica che sembrava un Uzi.

«Abbiamo dovuto estrarre Weiscz, capo. Mi sa che ha bisogno di qualche minuto per sciogliersi.»

Guardai Estes, esclamando: «*Estrarre?*»

Lui sbuffò. «Dopo essere stati costretti in un buco per un paio di mesi, si dovrebbe avere una gran voglia di uscire, no? Be', tanto per farle capire che cosa l'aspetta: Weiscz ha opposto resistenza. Alcune guardie lo hanno 'sistemato' per lei.» Poi fece un cenno alla finestra. «Eccolo che arriva...»

Mi spostai di fronte alla porta massiccia, chiusa e sigillata, e scorsi una gigantesca massa di muscoli incatenata a una sedia di metallo, coi piedi nei ceppi e con le mani, passate dietro le spalle, serrate nelle manette. I capelli erano lunghi, sporchi e arruffati, mentre la barba era corta ma nient'affatto curata. Indossava una tuta arancione a maniche corte, aperta sul petto a rivelare gli elaborati tatuaggi che si estendevano dal torace alle braccia, entrambi gonfiati dall'esercizio fisico.

«Un secondino rimarrà qui con lei. Le telecamere di sicurezza saranno sempre accese. *Stia lontana da lui*. Non si avvicini a più di un metro e mezzo. Se lui alza anche solo il mento nella sua direzione, verrà immobilizzato.»

«Ma è legato e incatenato», obiettai.

«'Sto figlio di puttana se le mangia, le catene. Mi creda», replicò Estes.

«Posso promettergli qualcosa?»

«Ma certo», ridacchiò Estes. «Magari un Happy Meal... È pronta?»

Guardai Jacobi, che spalancò gli occhi, diffidente. Il mio cuore quasi si fermò, come se fosse stato un piattello centrato in aria e finito in mille pezzi.

«*Bon voyage*», mormorò Estes. Poi fece un cenno al gabbiotto di controllo. Sentii un *tac-scccc* e la pesante porta si aprì.

60

ENTRAI nella cella immacolata. Era spoglia, a eccezione di un tavolo metallico, di quattro sedie, tutte inchiavardate al pavimento, e di due telecamere a circuito chiuso appese ai muri. Un secondino dall'aria impassibile stava in un angolo e reggeva una pistola elettrica.

Weiscz non diede segno di essersi accorto della mia presenza. Aveva le gambe legate e le mani dietro la schiena. I suoi occhi parevano d'acciaio e avevano qualcosa di disumano.

« Sono il tenente Lindsay Boxer », dissi, fermandomi a circa un metro e mezzo da lui.

Weiscz non replicò, limitandosi a spostare gli occhi su di me. Le sue pupille erano ridotte a una fessura e sembravano quasi fosforescenti.

« Ho bisogno di parlare con lei riguardo ad alcuni omicidi. Non posso prometterle granché. Spero che lei mi ascolti. E magari che mi aiuti. »

« Me lo faresti un pompino? » sbottò lui, con voce roca.

Il secondino fece un passo verso di me e Weiscz s'irrigidì, come se fosse stato colpito da una scarica della pistola elettrica. Alzai una mano a fermarlo.

« Forse lei sa qualcosa », continuai, mentre un brivido mi correva lungo la schiena. « Vorrei soltanto capire se hanno senso per lei. Questi delitti, voglio dire... »

Weiscz mi scrutò con aria incuriosita. Probabilmente cercava di valutare se poteva ricavarci qualcosa. « Chi è morto? »

« Quattro persone. Due poliziotti. Uno era il mio capo. Una vedova e una ragazzina di undici anni. Tutti neri. »

Su viso di Weiscz si disegnò un sorrisetto divertito. « In caso non lo avesse notato, signora, il mio alibi è a tenuta stagna. »

« Allora spero che mi possa dire qualcosa su di loro. »

« Su chi? »

Estrassi dalla tasca della giacca le stesse due immagini della chimera che avevo mostrato a Estes e le sollevai. « Il killer ha lasciato questi. Credo che lei sappia cosa significano. »

Il sorriso di Weiscz si allargò. « Non so perché lei sia venuta fin qui, ma non può nemmeno immaginare quanto ciò mi scaldi il cuore. »

« Il killer fa parte della gang Chimera, Weiscz. Se lei collabora, forse potrà ottenere qualche privilegio. Potrebbero farla uscire da questo buco. »

« Lo sappiamo tutti e due che non ci uscirò mai. »

« C'è sempre qualcosa, Weiscz. Tutti vogliono qualcosa. »

« In effetti c'è... Venga più vicino. »

M'irrigidii. « Non posso e lei lo sa. »

« Ha uno specchio, vero? »

Annuii. Nella mia trousse da borsetta c'era uno specchio.

« Lo alzi verso di me. »

Lanciai un'occhiata al secondino, che scosse seccamente la testa.

Per la prima volta, Weiscz mi guardò negli occhi. « Lo alzi verso di me. Non mi sono visto da più di un anno. Anche gli impianti della doccia sono opachi in modo che non ci si possa riflettere. 'Sti bastardi vogliono farti dimenticare chi cazzo sei. E io voglio vedere. »

Il secondino fece un passo in avanti. « Lo sai che è impossibile, Weiscz. »

« Vaffanculo, Labont », sibilò, lanciando un'occhiata di fuoco alle telecamere. « E vaffanculo pure tu, Estes. » Poi tornò a rivolgersi a me. « Non le hanno lasciato molto spazio di manovra, eh? »

« Mi hanno detto che potevo portarla fuori per un Happy Meal », replicai con un vago sorriso.

« Soltanto io e lei, vero? »

« E *lui* », aggiunsi, voltandomi leggermente verso il secondino.

Weiscz ghignò. « Sanno sempre come rovinare le cose, 'sti cazzoni. »

Rimasi immobile, senza neppure un vago sorriso. Non volevo lasciar trapelare la pur minima simpatia per lui.

Subito dopo, però, mi sedetti al tavolo, davanti a Weiscz, e frugai nella borsetta, tirandone fuori una trousse. Mi aspettavo che, da un momento all'altro, dagli altoparlanti esplodesse una voce tonante o che il secondino dalla faccia di pietra si avventasse su di me per strapparmela. Con mio stupore, nessuno intervenne. Aprii la trousse, guardai Weiscz e poi rivolsi lo specchio verso di lui.

Ignoravo quale aspetto avesse in passato, ma, in quel momento, il suo viso era uno spettacolo agghiacciante. Si fissò, con gli occhi spalancati, mentre si rendeva conto del prezzo che stava pagando per quel suo durissimo isolamento. Teneva lo sguardo puntato sullo specchio come se fosse l'ultimo oggetto che avrebbe visto sulla terra. Quindi mi guardò e sorrise. «Meglio non insistere, per un pompino, eh?»

Chissà perché, gli rivolsi un sorriso teso.

Poi girò il collo verso le telecamere. «'Fanculo, Estes!» ruggì. «Vedi? Sono ancora qui. Cerchi di schiacciarmi, però io sono ancora qui. La resa dei conti avverrà anche senza di me. È Chimera, amico mio... Gloria alla mano pura che mette a tacere l'onnipresente feccia!»

«Di chi è quella mano?» lo incalzai. «Dimmelo, Weiscz.» Lui sapeva. E io sapevo che sapeva. Qualcuno che era stato suo compagno di cella. Qualcuno con cui lui aveva parlato nel cortile della prigione. «Aiutami, Weiscz. Tu conosci chi ha ucciso queste persone. Non hai nulla da perdere.»

Improvvisamente i suoi occhi si accesero d'ira. «E tu pensi che mi freghi qualcosa dei tuoi negri morti? O dei tuoi poliziotti morti? Tanto ben presto lo Stato li chiuderà in un bel recinto. Una puttana negra undicenne, qualche scimmia vestita da poliziotto... Vorrei essere stato io a premere il grilletto. Qualsiasi cosa dica, lo sappiamo benissimo tutti e due che da 'sti stronzi non avrò neanche un altro pasto. Non appena sarai uscita, Labont mi darà una bella scarica. È più probabile che tu mi succhi l'uccello...»

Mi alzai, dirigendomi alla porta.

«Forse uno di voi, pezzi di merda, ha acquistato un po' di buonsenso», gridò Weiscz, con una risata compiaciuta. «Già, forse è andata proprio così. È stato un lavoretto dall'interno.»

La rabbia saettò dentro di me, quasi bruciandomi. Weiscz era una bestia. Non c'era più neanche un grammo di umanità in lui.

Volevo soltanto chiudergli la porta in faccia. « Io ti ho dato qualcosa, anche se solo per un istante », mormorai.

« E non essere così sicura di non aver ottenuto nulla in cambio. Non lo prenderete mai. Lui è Chimera... » Con una mossa repentina, Weiscz chinò la testa sul petto, indicando un tatuaggio sulla parte alta della spalla. Sembrava la coda di un serpente. « Possiamo sopportare tutto quello che ci fate, sbirra. Guardami: mi hanno ficcato in culo all'inferno, mi hanno fatto mangiare la mia stessa merda, eppure posso ancora vincere. » La sua voce si era alzata di nuovo, piena di rabbia. Si divincolava, cercando di liberarsi dalle catene. « Alla fine, la vittoria giungerà. La grazia di Dio risplende sulla razza bianca. Lunga vita a Chimera! »

Mi allontanai di un altro passo e Weiscz, contorcendosi, aggiunse, in tono di sfida: « E allora, che si fa per quell'Happy Meal, puttana? »

Arrivata alla porta sentii uno *zap* seguito da un grugnito soffocato. Mi girai proprio mentre il secondino sparava mille watt nel torace contratto di Weiscz.

61

GRAZIE a Estes, tornammo in città con qualche nome: detenuti in libertà vigilata che potevano essere membri di Chimera. Arrivati alla Corte, Jacobi li spartì tra Cappy e Chin.

«Mi metterò a chiamare qualche garante», mi disse poi. «Vuoi essere della partita?»

Scossi la testa. «Devo andarmene presto, Warren.»

«Come, come? Non mi dire che hai un appuntamento...»

«*Già.*» Senza dubbio il mio viso s'illuminò di un sorriso incredulo. «Ho un appuntamento.»

Intorno alle sette, il citofono gracchiò.

Aprii la porta e mi ritrovai davanti mio padre con indosso una maschera da ricevitore di baseball e le mani aperte in una posa difensiva. «Amici...?» chiese, con un sorriso di scusa che intravidi sotto la maschera.

«Una cena è il meglio che posso fare», replicai, con un sorrisetto tirato.

«È un inizio», disse lui, entrando. Si era ripulito. Indossava una giacca sportiva marrone, pantaloni stirati e una camicia bianca col colletto aperto. Mi diede una bottiglia di vino rosso, incartata.

«Non dovevi disturbarti», mormorai, togliendo la carta e poi sussultando nel vedere l'etichetta: era un Bordeaux Premier Cru Château Latour del 1965.

Guardai mio padre. Io ero nata nel 1965.

«L'ho comprato un anno dopo la tua nascita ed è stata una delle poche cose che mi sono portato via, andandomene. Ho sempre pensato che l'avremmo bevuto insieme, magari il giorno della tua laurea o del tuo matrimonio.»

«L'hai tenuto per tutto questo tempo», dissi, scuotendo la testa.

Lui si strinse nelle spalle. «L'ho comprato per te, te l'ho detto. E, a ogni buon conto, Lindsay, nulla mi farebbe più piacere che berlo qui, stasera.»

Avvertii una sensazione di calore. «Mi stai rendendo difficile continuare a odiarti.»

«*Non odiarmi*, Lindsay.» Mi lanciò la maschera. «Questa non mi va più bene. E non voglio usarla mai più.»

Gli feci strada nel soggiorno, gli versai una birra e mi sedetti. Indossavo un maglioncino color vinaccia di Eileen Fisher e avevo raccolto i capelli in una coda di cavallo.

«Sei splendida, Buttercup», disse mio padre. Mi accigliai e lui sorrise. «Non posso farci niente. È così e basta.»

Chiacchierammo per un po'. Martha gli stava sdraiata accanto, come se fosse un vecchio amico. Conversammo di cose banali, che conoscevamo entrambi: i suoi vecchi amici ancora nella polizia; Cat e la sua bambina, che lui non aveva mai visto; Jerry Rice, il ricevitore dei San Francisco 49ers, che intendeva ritirarsi... Non evocammo né Mercer né le indagini.

Sembrava che ci stessimo parlando per la prima volta. E scoprii che era diverso da come me l'ero immaginato. Rammentavo un uomo loquace, uno spaccone cui non mancavano mai le storie da raccontare. Lui, al contrario, aveva un atteggiamento umile e riservato. Quasi pentito. Però conservava ancora il suo senso dell'umorismo.

«Anch'io ho qualcosa da farti vedere», gli dissi. Andai nell'armadio dell'ingresso e tornai col giubbotto dei Giants che lui mi aveva regalato più di venticinque anni prima. Portava ricamato il numero 24 e, sul davanti, c'era scritto: WILLIE MAYS.

Gli occhi di mio padre s'illuminarono di sorpresa. «L'avevo dimenticato. Me lo diede l'addetto all'equipaggiamento della squadra, nel 1968.» Lo tenne di fronte a sé e lo studiò a lungo, quasi fosse una reliquia che rendeva il passato improvvisamente vivo. «Hai idea di quanto valga, oggi, una cosa del genere?»

«L'ho sempre considerato la mia eredità», gli risposi.

62

RICORDAVO che a mio padre piaceva la cucina cinese e allora avevo preparato salmone alla griglia con salsa di miso allo zenzero e riso al salto con peperoni, porri e piselli. Stappammo il Latour del '65, un vino da sogno, setoso, che aveva il colore di una pietra preziosa. Eravamo seduti sulla terrazza affacciata sulla baia. Mio padre disse che non aveva mai bevuto un vino migliore.

A poco a poco la conversazione si spostò su faccende più personali. Mi chiese che tipo d'uomo avessi sposato e io dovetti ammettere che, sfortunatamente, era molto simile a lui. Poi mi domandò se gli portavo rancore e io fui costretta a dirgli la verità. « Sì. Un sacco di rancore, papà. »

Finimmo anche per parlare delle indagini. Gli spiegai che era davvero difficile risolvere quel caso e che mi attribuivo la responsabilità di non avere ancora capito come fare. E gli rivelai la mia convinzione che si trattasse di un serial killer, benché, dopo quattro omicidi, non avessi nulla di concreto in mano.

Discorremmo per altre tre ore, fin dopo le undici, con la bottiglia ormai vuota e Martha addormentata ai suoi piedi. Di tanto in tanto, dovevo rammentare a me stessa che stavo parlando con mio padre. Che gli stavo seduta di fronte per la prima volta da quand'ero diventata adulta. Era soltanto un uomo che aveva commesso alcuni errori ed era stato punito, e non più qualcuno cui portare rancore né da odiare ciecamente. Non aveva ammazzato nessuno. Non era Chimera. Paragonati a quelli che vedevo ogni giorno, i suoi peccati erano perdonabili.

Alla fine, non potei più trattenermi dal porgli la domanda che mi ero tenuta dentro per tutti quegli anni. « Perché te ne sei andato? *Esigo* una risposta. »

Prese un sorso di vino e si appoggiò al divano. I suoi occhi azzurri avevano un'aria afflitta. « Niente di ciò che ti potrei dire avrebbe senso per te, adesso. No, non più, ormai. Sei una donna, una poliziotta. Sai come sono andate le cose. Tua madre e io... Be', diciamo che non siamo mai stati una coppia ideale, neanche secondo i vecchi canoni. Ho sperperato nel gioco la maggior parte di quello che possedevamo. Avevo un sacco di debiti, dovevo chiedere soldi agli strozzini. Non era esattamente normale per un agente di polizia. Ho fatto un sacco di cose di cui non vado orgoglioso... come uomo e come poliziotto. »

Notai che gli tremavano le mani.

« Talvolta si commette un crimine soltanto perché la situazione è diventata insostenibile, al punto che, a una a una, le vie d'uscita si bloccano e non si può agire altrimenti... Tu lo sai bene. Per me è andata così. I debiti, quello che stava succedendo sul lavoro... Mi sembrava di non avere altra scelta. Me ne sono andato e basta. E so che è un po' tardi per dirlo, però non è passato neppure un giorno senza che me ne sia pentito... »

« E quando la mamma si è ammalata? »

« Mi è spiaciuto molto, però ormai avevo un'altra vita e non mi sembrava che ci fosse qualcuno disposto ad accogliermi, se fossi tornato. Temevo di farle male più che di aiutarla. »

« La mamma mi ha sempre detto che eri un bugiardo patologico. »

« È la verità, Lindsay. »

Mi piaceva il modo in cui lo aveva detto. Anzi, in realtà, era lui a piacermi.

Dovevo alzarmi, cambiar marcia. Cominciai a portare i piatti in cucina. Mi sentivo un'oppressione al petto; ero forse sul punto di scoppiare in lacrime? Mio padre era tornato e io cominciavo a rendermi conto che avevo sentito profondamente la sua mancanza. Era un po' folle, tuttavia... volevo ancora essere la sua bambina.

Mi aiutò coi piatti: io li sciacquai e lui li mise nella lavastoviglie. Quasi non parlammo. Vibravo tutta.

Una volta finito, ci voltammo a guardarci, gli occhi dell'uno in quelli dell'altra. « Ma dove alloggi? » chiesi.

« Da un mio amico, un ex poliziotto, Ron Fazio. Era un sergente che lavorava nel Distretto di Sunset. Mi fa dormire sul divano. »

Buttando via l'acqua della pasta, dissi: « Io ce l'ho, un divano ».

63

Per tutto il giorno seguente valutammo la lista di nomi che Estes, il direttore di Pelican Bay, ci aveva fornito. Due li eliminammo all'istante. Un controllo al computer c'indicò che erano tornati all'interno del sistema penale californiano: al momento, cioè, si trovavano in prigione.

Ma non riuscivo a levarmi dalla testa qualcosa che Weiscz mi aveva detto il giorno prima.

«*Io ti ho dato qualcosa*», avevo mormorato, quando lui si era messo a farneticare di supremazia della razza bianca.

«*E non essere così sicura di non aver ottenuto nulla in cambio*», aveva ribattuto. Quelle parole mi erano rimaste impresse. Erano riemerse alle due del mattino, però io mi ero girata sul fianco, rimettendomi a dormire. Mi avevano accompagnato mentre andavo al lavoro. Ed erano lì, ancora con me...

E non essere così sicura di non aver ottenuto nulla in cambio...

Mi tolsi le scarpe e mi misi a guardare dalla finestra la rampa della superstrada che cominciava a riempirsi di auto. Cercai di ricostruire il mio incontro con Weiscz.

Era un animale che non aveva più avuto la minima possibilità di vedere la luce del giorno. Eppure c'era stato un momento, lì con lui, in cui avevo sentito un legame. In quel posto infernale, lui voleva soltanto vedere il proprio viso. «*E non essere così sicura di non aver ottenuto nulla in cambio...*»

Ma cosa?

«*E tu pensi che mi freghi qualcosa dei tuoi negri morti?*» si era messo a strepitare. E poi, quando stavano per colpirlo, aveva urlato: «*Lunga vita a Chimera!*»

A poco a poco, la mia mente riuniva i pezzi.

«*Forse uno di voi, pezzi di merda, ha acquistato un po' di buonsenso... Già, forse è andata proprio così. È stato un lavoretto dall'interno.*»

Stavo elucubrando troppo, cercando qualcosa che non esisteva? Non lo sapevo. E se Weiscz avesse voluto dirmi qualcosa, senza tuttavia correre il rischio di passare per un delatore?

Un lavoretto dall'interno...

Telefonai a Estes, a Pelican Bay. «Avete mai avuto un ex poliziotto come detenuto?» chiesi.

«Un poliziotto...» Estes sembrò esitare.

«Sì.» Gli spiegai che cosa volevo.

«Weiscz la stava fottendo, se mi passa l'espressione, tenente. Stava cercando di entrare dentro la sua testa. Quel bastardo odia i poliziotti.»

«Però lei non ha risposto alla mia domanda.»

«Un *poliziotto*?» Estes si lasciò andare a un grugnito di derisione. «Abbiamo avuto un ispettore della Narcotici di Bellacora, che aveva ammazzato tre dei suoi informatori. Ma poi è stato trasferito. Da quel che so, è ancora a Fresno.» Ricordavo di aver letto qualcosa sul caso di Bellacora. Era una delle cose più abiette e sporche che fossero mai accadute nella polizia.

«Abbiamo un ispettore doganale, Benes. Era coinvolto in un giro di droga all'aeroporto di San Diego.»

«Nessun altro?»

«No. Non da quando sono qui, cioè da sei anni.»

«E sa qualcosa di prima, Estes?»

Un altro grugnito, stavolta d'impazienza. «Quanto indietro dovrei spingermi, tenente?»

«Dodici anni.»

«Ah, ecco.»

Pensava che fossi matta, non c'erano dubbi. Prima di riagganciare, tuttavia, promise di richiamarmi.

Riagganciai anch'io. Dar credito a Weiscz era folle, in ogni caso. Lui odiava i poliziotti. E io ero una poliziotta. Probabilmente odiava pure le donne.

Karen, la nostra segretaria, entrò improvvisamente nell'ufficio. Aveva un'aria sconvolta. «Mi ha appena chiamato l'assistente di Jill Bernhardt. Mrs Bernhardt ha avuto un collasso...»

«Un collasso?»

Karen annuì, attonita. «Sta sanguinando. È di sopra. Ha bisogno di te, *subito*.»

64

PERCORSI in un lampo il tratto di corridoio che mi separava dall'ascensore e, una volta giunta al piano, mi precipitai nell'ufficio di Jill.

Era sdraiata sul divano.

Per fortuna c'era già una squadra di pronto soccorso, che si era trovata per caso nell'obitorio. E c'erano asciugamani – zuppi di *sangue* – infilati sotto la sua gonna blu scuro. Teneva la testa un po' girata, però non l'avevo mai vista con un'aria così grigia, spossata e impaurita. Mi fu subito chiaro che cos'era successo.

« Oh, Jill... » esclamai, inginocchiandomi accanto a lei. « Oh, cara. Sono qui. »

Nel vedermi, lei sorrise, un sorriso cauto e timoroso. I suoi scintillanti occhi azzurri avevano il colore del cielo nuvoloso. « L'ho perso, Lindsay », mormorò. « Dovevo mollare il lavoro. Dovevo dare ascolto a loro. *A te.* Credevo che questo bambino fosse la cosa che più desideravo al mondo, ma forse non la era. L'ho perso. »

« Oh, Jill, non è colpa tua », esclamai. « Non dirlo neppure. È stato un problema fisico. C'era il rischio che accadesse. C'è sempre un rischio... »

« È stata colpa *mia*, Lindsay. » I suoi occhi si riempirono di lacrime. « Non l'ho voluto abbastanza. »

Una donna paramedico mi chiese di scostarmi. Misero a Jill una flebo e la collegarono a un monitor. Mi sentivo molto vicina a lei. Jill era sempre stata così forte e indipendente... Però avevo visto la sua trasformazione: era così ansiosa di avere quel bambino. Che cosa aveva fatto di male per soffrire in quel modo?

Mi chinai di nuovo su di lei. « Jill... Dov'è Steve? »

Sospirò. « A Denver. April è riuscita a raggiungerlo. Sta tornando. »

Improvvisamente, Claire entrò come una furia nella stanza. « Sono venuta non appena l'ho saputo », disse, lanciandomi un'occhiata inquieta. Poi si rivolse a un paramedico: « Qual è la situazione? »

Le risposero che i segni vitali di Jill erano buoni, anche se lei aveva perso molto sangue. Ma quando chiese del bambino, il paramedico si limitò a scuotere la testa.

Allora Claire s'inginocchiò accanto a Jill, stringendole una mano. «Cara... Come ti senti?»

Il viso di Jill era rigato di lacrime. «Oh, Claire... L'ho perso. Ho perso il mio bambino...»

Claire scostò un ricciolo umido di sudore dalla fronte di Jill. «Non preoccuparti, starai bene. Ci prenderemo cura di te.»

«Dobbiamo muoverla», intervenne la donna del pronto soccorso. «Abbiamo chiamato il suo medico: ci aspetta al Cal Pacific Medical Center.»

«Veniamo con te», dissi. «Ti staremo accanto per tutto il tempo.»

Jill riuscì a sorridere, poi s'irrigidì. «Mi faranno partorire per forza, vero?»

«Forse no», rispose Claire.

«Invece sì, lo so», replicò Jill, scuotendo la testa. Era la donna più determinata che conoscessi, però non avrei mai dimenticato il lampo di dolorosa consapevolezza che apparve nei suoi occhi in quel momento.

La porta si aprì ed entrò un altro paramedico, spingendo una barella. «Bisogna andare», annunciò la donna che si era occupata di Jill.

Mi chinai su Jill. «Veniamo con te.»

«Non lasciatemi», disse lei, afferrandomi la mano.

«Non ti libererai di noi così facilmente.»

«Le donne del club omicidi, eh?» mormorò con un sorriso tirato.

La misero sulla barella, aiutati da Claire e da me. Un asciugamano insanguinato cadde sul pavimento di quell'ufficio tirato a lucido.

«Era un maschio», mormorò Jill, con un sospiro colmo di disperazione. «Volevo un maschio. Adesso posso ammetterlo.»

Con delicatezza, le sistemai le mani in grembo.

«Non l'ho voluto abbastanza», disse Jill e finalmente si abbandonò a una serie di singhiozzi incontrollabili.

65

LUNGO il tragitto verso l'ospedale, ci sistemammo nel retro dell'ambulanza; poi corremmo ai lati della barella mentre la portavano nel reparto di ostetricia e rimanemmo in attesa mentre i medici cercavano di salvare il bambino.

Stava entrando in sala operatoria quando mi prese la mano, sussurrando: «Sembra proprio che vincano sempre loro. Non importa quanti bastardi metti in galera, trovano sempre un modo per vincere».

Cindy ci aveva raggiunto di corsa in ospedale, quindi eravamo in tre ad aspettare che Jill uscisse dalla sala operatoria. Un paio d'ore dopo, arrivò Steve. Ci abbracciammo in modo un po' impacciato e una parte di me voleva gridargli: *Ma non ti rendi conto che questo bambino era per te, cazzo?* Quando il medico uscì, li lasciammo soli a parlare.

Jill non si era sbagliata: aveva perso il bambino. Il medico parlò di distacco della placenta e, tra le cause, incluse lo stress lavorativo. C'era un'unica buona notizia: Jill non era stata indotta a partorire, perché il feto era stato rimosso chirurgicamente.

Claire, Cindy e io uscimmo dall'ospedale su California Street. Nessuna di noi voleva andarsene a casa. Claire conosceva un locale giapponese nella zona e così andammo a bere qualche birra e un po' di sake.

Era difficile accettare che a Jill – la donna che lavorava indefessamente, che aveva fatto arrampicate nel Moab ed era andata in bicicletta sugli impervi percorsi di Sedona – fosse stata negata per la seconda volta la possibilità di avere un figlio.

«Quella povera ragazza è troppo dura con se stessa», sospirò Claire, stringendo la sua tazza di sake per scaldarsi le mani. «Le avevamo detto di rallentare...»

«Jill ha il piede incollato all'acceleratore», commentò Cindy.

Presi un California Roll e lo girai più volte nella salsa. «L'ha fatto per Steve, glielo si leggeva in viso. Ha continuato a tener fede a una serie d'impegni frenetici. Non ha mai mollato. E lui se ne va in giro a conquistare le banche d'investimento...»

« Lei lo ama », protestò Cindy. « Sono una squadra... »

« No, non è vero. Claire e Edmund sono una squadra. Quei due sono in competizione. »

Claire annuì. « Lei deve sempre essere la numero uno. Non può mai fallire. »

« Perché, noi siamo diverse? » chiese Cindy, guardandosi intorno.

Ci fu una lunga pausa. Ci guardammo con un sorrisetto impacciato.

« Ma lei va più a fondo », ripresi. « Jill è diversa. È dura come la roccia, però, dentro di sé, si sente sola. Noi tutte potremmo essere al suo posto, adesso. Non siamo invincibili... a parte tu, Claire. Tu hai messo a punto un sistema che tiene uniti Edmund, i tuoi figli e te stessa. Siete come il coniglietto delle pile... andate sempre avanti. »

Claire sorrise. « Su, torniamo coi piedi per terra. Hai visto tuo padre, ieri sera, no? »

« È andata bene, almeno credo. Abbiamo parlato, tirando pure fuori qualcosa. »

« Nessuna scazzottata? » chiese Cindy.

« No, nessuna », risposi, sorridendo. « Quando ho aperto la porta, indossava una maschera da baseball. Davvero. »

Claire e Cindy scoppiarono a ridere.

« E mi ha portato una bottiglia di vino... Un premier cru francese del 1965, che ha comprato un anno dopo la mia nascita. L'ha conservato per tutto questo tempo. Come puoi anche soltanto pensare una cosa del genere? Non sapeva neppure se mi avrebbe rivista. »

« Invece lo sapeva », disse Claire con un sorriso. Poi bevve un sorso di sake. « Tu sei sua figlia. La sua magnifica figlia. Ti vuole bene. »

« E come vi siete lasciati, Lindsay? » volle sapere Cindy.

« Direi che ci siamo messi d'accordo per un secondo appuntamento. In effetti... gli ho detto che può stare da me per un po'. »

Cindy e Claire sbatterono le palpebre, stupite.

« Ti avevamo detto di smollarti un po' e d'incontrarlo, Lindsay, non di chiedergli di pagare metà dell'affitto », sbuffò Cindy.

«Che vi posso dire? Era accampato sul divano di qualcuno. Mi è sembrata la cosa giusta.»

«La è, tesoro», sorrise Claire. «Un brindisi a te.»

«Uh-uh...» Scossi la testa. «Un brindisi a Jill.»

«Sì, a Jill», confermò Cindy, alzando la birra.

Toccammo i bicchieri, poi rimanemmo in silenzio per un po'.

«Non vorrei cambiare discorso, ma puoi dirci a che punto sei con le indagini?» chiese Cindy.

«Stiamo vagliando i nomi legati a Chimera che ci ha fornito Estes, il direttore di Pelican Bay. Oggi però ho elaborato una nuova teoria.»

«E quale?» chiese Cindy, aggrottando le sopracciglia.

«Insomma, questo tizio è un tiratore abilissimo. Non ha mai fatto errori. Ed è sempre stato un passo avanti a noi. Sa come lavoriamo.»

Claire e Cindy ascoltavano, in silenzio. Raccontai loro cosa mi aveva detto Weiscz: *Un lavoretto dall'interno...*

«E se Chimera non fosse un killer pazzo e razzista uscito da uno di quei gruppi estremisti?» Mi chinai in avanti. «E se fosse un poliziotto?»

66

In un bar scarsamente illuminato, Chimera sorseggiava una Guinness. *La migliore per il migliore*, pensò.

Accanto a lui, un uomo dai capelli bianchi, col viso coperto di macchie rossastre e dalla pelle indurita come cuoio, buttava giù un Tom Collins dopo l'altro e sbirciava il notiziario che stava andando in onda. Un insulso reporter stava leggendo le ultime notizie sul caso Chimera ed erano tutte sbagliate. Stava insultando il pubblico. Stava insultando *lui*.

Attraverso l'ampia vetrina del bar, Chimera teneva gli occhi incollati sull'altro lato della strada. Aveva seguito fin lì la sua prossima vittima. Se la sarebbe goduta. Tutti quei poliziotti sulla pista sbagliata. Quell'omicidio li avrebbe davvero fatti uscire di testa.

«Non è finita», sibilò. *E non crediate che io sia prevedibile, perché non lo sono affatto.*

Il vecchio ubriacone gli diede una gomitata. «Mi sa che quel bastardo è uno di *loro*», disse.

«Uno di *loro*?» ripeté Chimera. «Stia più attento col gomito... Che diavolo dice?»

«Dico che è nero come l'asso di picche», ridacchiò l'uomo. «Stanno indagando su quei gruppi di fanatici... ah, ah, che ridere. Quel tizio è un negraccio malato e gli manca pure qualche rotella. Secondo me, gioca nell'NFL... Ehi, Ray...» – si rivolse al barista – «... probabilmente gioca nell'NFL.»

«Perché?» chiese Chimera, con lo sguardo puntato sull'altro lato della strada. Era curioso di sapere cosa pensava il suo pubblico. Forse avrebbe dovuto parlare di più con la «gente comune».

«E lei crede che un tizio col cervello a posto lascerebbe prove come quelle?» sussurrò il vecchio in tono da cospiratore.

«Lei corre troppo, amico.» Chimera sorrise. «Io penso invece che quel killer sia piuttosto in gamba.»

«E quanto deve essere in gamba un fottuto assassino?»

«Abbastanza da non farsi prendere», rispose Chimera.

Il vecchio guardò il televisore e aggrottò le sopracciglia. «Be', vedremo quando l'avranno preso. Per me, stanno cercando sotto il tappeto sbagliato. Ci sarà una bella sorpresa. Forse è O.J. Ehi, Ray, qualcuno dovrebbe controllare se O.J. Simpson è in città...»

Ne aveva quasi abbastanza di quell'ubriacone... Però una cosa l'aveva azzeccata. I poliziotti di San Francisco stavano andando nella direzione sbagliata e non avevano uno straccio di prova. E il tenente Lindsay Boxer brancolava nel buio. Non gli si era neanche avvicinata.

«Facciamo una scommessa», propose Chimera, sorridendo al vecchio. Si accostò al viso dell'altro e spalancò gli occhi. «Scommetto che, se lo prendono, verrà fuori che ha gli occhi verdi.»

D'un tratto scorse il suo obiettivo, sull'altro lato della strada. *Forse questo piccolo colpo vicino a casa sua aiuterà il tenente Boxer a concentrarsi.* Era una sfida cui lui non aveva potuto resistere. Mise qualche dollaro sul bancone.

«Ehi, che fretta c'è?» chiese il vecchio, girandosi verso di lui. «Lascia che ti paghi un'altra birra. Che diamine, amico, tu hai gli occhi *verdi.*»

Chimera scese dallo sgabello. «Devo andare. È arrivata la persona con cui ho appuntamento.»

67

TORNANDO a casa, Claire Washburn continuò a ripensare a quello che era successo a Jill e non riuscì a scacciare quel pensiero neppure durante il lungo tratto sulla Highway 101. Uscì dall'autostrada a Burlingame e cominciò a risalire le colline. La testa le pulsava per la stanchezza. Era stato davvero un giorno interminabile: c'erano quegli spaventosi omicidi, che straziavano la città... e poi Jill aveva perso il bambino.

L'orologio sul cruscotto segnava le dieci e venti. Quella sera, Edmund lavorava e non sarebbe tornato se non dopo le undici. Come avrebbe voluto che invece fosse rimasto ad aspettarla. Quella sera più di qualsiasi altra.

Claire imboccò il vialetto della sua casa in stile georgiano. L'interno sembrava immerso nel buio: era sempre così, da quando Reggie era andato al college. Senza dubbio Willie, l'altro figlio, che frequentava il secondo anno delle superiori, era in camera sua a giocare coi videogame.

Claire aveva un unico desiderio: sbarazzarsi dei suoi abiti da lavoro e infilarsi il pigiama. Mettere la parola fine a un'orrenda giornata...

Una volta in casa, Claire chiamò Willie, ma non ricevette risposta. Allora esaminò la posta lasciata sul tavolo di cucina e la portò nello studio, dove si mise a sfogliare distrattamente un catalogo Ballard Designs.

Il telefono squillò. Claire mise giù il catalogo e sollevò la cornetta. « Pronto... »

Un silenzio sordo, come se qualcuno, all'altro capo del filo, fosse in attesa.

Forse era un amico di Willie.

« Pronto? » ripeté Claire. « Meno tre, meno due... ultima possibilità... » Ancora nessuna risposta. « Addio. »

E posò la cornetta sulla forcella.

Un brivido d'inquietudine la percorse. Anche dopo tutti quegli anni, se era in casa da sola, un rumore inatteso o le luci accese in cantina la mettevano in agitazione.

Il telefono suonò di nuovo. Stavolta lei sollevò rapidamente la cornetta. « Pronto... »

Un altro silenzio irritante. Stava cominciando a seccarsi. « Chi è? » domandò.

« Indovina », disse una voce maschile.

Claire rimase quasi senza fiato. Poi guardò il display col numero del chiamante. « Senti un po', 901-4476... Non so che gioco sia questo né come tu abbia avuto il nostro numero. Se devi dire qualcosa, spicciati. »

« Hai presente Chimera? » rispose la voce. « Be', gli stai parlando. Che onore, eh? »

Claire s'irrigidì, poi si raddrizzò sulla sedia, pensando: *Chimera è il nome che la polizia ha dato all'assassino.* Lo aveva mai visto sui giornali? Chi poteva sapere che lei era coinvolta nelle indagini?

Premette un pulsante per accedere all'altra linea, pronta a chiamare il 911. « Faresti meglio a dirmi chi sei veramente », replicò.

« Te l'ho detto. La ragazzina del coro è stata il numero uno », riprese la voce. « La vecchia puttana, il poliziotto fiducioso, il capo... Tu lo sai che cos'hanno in comune, vero? Pensaci, Claire Washburn. *Tu* hai qualcosa in comune con le prime quattro vittime? »

Claire stava tremando. Nella sua mente si formò il diagramma dei colpi che avevano ucciso Tasha Catchings ed Earl Mercer.

I suoi occhi si spostarono verso la finestra dello studio, verso il buio che circondava la casa.

La voce riprese: « *Si sposterebbe un po' a sinistra, eh, dottoressa?* »

68

CLAIRE si girò nel momento esatto in cui la prima pallottola attraversava il vetro.

Un secondo colpo mandò in frantumi la finestra dello studio e lei sentì un dolore bruciante al collo. Poi, mentre un terzo e un quarto colpo esplodevano nella stanza, lei si gettò sul pavimento.

Un grido sconcertato eruppe dalla sua gola. C'era sangue sul pavimento, sangue che veniva dal suo collo, e il vestito ne era già inzuppato. Il suo cuore sembrava impazzito. *Quanto sarà grave la ferita? Avrà reciso la carotide?*

Poi guardò verso il corridoio e si sentì gelare. *Willie...*

« Mamma! » gridò il ragazzo, con gli occhi colmi di paura. Indossava soltanto una T-shirt e i boxer. *Era un bersaglio.*

« Abbassati, Willie! » gli urlò. « Qualcuno sta sparando alla casa! »

Willie si tuffò sul pavimento e Claire lo tirò a sé. « Andrà tutto bene. Sta' giù e basta. Fammi pensare... » sussurrò. « Non alzare la testa neanche di un millimetro. »

Il dolore al collo era atroce, come se le avessero strappato via la pelle. Tuttavia riusciva a respirare e quello la convinse che la pallottola non era penetrata nella carotide. La ferita era superficiale. Doveva essere così.

« Che sta succedendo, mamma? » mormorò Willie, tremando come una foglia. Non l'aveva mai visto in quello stato.

« Non lo so... *Sta' giù*, Willie. »

Improvvisamente, dall'esterno, giunsero altri quattro colpi. Claire strinse a sé il figlio. Chiunque fosse l'uomo là fuori, stava sparando alla cieca, cercando di colpire qualcosa, qualsiasi cosa. *Ma il killer aveva capito che lei era ancora viva?* Ebbe un sussulto di panico. *E se fosse entrato in casa? Sapeva che Willie era lì? Di certo conosceva il* suo *nome...*

« Willie... » ansimò Claire, prendendosi la testa fra le mani per proteggersi. « Va' giù in cantina e *chiudi la porta*. Poi chiama il 911. Striscia! Adesso! Sullo stomaco! »

« Non voglio lasciarti », piagnucolò il ragazzo.

La replica di Claire fu decisa. « Va'! Va' subito! *Fa' come ti ho detto e sta' giù. Ti voglio bene, Willie.* » Lo spinse in avanti. « Telefona al 911: di' chi sei e cosa sta succedendo. Quindi chiama papà sul telefono della macchina... Ormai dovrebbe essere sulla strada di casa. »

Willie le lanciò un'ultima, implorante occhiata, ma poi obbedì. Scivolò in avanti, corpo e viso premuti sul pavimento.

Bravo ragazzo, pensò Claire. *Non si può certo dire che mio figlio sia stupido...*

Un altro sparo dall'esterno. Trattenendo il respiro, Claire si mise a pregare: « Ti prego, Signore, non permettere che quel bastardo entri in casa mia. T'imploro... Non farlo succedere... »

69

CHIMERA sparò altri cinque colpi attraverso la finestra ormai in frantumi, soppesando tra le mani il suo PSG-1.

Sapeva di averla ferita. Non col primo colpo – si era girata all'ultimo istante – ma col secondo, mentre lei cercava di gettarsi a terra. Però ignorava se il suo lavoro fosse concluso. Voleva inviare un messaggio al tenente Lindsay Boxer e *ferire* la sua amica non era sufficiente. Claire Washburn doveva morire.

Stava in macchina, in strada, protetto dall'oscurità, con la canna del fucile che spuntava dal finestrino. Doveva avere la certezza che quella donna fosse morta, però, dannazione, non intendeva affatto entrare in casa. Lei aveva un figlio, e magari stava lì con lei. L'uno o l'altra potevano aver chiamato il 911.

Improvvisamente, le luci esterne di una casa poco lontana si accesero. E qualcuno uscì da un'altra casa, avanzando sul prato antistante.

« Vaffanculo, figlio di puttana », sibilò nervosamente. Ebbe l'impulso d'introdursi in casa attraverso la finestra schiantata, per spazzare la stanza con una sventagliata di colpi. Claire Washburn doveva morire. E lui non voleva andarsene senza averla finita.

Poi, alle sue spalle, sentì il suono violento di un clacson e un'auto lanciata a tutta velocità, con gli abbaglianti accesi, sembrò materializzarsi nella strada, neanche fosse un meteorite diretto proprio contro di lui.

« E adesso che diavolo succede? »

Forse lei aveva chiamato gli sbirri. Oppure li aveva chiamati un vicino, sentendo gli spari. Non poteva rischiare, non per quella donna. Era un altro, l'obiettivo per cui si era messo in gioco. Non si sarebbe fatto prendere.

Il guidatore dell'auto, sempre pestando sul clacson, svoltò bruscamente nel vialetto della casa e si fermò di botto, con uno stridore di freni. Altre persone uscirono dalle loro abitazioni.

Lui diede una manata sul volante e ritirò il fucile. Poi ingranò la marcia e partì a razzo.

Aveva combinato un guaio, ed era la prima volta. Non aveva mai commesso errori. Mai.

Sei stata fortunata, dottoressa. Comunque eri soltanto un bersaglio di prova.

Era il bersaglio seguente quello che contava davvero.

70

QUANDO giunse la telefonata di Edmund mi ero già struccata, raggomitolandomi poi sul divano per guardare il notiziario della notte.

Il marito di Claire balbettava, in tono esagitato. La cosa impossibile che stava tentando di descrivere m'investì con la forza di un treno in corsa. « Niente di grave, Lindsay. Adesso è al Peninsula Hospital. »

M'infilai una felpa, un paio di jeans e, dopo aver agganciato la sirena al tetto della macchina, corsi verso Burlingame. Ci volevano quarantacinque minuti: ce ne misi venti.

Trovai Claire seduta in una stanza per le medicazioni. Indossava lo stesso completo color ruggine con cui l'avevo vista tre ore prima. Un medico le stava bendando il collo. Al suo fianco, c'erano Edmund e Willie.

« Oddio, Claire... » Non riuscii a dire altro, mentre calde lacrime mi pungevano gli occhi. Mi sciolsi contro Edmund, serrandolo in un abbraccio caldo e pieno di gratitudine. Quindi mi lanciai ad abbracciare Claire.

« Vacci piano con le effusioni, tesoro », sussultò lei, scostando il collo. « Ti ho sempre detto che, prima o poi, il mio tessuto adiposo sarebbe stato d'aiuto. Ci vuole un colpo di precisione diabolica per raggiungere un mio organo vitale. »

La stavo ancora abbracciando. « Ma tu hai idea di quanto sei fortunata? »

« *Già* », sospirò. Lo leggevo nei suoi occhi. « Credimi, lo so. »

La ferita era superficiale. Il medico l'aveva pulita, bendata e si apprestava a dimettere Claire. Non c'era neppure bisogno che rimanesse in osservazione per la notte. Sarebbero bastati pochi centimetri e di certo non saremmo state lì a chiacchierare.

Claire allungò una mano verso quelle di Willie e di Edmund, poi sorrise. « I miei uomini sono stati grandi, vero? Tutti e due. L'auto di Edmund ha spaventato il cecchino e l'ha messo in fuga. »

Edmund fece una smorfia. «Avrei dovuto inseguire quel bastardo. Se lo avessi preso...»

«Calmati, campione.» Claire sorrise. «Lascia che sia Lindsay a salire alla ribalta. Tu sei e rimani un batterista, te l'ho sempre detto», aggiunse, stringendogli la mano. «Nella sua testa c'è Rachmaninov, ma il suo cuore balla al ritmo di Doggy Dog.»

In maniera quasi improvvisa, Edmund fu travolto dalla consapevolezza di quello che era *quasi* successo e il suo atteggiamento coraggioso si dissolse. Si sedette accanto a Claire, poi cercò di dire qualcosa, ma riuscì soltanto a portarsi una mano sugli occhi. Claire, in silenzio, continuava a stringergli l'altra mano.

Poco più di un'ora dopo, una volta sbrigate le formalità con la polizia di Burlingame, camminavamo sul marciapiede davanti alla loro casa.

«È stato *lui*, vero, Claire? È stato Chimera.»

Lei annuì. «È un vero figlio di puttana, Lindsay. Ha detto: 'Si sposterebbe un po' a sinistra, eh, dottoressa?' Poi ha cominciato a sparare.»

I poliziotti locali e quelli dell'ufficio dello sceriffo della San Mateo County stavano ancora setacciando la casa e il cortile. Io avevo già chiamato Clapper, chiedendogli di venire a dare una mano.

«Perché *io*, Lindsay?» domandò Claire.

«Non lo so. Perché sei di colore? Perché lavori con la polizia? Neanch'io lo capisco. Per quale motivo cambiare il suo schema?»

«Abbiamo parlato in modo calmo e riflessivo, Lindsay. Era come se volesse giocare con me. Sembrava... una faccenda personale.»

Scorsi in lei qualcosa che non avevo mai visto. *Paura.* Potevo biasimarla? «Forse dovresti prenderti una vacanza, Claire. Andar via per un po'.»

«E nascondere la testa sotto la sabbia a causa sua? No, è fuori questione, Lindsay. Non lo lascerò vincere.»

La abbracciai. «Stai bene?»

«È tutto okay. Lui ha avuto la sua occasione. E adesso io voglio la mia.»

71

ERANO passate le due del mattino quando finalmente rientrai a casa.

Gli avvenimenti di quell'orribile, lunghissima giornata – Jill che aveva perso il bambino, la terrificante esperienza di Claire – mi scorrevano davanti agli occhi come le immagini di un vecchio film horror. L'uomo cui stavo dando la caccia aveva quasi ucciso la mia migliore amica. *Perché Claire? Cosa significa?* In parte mi sentivo responsabile... In un certo senso, mi pareva che quel crimine mi sporcasse.

Avevo dolori ovunque. Volevo dormire, lavar via quella giornata. Poi, d'un tratto, la porta della camera degli ospiti si aprì e apparve mio padre. Nella follia di quel giorno, avevo quasi dimenticato che si trovava lì.

Indossava una lunga T-shirt bianca e un paio di boxer con un motivo a conchiglie. Probabilmente indebolita dalla mancanza di sonno, lo trovai buffo.

« Indossi dei boxer, Boxer », dissi. « Sei proprio un vecchietto arguto. » Gli spiegai che cos'era successo. Essendo un ex poliziotto, ero sicura che avrebbe capito. Con una certa sorpresa, notai che mio padre sapeva ascoltare. Era proprio quello di cui avevo bisogno.

Si portò verso il mio lato del divano. « Vuoi un caffè? Vado a fartelo, Lindsay. »

« Un brandy sarebbe meglio. E c'è del tè Moonlight Sonata nella credenza. » Era bello avere qualcuno accanto e lui sembrava ansioso di fare qualcosa che mi calmasse.

Sprofondai nel divano e chiusi gli occhi, cercando di capire quale sarebbe stata la mia prossima mossa. *Davidson, Mercer e adesso Claire Washburn...* Perché Chimera aveva preso di mira Claire? Che voleva dire?

Mio padre tornò con una tazza di tè e un bicchiere che conteneva quattro dita di Courvoisier. « Sei cresciutella, ormai... Perché non entrambi? »

Presi un sorso di tè e ingollai metà del brandy in un colpo solo. « Oh, ne avevo proprio bisogno. Almeno quanto ho bisogno di uno spiraglio nelle indagini... Sta lasciando delle tracce, però io non le capisco. »

« Non essere così dura con te stessa, Lindsay », replicò mio padre in tono gentile.

« Ma come ti comporti se tutti ti osservano e tu non hai la minima idea di cosa fare? » gli chiesi. « Come ti comporti se ti rendi conto che ciò contro cui stai lottando non ha intenzione di mollare, che stai combattendo contro un mostro? »

« Be', io chiamerei la Omicidi », rispose mio padre con un sorriso.

« Non cercare di farmi ridere », lo implorai. Tuttavia, nonostante tutto, c'era riuscito. E, cosa ancora più sorprendente, stavo cominciando a pensare a lui come a « mio padre ».

Il suo tono cambiò. « Ti posso dire che cosa facevo io quando le cose prendevano una brutta piega. Me la squagliavo. Tu non ti comporterai in questo modo, Lindsay, lo so. Sei infinitamente migliore di me. » Mi fissò negli occhi. Non sorrideva più.

Mai avrei creduto che potesse succedere quello che invece successe subito dopo. Le braccia di mio padre si aprirono e io, quasi senza opporre resistenza, mi rifugiai contro la sua spalla. Mi cinse con le braccia, dapprima in modo un po' incerto, quindi, proprio come fa un padre con la propria figlia, mi strinse con tenerezza e slancio. Non potevo resistere. Avvertii il sentore della stessa colonia che lui usava quand'ero piccola. Era una cosa strana eppure, nel contempo, del tutto naturale.

Mentre lui mi abbracciava in quel modo così inatteso, il mio dolore sembrò sfaldarsi.

« Lo prenderai, Lindsay », sussurrò, continuando ad abbracciarmi e a cullarmi. « Lo farai, Buttercup... »

Era proprio quello che volevo sentire.

« Oh, papà », esclamai. Ma non aggiunsi altro.

72

Lunedì mattina presto, il mio interfono gracchiò. « Tenente Boxer... » disse Karen. « C'è Estes, il direttore di Pelican Bay, sulla due. » Sebbene se non mi aspettassi granché, presi la chiamata, lasciando attivato il vivavoce.

« Mi ha chiesto se, tra i detenuti, c'era mai stato un poliziotto », esordì Estes.

Mi raddrizzai di scatto. « E allora? »

« Badi, non mi frega un accidente delle farneticazioni di Weiscz. Però sono andato a spulciare i vecchi dossier e in effetti c'è stato un caso, dodici anni fa, che potrebbe avere una certa rilevanza. *Dodici* anni fa, ripeto. Ero direttore del carcere di Soledad quand'è arrivato quel farabutto. »

Tolsi il vivavoce e mi premetti la cornetta contro l'orecchio.

« È stato lì per cinque anni, due dei quali passati in isolamento. Poi lo hanno rispedito a San Quintino. Un caso insolito. Forse ricorda il nome... »

Mentre prendevo una penna, frugai nei recessi della mia memoria. Un poliziotto a Pelican Bay? A San Quintino?

« Frank Coombs », disse Estes.

Sì, lo rammentavo. *Coombs*. Fu come se una lampadina si accendesse nel mio cervello. Era un poliziotto di pattuglia, che, vent'anni prima, aveva ucciso un ragazzino in un quartiere popolare. Era stato incriminato e messo in prigione. Per qualsiasi poliziotto di San Francisco, la frase « abuso di potere » s'identificava con quel nome.

« In galera, Coombs si è rivelato ancora più bastardo di quanto non lo fosse stato fuori », continuò Estes. « A San Quintino, ha cercato di strangolare un compagno di cella e ci è quasi riuscito. Ecco perché l'hanno mandato qui. Dopo un periodo in isolamento, sono riusciti a guarirlo almeno in parte dalle sue tendenze antisociali... »

Coombs, scrissi. Tuttavia, a parte il fatto che quell'uomo aveva ucciso un ragazzo di colore, non rammentavo altro di lui.

« Cosa le fa pensare che Coombs sia la persona che sto cercando? » chiesi.

« Come ho detto... » – Estes si schiarì la gola – « ... me ne sbatto delle sparate di Weiscz. L'ho chiamata perché uno del personale mi ha riferito che, mentre stava qui, Coombs ha fondato, insieme con altri, quel suo gruppetto... »

« Il mio *gruppetto*? »

« Già, tenente. *Chimera*. »

73

COME afferma il vecchio adagio, quando si chiude una porta, se ne apre un'altra. Mezz'ora dopo, richiamai l'attenzione di Jacobi tamburellando sul vetro del mio ufficio. «Cosa sai di Frank Coombs?» gli chiesi, non appena fu entrato.

Warren scrollò le spalle. «È un poliziotto che ha strangolato un ragazzino vent'anni fa, durante una retata. All'epoca fu un grosso scandalo per il Dipartimento. L'hanno mandato a San Quintino per dieci anni, no?»

«Uh-uh... Vent'anni.» Feci scivolare il dossier su Coombs verso di lui. «Adesso dimmi qualcosa che qui dentro *non c'è.*»

Warren aprì il dossier. «Ricordo che era un duro: diverse medaglie al valore e un sacco di arresti effettuati... Però mi sa che questo dossier contiene pure una tale quantità di note di biasimo per abuso di potere da superare quelle del caso Rodney King.»*

«Va' avanti.»

«Hai letto il dossier, Lindsay. Mentre era di servizio in un quartiere popolare, ha visto un ragazzo che stava giocando a basket, uno che lui aveva messo dentro per droga e che però era uscito subito. Il ragazzo gli ha detto qualcosa, poi se l'è filata. E Coombs gli è andato dietro.»

«Stiamo parlando di un ragazzo di colore», lo interruppi. «E infatti gli hanno dato da quindici a vent'anni per omicidio preterintenzionale di secondo grado.»

Jacobi sbatté le palpebre. «Dove vuoi arrivare, Lindsay?»

«A *Weiscz*, Warren. A Pelican Bay. Pensavo che mi avesse detto soltanto un mucchio di cazzate, però qualcosa mi è rimasto

* Il 3 marzo 1991, quattro poliziotti di Los Angeles picchiarono selvaggiamente il nero Rodney King; un passante riprese l'intera scena con una videocamera e le immagini fecero il giro del mondo. L'anno seguente, i poliziotti furono processati e assolti, e la sentenza provocò la sollevazione della comunità nera di Los Angeles. Durante i disordini, rimasero uccise più di cinquanta persone. Nel processo d'appello – tenutosi nel 1993 – due dei poliziotti vennero però condannati. (*N.d.T.*)

impresso. Lui ha sostenuto di avermi 'dato qualcosa'. E ha aggiunto che sembrava proprio 'un lavoretto dall'interno'.»

«E tu hai disseppellito questo vecchio dossier soltanto perché Weiscz ha detto così?» domandò Jacobi, aggrottando le sopracciglia.

«Coombs *ha fondato* Chimera. Ha passato due anni in isolamento. Guarda qui: è stato addestrato per entrare nella SWAT. Era un *tiratore scelto*, nonché, per sua stessa ammissione, un razzista. E adesso è fuori in libertà vigilata. È uscito da San Quintino qualche mese fa.»

Jacobi non si lasciò impressionare. «Ti manca comunque un movente, Lindsay. Voglio dire, era un pezzo di merda, poco ma sicuro. Però era anche un poliziotto. Perché dovrebbe prendere di mira i suoi ex colleghi?»

«Ha dichiarato che è stata legittima difesa, che il ragazzo faceva resistenza. Tuttavia nessuno ha sostenuto la sua versione, Warren. Né il suo partner né gli altri poliziotti che si trovavano con lui né i suoi superiori... Credi che stia esagerando?» Presi il dossier e lo sfogliai, fermandomi in un punto che avevo evidenziato con un cerchio rosso. «Hai detto che Coombs ha ucciso quel ragazzo in un quartiere popolare, vero?»

Jacobi annuì.

Feci scivolare la pagina verso di lui. «L'ha ucciso a *Bay View*, Warren. Ecco dove l'ha strangolato. Quelle case popolari sono state demolite e, nel 1990, sono sorti altri complessi residenziali. La zona è stata ribattezzata...»

«Complesso Whitney Young», concluse Jacobi.

La zona in cui Tasha Catchings era stata uccisa.

74

La mia mossa seguente fu chiamare Madeline Akers, la segretaria del direttore di San Quintino, nonché mia amica. Sapeva di Coombs. « Pessimo poliziotto, pessimo soggetto, pessimo detenuto. Un figlio di puttana patentato. » Mi promise che avrebbe chiesto in giro per scoprire se Frank Coombs avesse rivelato cosa intendeva fare una volta uscito di galera.

« Madeline, non si deve sapere nulla, mi raccomando », insistetti.

« Mercer era mio amico, Lindsay. Farò il possibile. Dammi un paio di giorni. »

« Meglio un giorno solo, Maddie. È un'informazione cruciale. Quell'uomo ucciderà ancora. »

Rimasi seduta a lungo alla mia scrivania, cercando di mettere insieme i tasselli. Nessuno aveva visto Coombs sulla scena del delitto e io non sapevo dove fosse finito. Inoltre non avevo un'arma. Eppure, per la prima volta da quando Tasha Catchings era stata uccisa, avevo la sensazione di trovarmi sulla pista giusta.

Dato che quei fatti erano accaduti più di vent'anni prima, ebbi l'impulso di chiamare Cindy perché scavasse un po' negli archivi del *Chronicle*. Nel Dipartimento, erano pochissimi i poliziotti in servizio a quell'epoca che erano ancora vivi.

Poi rammentai che, a casa mia, c'era qualcuno che, in quel periodo, faceva il poliziotto.

Entrando nell'appartamento, trovai mio padre che guardava il notiziario della sera. « Ehi », mi salutò. « Sei a casa a un'ora decente. Caso chiuso? »

Mi cambiai, presi una birra dal frigo e mi sedetti su una sedia di fronte a lui. « Devo chiederti una cosa », esordii, guardandolo negli occhi. « Ricordi un certo Frank Coombs? »

Lui annuì. « Non sento questo nome da molti anni... Certo che lo ricordo. Era un poliziotto. Ha strangolato un ragazzo di colore, è stato condannato per omicidio ed è finito in galera. »

« Eri in servizio, allora, vero? »

« Sì, e lo conoscevo. Il peggior esemplare di poliziotto che abbia mai incontrato. Certi si lasciavano impressionare da lui, perché aveva al suo attivo una lunga serie di arresti e sapeva come gestire le cose. A modo suo, ovviamente. Era diverso, allora. Non c'erano comitati di controllo a tenerci d'occhio e non tutto quello che facevamo finiva sui giornali.»

«Il ragazzo che Coombs ha strangolato aveva quattordici anni, papà.»

«Perché t'interessi a lui? È in prigione.»

«Non più. È uscito.» Avvicinai la sedia. «Secondo Coombs, si è trattato di legittima difesa.»

«E quale poliziotto direbbe il contrario? Ha sostenuto che il ragazzo lo aveva aggredito con un oggetto tagliente che lui aveva scambiato per un coltello.»

«Ricordi chi era il suo partner, all'epoca?»

«Cristo... Stan Dragula, se non sbaglio. Sì, ha pure testimoniato al processo. Però credo che sia morto qualche anno fa. Nessuno voleva Coombs come partner. C'era da aver paura anche soltanto a camminargli accanto durante il servizio di pattuglia.»

«Questo Stan Dragula era bianco o nero?» chiesi.

«Era un bianco. Penso fosse italiano... o ebreo.»

Non era la risposta che mi aspettavo. Nessuno aveva avvalorato la versione di Coombs. Ma perché stava ammazzando dei *neri*? «Papà, se Coombs è davvero responsabile di ciò che sta succedendo, se è impegnato a compiere una vendetta di qualche tipo... perché contro i *neri*?»

«Coombs era un animale, ma anche un poliziotto. Te l'ho detto, le cose andavano diversamente, allora. C'era il famigerato Muro Blu di silenzio... Te ne hanno parlato, in Accademia, no? 'Tieni la bocca chiusa e, se avrai bisogno di me, io ci sarò.' Be', per Frank Coombs quel muro non ha retto, anzi gli è crollato addosso. Tutti erano più che felici di dargli contro. Stiamo parlando di... quanto? Di vent'anni fa, giusto? Anche nella polizia si avvertiva l'impatto delle leggi che agevolavano l'inserimento nel lavoro delle minoranze etniche. I neri e gli ispanici cominciavano a occupare posti chiave. C'era una lobby formata da agenti di colore, l'OFJ...»

«Gli Officers for Justice? Sì, ci sono ancora», intervenni.

«La tensione era alta. I membri dell'OFJ avevano minacciato di entrare in sciopero. E anche i pezzi grossi cittadini si erano messi a fare pressione. Insomma, Coombs si era sentito tradito, un capro espiatorio.»

Tutto cominciava a chiarirsi. Coombs si era convinto che la lobby nera del Dipartimento lo avesse distrutto. In prigione, il suo odio era cresciuto. E adesso, vent'anni dopo, era tornato nelle strade di San Francisco.

«Forse, in un momento diverso, una cosa del genere sarebbe stata nascosta sotto qualche tappeto», dissi. «Ma non allora. L'OFJ lo ha davvero incastrato.»

D'un tratto si fece strada nel mio cervello un'inquietante consapevolezza. «Earl Mercer era coinvolto nel caso, vero?»

Mio padre annuì. «Mercer era il tenente di Coombs.»

PARTE TERZA

IL MURO BLU DI SILENZIO

75

IL giorno dopo, la pista Frank Coombs, che soltanto ventiquattr'ore prima sembrava vaghissima, stava acquistando consistenza. Mi sentivo carica al massimo.

Anzitutto, Jacobi aveva bussato alla porta del mio ufficio, annunciando: «Un punto per te, Lindsay. La faccenda Coombs è sempre più promettente».

«Spiegati... Hai avuto notizie dal suo garante della libertà vigilata?»

«Puoi dirlo forte. Coombs è scomparso. Secondo il garante, Coombs è stato per pochissimo tempo in un alberghetto su Eddy Street e poi è sparito. Non si era neppure registrato. Quanto all'ex moglie, sembra che non si siano tenuti in contatto.»

Ovviamente non ero contenta che Coombs si fosse dileguato, però quello era anche un buon segno. Dissi a Jacobi di continuare a cercarlo.

Poi, qualche minuto dopo, mi aveva chiamato Madeline Akers da San Quintino. «L'ho trovato», esordì.

Mi sembrava impossibile che ci fosse riuscita in così breve tempo.

«Nel corso degli anni, Coombs è stato in cella con quattro detenuti diversi. Due sono fuori in libertà vigilata e ho parlato io stessa con gli altri due. Uno mi ha detto di andare a quel paese, ma l'altro, un certo Toracetti... Be', non ho quasi avuto bisogno di spiegargli cosa volevo. Quando ha saputo di Davidson e Mercer, ha subito pensato a Coombs. Anzi è stato proprio Coombs a dirgli che voleva far riesplodere l'intera faccenda.»

Non sapevo come ringraziarla. *Tasha, Mercer, Davidson...* Il quadro si stava formando.

Ma che ruolo aveva Estelle Chipman?

Mi sentii come posseduta. Cominciai a scavare tra i dossier che avevo accumulato e che non esaminavo da un sacco di tempo. E lo trovai, sepolto in fondo alla pila: era il dossier che avevo fatto venire dall'Ufficio Personale. Quello di Edward R. Chipman.

Nei trenta, insignificanti anni da lui passati al servizio della legge, spiccava un'unica cosa: era stato rappresentante distrettuale presso l'OFJ, l'Officers for Justice.

Era arrivato il momento di mettere quel dato agli atti. Chiamai Tracchio. Helen, la sua segretaria – era stata anche quella di Mercer – mi spiegò che era impegnato in una riunione a porte chiuse. Le dissi che stavo salendo.

Afferrai il dossier su Coombs e salii le scale fino al quinto piano. Dovevo dirlo a qualcuno. Irruppi nell'ufficio del capo.

Poi mi fermai, allibita, incapace di parlare.

Intorno al tavolo c'erano Tracchio, gli agenti speciali dell'FBI Ruddy e Hull, Carr – l'addetto stampa – e Ryan, il capo dei detective.

Era una riunione della task force. E io non ero stata invitata.

76

«QUESTA è una vera stronzata», esclamai. «Cos'è, una specie di club per soli uomini?»

Tracchio, Ruddy e Hull dell'FBI, Carr e Ryan: cinque uomini intorno a un tavolo. Mancavo io: la donna.

Il capo *pro tempore* si alzò, rosso in volto. «Stavamo per chiamarti, Lindsay...»

Non avevo dubbi su quello che stava accadendo. Tracchio voleva estromettermi dalle indagini. Dalle *mie* indagini. Ryan e lui le avrebbero affidate all'FBI.

«Siamo in un momento critico...» mormorò Tracchio.

«Ha ragione da vendere», lo interruppi, facendo correre lo sguardo sul gruppo. «*Io so chi è stato.*»

Nel silenzio che seguì, tutti gli occhi si appuntarono su di me. Sembrava che qualcuno avesse improvvisamente acceso le luci. La mia pelle bruciava, come se fosse stata cauterizzata.

«Vuole che le spieghi tutto?» continuai, rivolta a Tracchio. «Oppure me ne devo andare?»

Con aria stordita, lui allontanò una sedia dal tavolo, invitandomi a sedere.

Non lo feci. Rimasi in piedi. Ero stata così scettica all'inizio... invece adesso tutto cominciava a tornare. Chimera, Pelican Bay, il rancore di Coombs verso la polizia. Nel sentire il nome di Coombs, gli uomini del Dipartimento spalancarono gli occhi. Spiegai il nesso tra le vittime, rivelando che Coombs era un tiratore scelto e che soltanto un tiratore scelto poteva aver sparato quei colpi.

Quando finii, cadde di nuovo il silenzio. Tutti mi guardavano e basta. Avrei voluto alzare il pugno in segno di vittoria.

L'agente Ruddy si schiarì la gola. «Una cosa non mi è chiara... Come collega Coombs a una qualsiasi delle scene del delitto?»

«Mi dia un paio di giorni e avrà quel collegamento», dichiarai. «Il killer è Frank Coombs.»

Hull, il collega di Ruddy – quello ben messo –, rivolse a Tracchio un'ottimistica scrollata di spalle. « Vuole che ce ne occupiamo noi? »

Non ci potevo credere. Quello era il *mio* caso. L'avevo risolto *io* o, meglio, l'aveva risolto la Squadra Omicidi di San Francisco. Due dei *nostri* poliziotti erano stati ammazzati.

Tracchio sembrò riflettere. Spinse in avanti le sue grosse labbra, come se stesse succhiando le ultime gocce di una bibita con una cannuccia, poi guardò l'agente dell'FBI e scosse la testa. « Non sarà necessario. Questi sono crimini contro la *città*. E sarà la polizia *cittadina* a occuparsene. »

77

ORMAI rimaneva un unico ostacolo: trovare Frank Coombs.

Nel suo dossier carcerario era riportato il nome della sua ex moglie: Ingrid Thiasson. Avevano divorziato mentre Coombs era in galera e lei si era risposata. Inoltre, secondo il garante, i due non si erano tenuti in contatto. Forse non sarebbe servito a nulla incontrarla, però valeva la pena provarci.

« Su, dai, Warren », dissi a Jacobi, dandogli una gomitata. « Vieni con me. Come ai vecchi tempi. »

« Oh, che bellezza. »

Ingrid Thiasson viveva nella zona medio-borghese di Laguna, in una deliziosa stradina.

Parcheggiammo sull'altro lato della via, raggiungemmo la casa e suonammo il campanello. Nessuna risposta. Non sapevamo dove lavorava e non c'era nessuna automobile parcheggiata di fianco alla villetta.

Stavamo per andarcene, quando una Volvo vecchio modello svoltò nel vialetto.

Ingrid Thiasson era sulla cinquantina, coi capelli castani dritti come spaghetti. Indossava un pesante maglione grigio e, sotto, un abito azzurro molto semplice. Uscì dall'auto e aprì il bagagliaio, cominciando a tirar fuori le borse della spesa.

Essendo stata moglie di un poliziotto, c'inquadrò non appena ci avvicinammo. « Che volete da me? » chiese.

« Qualche minuto del suo tempo. Stiamo cercando il suo ex marito. »

« Avete un bel fegato a venire qui », borbottò lei, sollevando due borse.

« Stiamo semplicemente valutando tutte le possibilità », spiegò Jacobi.

« Come ho già detto al garante, non lo sento da quand'è uscito di galera », sbottò lei.

« Non è mai venuto a trovarla? »

« Solo una volta, subito dopo essere uscito. Era convinto che avessi conservato un po' di roba sua e la voleva. Gli ho detto che l'avevo buttata via.»

«Che genere di roba?» chiesi.

«Lettere inutili, articoli di giornale sul processo. Probabilmente anche le sue vecchie pistole. A Frank sono sempre piaciute, le pistole... Tutte cose che hanno valore soltanto per un uomo che non ha altro di cui andare fiero.»

Jacobi annuì. «E allora? Che ha fatto?»

«Che ha fatto?» ripeté ironicamente Ingrid. «Se n'è andato, senza neppure una parola sui nostri ultimi vent'anni. Senza una parola su di me o su suo figlio. Ci credereste?»

«Davvero non sa dove sia?»

«No. Quell'uomo era puro veleno. E io ho trovato qualcuno che mi tratta con rispetto e che è stato un padre per il mio ragazzo. Non voglio vedere mai più Frank Coombs.»

«Ha avuto qualche contatto con suo figlio?» chiesi.

«Nessuno. Li ho sempre tenuti ben lontani. No, mio figlio non ha nessun legame col padre. E non seccatelo. Frequenta il college, a Stanford.»

Feci un passo in avanti. «Ci dica se qualcuno sa dove si trova il suo ex marito, Ms Thiasson. È per un caso di omicidio.»

Colsi una vaghissima esitazione. «Ho vissuto un'esistenza onesta per vent'anni. Adesso siamo una famiglia... Nessuno deve sapere che ve l'ho detto io.»

Annuii, mentre il cuore mi batteva più veloce.

«Frank è rimasto in contatto con Tom Keating. Anche quand'era dentro. Se c'è qualcuno che sa dov'è, questo qualcuno è Tom.»

Tom Keating. Lo ricordavo.

Era un poliziotto in pensione.

78

MENO di un'ora dopo, Jacobi e io fermammo l'auto di fronte allo Stabile 3A della Blakesly Residential Community, lungo la costa di Half Moon Bay.

Ricordavo bene Keating. Di solito si presentava all'Alibi dopo il suo turno dalle nove alle sedici. In quel bar, avevo trascorso molti pomeriggi insieme con mio padre. Rammentavo un uomo dal viso rubicondo e con una massa di capelli prematuramente bianchi. *Cristo, tutto ciò risale ad almeno trent'anni fa*, pensai.

Bussammo alla porta di un modesto appartamento. Ci aprì una donna snella, ancora piacente nonostante i capelli grigi.

« Mrs Keating? Sono il tenente Lindsay Boxer della Squadra Omicidi di San Francisco e questo è l'ispettore Jacobi. Suo marito è in casa? »

« Della *Omicidi*? » ripeté lei, sorpresa.

« È per un vecchio caso », spiegai, con un sorriso.

Dall'interno giunse una voce. « Helen, non riesco proprio a trovare quel maledetto telecomando. »

« Arrivo subito, Tom... È sul retro », disse lei, facendoci cenno di entrare.

Attraversammo un appartamento arredato in modo assai semplice e arrivammo in un solarium affacciato su un piccolo patio. Alle pareti c'erano diverse foto incorniciate, risalenti al periodo trascorso da Keating nella polizia. Lui era proprio come lo ricordavo, ma con trent'anni di più. Magro, coi capelli bianchi ormai diradati, eppure ancora rubicondo.

Stava guardando un notiziario del pomeriggio; nella parte inferiore dello schermo scorrevano le quotazioni di Borsa. Era su una sedia a rotelle.

Helen Keating ci presentò, poi, trovato il telecomando, abbassò il volume della TV. Keating sembrava contento di ricevere visite da parte di due poliziotti.

« Non mi posso muovere granché, da quando mi sono partite le gambe. Mi hanno detto che è colpa dell'artrite, aggravata dalla pallottola che mi sono beccato nella quarta vertebra lombare.

Non posso più giocare a golf... Però guardo crescere la mia pensione», disse ridacchiando. Poi mi studiò. «Ma tu sei la figlia di Marty Boxer, vero?»

Sorrisi. «L'Alibi... Un paio di cinque-zero-uno, eh, Tom?» 5-0-1 era il codice per chiedere rinforzi ed era così che loro chiamavano il loro drink preferito: whisky irlandese con birra a parte. «A quell'epoca lei era uno dei pezzi grossi...»

Keating annuì con un sorriso tutto denti. «E perché due *veri* pezzi grossi come voi sono venuti fin qui a parlare con un vecchio poliziotto di strada?»

«Frank Coombs», risposi.

Improvvisamente il viso di Keating s'indurì. «Che volete sapere?»

«Lo stiamo cercando, Tom. Ci hanno detto che forse lei sa dove si trova.»

«Perché non vi mettete in contatto col suo garante? Di certo non sono io.»

«È fuggito, Tom. Da un mese.»

«Adesso mettono quelli della Omicidi a dare la caccia a chi viola la libertà vigilata?»

Continuai a fissare Keating. «Che ci può dire, Tom?»

«Cosa vi fa pensare che io sappia qualcosa?» Lanciò un'occhiata alle sue gambe. «È una cosa morta e sepolta.»

«Ci hanno detto che siete rimasti in contatto... È importante.»

«Be', sta sprecando il suo tempo, tenente», replicò lui, in tono improvvisamente formale.

Sapevo che stava mentendo. «Quand'è stata l'ultima volta che ha parlato con Coombs?»

«Subito dopo che è uscito, mi sembra. E, in seguito, forse un paio di volte. Aveva bisogno d'aiuto per rimettersi in sesto. Può darsi che gli abbia dato una mano.»

«E mentre lei gli dava questa mano, lui dove abitava?» intervenne Jacobi.

Keating scosse la testa. «In un albergo dalle parti di Eddy Street o di O'Farrell Street... non uno di lusso.»

« E da allora non l'ha più sentito? » Il mio sguardo corse a Helen Keating.

« Ma, insomma, che volete da lui? » sbottò Tom. « Ha pagato il suo debito. Perché non lo lasciate in pace? »

« Tom... Sarebbe più facile se ci dicesse tutto. »

Keating sporse le labbra secche, come se stesse valutando la portata della sua lealtà.

« Quanto è stato nella polizia? Trent'anni? » gli chiese Jacobi.

« Ventiquattro... » Batté sulla gamba. « Poi ho dovuto mollare. »

« Ventiquattro anni *buoni*. Non sarebbe un peccato rovinarli proprio ora, rifiutandosi di collaborare con... »

« Volete sapere chi sa tutto della *mancanza* di collaborazione? Frank Coombs. Stava semplicemente facendo il suo lavoro e quei bastardi – che si spacciavano per amici suoi – hanno girato la testa dall'altra parte. Adesso i poliziotti fanno riunioni e seminari per valutare quanto siano sensibili alle istanze sociali... Ai miei tempi, dovevamo tirar via di peso i criminali dalla strada, e farlo coi mezzi che avevamo... »

« Tom... » intervenne la moglie. « Frank Coombs ha ucciso un poliziotto. E due poliziotti vogliono parlare con lui. Per quanto tempo ancora ti comporterai da amico leale? È questo il tuo dovere. »

Keating la guardò duramente. « Certo, come no. È proprio questo il mio dovere. » Sollevò il telecomando e si girò di nuovo verso di me. « Rimanete pure qui tutto il giorno, se volete. Non ho la più pallida idea di dove sia Frank Coombs. »

E rialzò il volume del televisore.

79

«MA va' a quel paese, vecchio rottame», esclamò Jacobi, una volta usciti.

«Già che siamo qui, perché non ci spingiamo fino a Stanford?» replicai. «Andiamo a trovare il figlio di Frankie?»

Lui scrollò le spalle. «E perché no? Un po' di cultura non mi farà male.»

Mentre entravamo nel viale d'accesso del campus – con le alte palme ai lati della strada, i maestosi edifici color ocra coi tetti rossi, la Hoover Tower che svettava sopra il Main Quad, il complesso dei primi edifici costruiti a Stanford – avvertii tutta la magia della vita universitaria. Ognuno di quei ragazzi aveva talento, era speciale. Provai addirittura un certo orgoglio: il figlio di Coombs, a onta dei suoi inizi difficili, era riuscito ad arrivare fin lì.

Ci rivolgemmo all'amministrazione, i cui uffici si trovavano nel Main Quad. Un segretario del rettore ci spiegò che Rusty Coombs si stava probabilmente allenando alla Field House e aggiunse che era un bravo studente e un ottimo *tight end*. Riprendemmo la macchina e andammo alla Field House, dove un responsabile, che indossava un cappellino rosso di Stanford, ci portò di sopra e ci chiese di aspettare fuori della sala pesi.

Qualche istante dopo, apparve un ragazzo ben messo, dai capelli rossicci e con indosso una T-shirt dei Cardinals zuppa di sudore. Rusty Coombs aveva una faccia simpatica, con una spruzzata di lentiggini. Era ben lontana dalla cupa, minacciosa aggressività che avevo notato nelle foto di suo padre.

«Credo di sapere perché siete qui», disse, venendoci incontro. «Mia madre mi ha chiamato.»

In lontananza, si sentiva il clangore delle macchine e dei pesi. «Stiamo cercando tuo padre, Rusty, e ci chiedevamo se tu avessi idea di dove sia», replicai con un sorriso.

«Lui non è mio padre», ribatté, scuotendo la testa. «Mio padre si chiama Theodore Bell ed è lui che mi ha cresciuto, insieme con la mamma. È stato Teddy che mi ha insegnato a giocare a football. Ed è stato lui a dirmi che, se desideravo entrare a Stanford, potevo farcela.»

«Quand'è stata l'ultima volta che hai sentito Frank Coombs?»

«Ma, insomma, che ha combinato? La mamma ha detto che siete della Omicidi. Sappiamo quello che è successo dai giornali e dalla TV... Lo sanno tutti. Ma qualsiasi cosa abbia fatto in passato, ha pagato, no? E voi credete che sia responsabile di quegli orrendi delitti soltanto perché ha commesso un errore vent'anni fa?»

«Se non fosse importante, non ci saremmo spinti fin qui...» disse Jacobi.

Lui oscillò sulla punta dei piedi. Sembrava un ragazzo simpatico, disposto a collaborare. «È venuto qui la prima volta che è uscito», mormorò, sfregandosi le mani. «Mentre stava in prigione gli avevo scritto un paio di lettere. L'ho incontrato in città perché non volevo che gli altri lo vedessero.»

«E cosa ti ha detto?»

«Credo che desiderasse semplicemente mettersi a posto la coscienza. E capire quello che mia madre pensava di lui. Non mi ha neanche detto: 'Ehi, ottimo lavoro, Rusty. Ma guardati... Hai davvero fatto un gran bel lavoro'. Oppure: 'Seguo le tue partite...' No, lui voleva soltanto sapere se mia madre aveva buttato via certe sue vecchie cose.»

«Quali cose?» domandai. Che cos'era così importante da spingerlo a fare tutta quella strada e confrontarsi con suo figlio?

«Cose della polizia», rispose Rusty, scuotendo di nuovo la testa. «Le sue pistole, forse.»

Sorrisi. Lo capivo benissimo. Sapevo che cosa significava avere del proprio padre un'opinione non esattamente lusinghiera. «Ti ha per caso detto dove intendeva andare?»

Rusty Coombs sembrava sull'orlo delle lacrime. «Io non sono Frank Coombs, ispettore. Sì, forse porto il suo cognome e devo convivere con quello che ha fatto, però non sono *lui*. Vi prego, lasciate in pace la mia famiglia. Vi prego...»

80

Be', che figuraccia. Costringere Rusty Coombs a evocare ricordi così terribili mi aveva fatto sentire una vera stronza. Perfino Jacobi era d'accordo.

Ritornammo in ufficio alle quattro. Ci eravamo spinti fino a Palo Alto soltanto per imboccare l'ennesimo vicolo cieco. Fantastico.

Ad attendermi c'era un messaggio di Cindy. La chiamai subito.

«Gira voce che avete stretto il cerchio a un unico indiziato», esordì lei. «È vero o è una bufala?»

«Abbiamo un nome, Cindy, ma non ti posso dire nulla. Convocheremo una persona per interrogarla.»

«Nessun mandato, quindi?»

«Cindy... No, non ancora.»

«Non è che voglia una soffiata, Lindsay, però... Ha cercato di uccidere una nostra amica, ricordi? Se posso dare una mano...»

«Almeno cento poliziotti stanno lavorando al caso, Cindy. E alcuni di noi hanno persino fatto un paio d'indagini prima di questa. Fidati di me.»

«Ma, se non l'avete arrestato, allora vuol dire che non l'avete ancora *preso*, vero?»

«O forse non abbiamo ancora istruito il caso... E, Cindy, questa non è una dichiarazione ufficiale.»

«Guarda che stai parlando con *me*. E lo stesso si potrebbe dire di Claire e Jill. Siamo tutte coinvolte.»

Aveva ragione. A differenza di qualunque altro caso di omicidio di cui mi ero occupata, quello, col passar del tempo, sembrava sempre più una faccenda personale. *Ma perché?* Non sapevo dov'era Coombs e mi serviva un aiuto. Finché lui era libero, poteva accadere qualunque cosa.

«Sì, ho bisogno di una mano, Cindy. Passa al setaccio il database del *Chronicle*. Non sei andata abbastanza indietro nel tempo.»

Lei sembrò trattenere il respiro. «Avevi ragione, eh? È un poliziotto.»

« Non puoi scrivere nulla, tesoro, ma... ci sei molto vicina. »

Ebbi l'impressione che si stesse mettendo la lingua tra i denti, come faceva sempre quando rifletteva. « Ma noi c'incontriamo comunque, vero? »

Sorrisi. « Certo. Siamo una squadra, no? Ora più che mai. »

Stavo quasi per andarmene quando il telefono squillò. In quel momento stavo pensando che Tom Keating ci aveva mentito. Ero certa che aveva incontrato Coombs, ma, finché non avessimo spiccato un mandato, avrebbe potuto nascondere tutto ciò che voleva...

Era proprio la moglie di Keating che mi stava chiamando. Ero così stupita che quasi lasciai cadere la cornetta.

« Mio marito è un uomo testardo, tenente », esordì, in tono palesemente nervoso. « Però è sempre stato orgoglioso d'indossare l'uniforme della polizia. Non gli ho mai chiesto ragione di nulla e non intendo cominciare adesso. Ma non posso starmene qui buona e tranquilla. Frank Coombs ha ucciso quel poliziotto. E se ha fatto qualcos'altro... Be', non voglio alzarmi ogni santa mattina della mia vita con la consapevolezza di aver protetto un assassino. »

« Mrs Keating... Sarebbe meglio per tutti se suo marito ci dicesse quello che sa. »

« Io non so cosa sa. Se afferma di non aver incontrato Coombs da un po' di tempo a questa parte, gli credo. Però non le ha raccontato tutta la verità, tenente. »

« Perché non me la racconta lei? »

Un'esitazione. « Coombs è venuto qui. Una volta. Un paio di mesi fa, più o meno. »

« Lei sa dove si trova? » I miei battiti accelerarono.

« No. Tuttavia mi ha lasciato un messaggio per Tom. Ho ancora il numero. »

Cercai freneticamente una penna.

Mi lesse il numero. *434-9117*. « Sono quasi sicura che si trattasse di una pensione o di un albergo. »

« Grazie, Helen. »

Stavo per riagganciare quando lei disse: « C'è un'altra cosa... Mio marito le ha detto di aver aiutato Coombs... Be', è vero, ma non è tutto. Tom gli ha dato del denaro, però lo ha anche lasciato frugare tra le sue vecchie cose, nel nostro ripostiglio».

«Che genere di cose?» chiesi.

«Le sue vecchie cose del Dipartimento. Forse voleva prendere un'uniforme o un distintivo.»

Ecco che cosa aveva cercato Coombs nella casa dell'ex moglie: le sue vecchie uniformi. Nella mia mente scattò qualcosa. *Forse è proprio così che è riuscito ad avvicinarsi tanto alla Chipman e a Mercer...*

«È tutto?»

«No», disse Helen Keating. «Nel ripostiglio, Tom ci teneva anche le pistole. E Coombs ha preso pure quelle.»

81

In pochi minuti rintracciai il numero che Helen Keating mi aveva dato. Corrispondeva a un albergo – l'Hotel William Simon – tra Larkin Street e McAllister Street.

Chiamai Jacobi, beccandolo nel momento esatto in cui si stava sedendo a tavola per cenare. « Raggiungimi all'incrocio tra Larkin e McAllister, all'Hotel William Simon. »

« Vuoi che c'incontriamo in un albergo? Grande! Vengo subito. »

« Probabilmente abbiamo trovato Coombs. »

Non potevamo arrestare Frank Coombs. Non avevamo uno straccio di prova che lo mettesse in rapporto diretto con uno dei delitti. Forse potevamo ottenere un mandato di perquisizione e frugare nella sua camera. Al momento, comunque, la cosa più importante era essere sicuri che stava ancora lì.

Venti minuti dopo, mi trovavo in quella zona degradata che si estende tra il Civic Center e Union Square. L'Hotel William Simon era uno squallido alberghetto sistemato sotto un enorme cartellone pubblicitario, sul quale c'era una sinuosa modella che indossava intimi Calvin Klein. *Puah*, avrebbe detto Jill.

Non volevo presentarmi alla reception – mostrando il distintivo e una foto di Coombs – finché non fossimo stati pronti a muoverci. Ma alla fine pensai: *E che diavolo...* e composi il numero che Helen Keating mi aveva dato. Dopo tre squilli, mi rispose una voce maschile.

« Hotel William Simon »

« Frank Coombs? » domandai.

« Coombs... » L'addetto alla reception prese a sfogliare qualcosa. « No, non mi risulta. »

Merda. Gli chiesi di controllare bene. Nulla di fatto.

In quel momento, la portiera della mia Explorer si aprì. I miei nervi vibrarono come le corde di un basso.

Jacobi entrò in auto. Indossava una polo a righe e una specie di orribile giubbetto Members Only da sotto il quale spuntava la sua pancia prominente. «Ehi, bella, che mi fai per venti dollari?» mi chiese sorridendo.

«Ti faccio un panino. E me lo paghi.»

«L'hai identificato?»

Scossi la testa e gli spiegai cosa avevo scoperto.

«Magari si è trasferito», ipotizzò Jacobi. «Non vuoi che vada io dentro?»

Gli feci cenno di no. «Rimaniamo qui.»

Aspettammo per oltre due ore. Quel tipo di appostamenti è incredibilmente noioso: una persona normale ne uscirebbe pazza. Tenemmo gli occhi incollati sull'Hotel William Simon, parlando di tutto, da Helen Keating a quello che la moglie di Jacobi aveva preparato per cena, dai San Francisco 49ers a chi andava a letto con chi alla Corte. A un certo punto, Jacobi andò a prendere un paio di sandwich in un Subway.

Alle dieci, borbottò: «Rischiamo di star qui in eterno. Perché non mi lasci entrare, Lindsay?»

Probabilmente aveva ragione. Non sapevamo neppure se Coombs si trovasse ancora lì. Helen Keating aveva avuto quel numero due mesi prima...

Stavo per cedere quando un uomo svoltò su Larkin Street, diretto all'albergo. Afferrai il braccio di Jacobi. «Guarda là.»

Era Coombs. Lo riconobbi all'istante, il bastardo. Indossava un giubbotto mimetico, teneva le mani nelle tasche dei pantaloni e aveva un cappello floscio calcato fin sugli occhi.

«Figlio di una gran puttana», sibilò Jacobi.

Mentre lo guardavo scivolare all'interno dell'albergo, ci volle tutto il mio autocontrollo per non catapultarmi fuori dall'auto e sbatterlo contro il muro. Come avrei voluto ammanettarlo... Però ormai avevamo in pugno Chimera. Sapevamo dove si nascondeva.

«Voglio qualcuno che gli stia addosso ventiquattr'ore al giorno», dissi a Jacobi. «Se taglia la corda, bisogna incastrarlo. Alle accuse penseremo dopo.»

Jacobi annuì.

«Spero che tu ti sia portato lo spazzolino», aggiunsi, ammiccando. «Il primo turno tocca a te.»

82

MENTRE camminavano, mano nella mano, verso l'appartamento di lei, su Castro Street, Cindy dovette ammettere con se stessa di avere una fifa blu.

Era la quinta volta che usciva con Aaron Winslow. Avevano assistito alle esibizioni di Cyrus Chestnut e Freddie Hubbard al Blue Door; erano stati all'opera, a vedere *La traviata*; avevano preso il ferry per raggiungere un localino giamaicano che Aaron conosceva e che si trovava dall'altra parte della baia. E, quella sera, erano andati al cinema a vedere un film da sogno: *Chocolat*.

Cindy pensava che, in qualsiasi modo si concludesse la serata, si era trovata bene con Aaron. Era più brillante della maggior parte degli uomini che lei aveva conosciuto ed era di gran lunga il più sensibile. Non leggeva soltanto libri particolari come *L'opera struggente di un formidabile genio* di Dave Eggers e *La figlia dell'aggiustaossa* di Amy Tan, ma viveva anche in armonia coi principi che predicava. Lavorava dalle dodici alle sedici ore al giorno e il suo quartiere lo adorava, però lui non si era montato la testa. Per aiutarla a scrivere il suo articolo, aveva parlato con molte persone e lei lo aveva ascoltato. Insomma Aaron Winslow era senza dubbio un uomo onesto.

Ma Cindy sapeva che, prima o poi, quel momento sarebbe arrivato. E ormai era vicinissimo, come il timer di una bomba prossimo allo zero. Era un passo ovvio, naturale, si diceva. La loro buca da cecchino stava per esplodere, avrebbe commentato Lindsay.

«Sei piuttosto silenziosa, stasera. Tutto bene, Cindy?» chiese Aaron.

«Benissimo», mentì lei. Era proprio l'uomo più adorabile con cui fosse uscita, però... *Santo cielo, Cindy, è un pastore. Perché non ci hai pensato prima? È una buona idea? Rifletti. Non fargli del male. E non farti del male.*

Raggiunsero l'entrata del palazzo di Cindy e si fermarono sotto l'arco illuminato. Lui prese a canticchiare: «Ho già percorso questa strada...» Era una vecchia canzone R&B. Persino la sua intonazione era gradevole.

Non aveva senso rimandare ancora. «Senti, Aaron, uno di noi due deve dirlo... Vuoi salire? Sarebbe bello se lo facessi. E sarebbe *orribile* se non lo facessi.»

Lui sospirò e sorrise. «Non so proprio come prenderla, Cindy... È un po' fuori dei miei standard. Io... non sono mai uscito con una bionda. È una cosa del tutto inattesa.»

«Sono soltanto due piani... Possiamo parlarne di sopra», replicò lei con un sorriso.

Le labbra di lui tremavano leggermente e, quando le sfiorò il braccio, le strappò un brivido. Accidenti, le piaceva proprio. E si fidava di lui.

«Sto per fare un passo decisivo e non voglio essere avventato», mormorò Aaron. «Ho bisogno di sapere. Siamo allo stesso punto, tu e io?»

Cindy si sollevò sulla punta dei piedi e gli sfiorò le labbra con le proprie. Aaron parve sorpreso e, sulle prime, s'irrigidì, ma poi la circondò lentamente con le braccia, abbandonandosi al bacio.

Era proprio come lei lo aveva sognato. Un primo bacio tenero e sconvolgente. Attraverso la giacca, riusciva persino a sentir battere il cuore di lui. Le piaceva che avesse paura, la faceva sentire ancora più vicina a quell'uomo.

Quando si staccarono, lei lo guardò negli occhi e sussurrò: «Siamo allo *stesso* punto». Poi prese le chiavi e lo guidò verso il suo appartamento al secondo piano. Il suo cuore batteva a mille.

«È bellissimo... E non lo dico così per dire...» Alte pareti coperte di librerie e un soggiorno con cucina a vista. «Ti rispecchia, Cindy... Come mi sento stupido a non essere stato qui prima.»

«E non è che io non ci abbia provato», ridacchiò lei. Dio mio, com'era *nervosa*.

La prese di nuovo tra le braccia, e stavolta il bacio fu più lungo. Baciava bene, benissimo. Lei si sentiva intensamente viva, viva in ogni singola cellula del suo corpo. Un brivido lungo le braccia, il calore tra le cosce... Si strinse a lui. Voleva, desiderava stargli vicina. Il corpo di lui era snello, ma anche forte.

Cindy sorrise. «Be', allora, che stai aspettando?»

«Non lo so. Una specie di segnale?»

Aderì a lui, alle forme del suo corpo, e lo sentì reagire. «Eccolo, il *segnale*», mormorò, con la bocca vicinissima al viso di lui.

«Temo che il mio segreto non sia più tale. Sì, mi piaci *davvero*, Cindy.»

Improvvisamente squillò il telefono. Il suono parve esplodere nelle loro orecchie.

«Oh, no, lasciateci in pace», esclamò Cindy.

«Spero che non sia un altro segnale», rise lui.

Ogni squillo era più irritante del precedente. Per fortuna, a un certo punto, la segreteria telefonica si attivò.

«Cindy, sono Lindsay... È successa una cosa importante... *Ti prego*, rispondi.»

«Fa' pure», disse Aaron.

«Adesso che sei arrivato fin quassù, non cambiare idea mentre parlo al telefono, eh?» mormorò Cindy, poi allungò un braccio dietro il divano, afferrando la cornetta. «Lo faccio soltanto perché sei tu», sibilò.

«Strano, stavo per dire la stessa cosa. Senti un po'...» Lindsay le comunicò la notizia e Cindy si sentì pervadere da una sensazione di trionfo. Era quello che voleva. Era stato il suo suggerimento a mettere Lindsay sulle tracce di quell'uomo. E vai!

«*Hasta mañana*. E grazie per la telefonata.» Posò la cornetta, si riavvicinò ad Aaron e lo guardò negli occhi. «Volevi un segnale? Be', abbiamo avuto il migliore in assoluto», gli mormorò, illuminandosi in viso. «*L'hanno trovato, Aaron.*»

83

In modo non ufficiale, tenemmo sotto sorveglianza l'Hotel William Simon per tutta la notte. Coombs non uscì più. Sapevo dove si trovava. Ora non mi restava che istruire il caso.

Quella mattina, Jill sarebbe tornata al lavoro. Mi diressi al suo ufficio per aggiornarla sugli ultimi sviluppi e, uscendo dall'ascensore all'ottavo piano, m'imbattei in Claire, che probabilmente aveva avuto la stessa idea.

« I geni pensano allo stesso modo, eh? » ridacchiò.

« Ci sono grosse novità », ribattei tutta allegra, pregustando la rivelazione che stavo per fare. « Su, vieni... »

Bussammo alla porta ed entrammo. Jill era alla scrivania e sembrava un po' smagrita. Dalle pile di documenti legali e di faldoni sembrava che non avesse perso neppure un giorno di lavoro. Nel vederci, i suoi occhi azzurri si accesero. Ma quando si alzò, spalancando le braccia, notai che non l'aveva fatto con la sua solita rapidità.

« Ferma lì », le dissi, andando verso di lei e abbracciandola. « Devi stare attenta. »

« Sto bene », replicò in fretta. « L'addome è un po' contratto e il cuore è un po' spezzato, però sono qui. E questa è la cosa migliore, per me. »

« Sei sicura che sia la cosa più furba? » chiese Claire.

« Per quanto mi riguarda, sì », ribatté Jill. « Le assicuro che sto bene, dottoressa. Non provarci neanche a convincermi del contrario. Se volete aiutarmi a guarire, mettetemi al corrente di quello che è successo. »

La osservammo con un certo scetticismo. Però io dovevo darle la notizia. « Credo che l'abbiamo trovato. »

« Trovato chi? » domandò Jill.

Feci un sorriso radioso. « Chimera. »

Claire mi fissò, poi chiuse gli occhi per qualche istante, come se pregasse, e li riaprì con un sospiro.

Jill era stupefatta. « Cristo, voi due siete state davvero impegnate mentre ero via, eh? »

Fecero tutte le domande giuste e io spiegai ogni cosa nei dettagli. Quando rivelai il nome, Jill mormorò: « Coombs... Ricordo quel caso, l'ho studiato all'università ». Nei suoi occhi si accese una scintilla. « Frank Coombs... Ha ucciso un ragazzo. »

« Sei sicura che si tratti di *lui*? » volle sapere Claire. Portava ancora una fasciatura intorno al collo.

« Lo spero proprio », dissi. Poi, in tono convinto, aggiunsi: « Sì, sono sicura ».

« L'avete già arrestato? » chiese di nuovo Claire. « Posso fargli una visitina in carcere? Ho giusto una mazza da baseball nuova che volevo provare... »

« No, non ancora. Si è imbucato in un albergaccio nel quartiere Tenderloin. Lo teniamo sotto sorveglianza giorno e notte. » Mi girai verso Jill. « Che mi dice, avvocato? Vorrei sbatterlo dentro. »

Lei fece qualche esitante passo in avanti e si appoggiò all'angolo della scrivania. « Okay. Dimmi che cos'hai esattamente. »

Descrissi i vaghi legami di Coombs con le tre vittime, la sua qualifica di tiratore scelto, il suo risentimento documentato verso i neri e sottolineai come l'OFJ avesse segnato il suo destino... Parlando, mi rendevo conto che non sarebbe stato facile ottenere un mandato d'arresto. « Senti, Jill... » Alzai una mano. « Ha preso una calibro 38 del Dipartimento da un poliziotto in pensione e Mercer è stato ucciso con una calibro 38. Tre dei suoi bersagli sono collegati al suo passato. Un tizio a San Quintino sostiene che non ha mai nascosto la sua intenzione di vendicarsi... »

« Le calibro 38 sono armi comunissime, Lindsay. Avete la pistola con cui ha sparato? »

« No, ma... Jill, l'assassinio di Tasha Catchings è avvenuto nello stesso quartiere in cui Coombs è stato arrestato vent'anni or sono. »

« C'è un testimone che l'ha visto sulla scena del delitto? » m'interruppe Jill. « Anche un *unico* testimone oculare? »

Scossi la testa.

« Un'impronta digitale, un pezzo di stoffa... Insomma, qualcosa che lo colleghi a uno dei delitti? »

« No », risposi con uno sbuffo esasperato.

«Ma le prove circostanziali possono incastrarlo, Jill», intervenne Claire. «Coombs è un mostro. Non possiamo permettere che se ne vada in giro liberamente.»

Jill ci scrutò entrambe. Ah, sembrava quasi la Jill di un tempo. «Credete che non lo voglia prendere anch'io? Che non mi renda conto di quanto tu, Claire, sia andata vicina a... Ma non c'è un'arma e il movente è tutt'altro che solido. Nessuno lo ha visto neppure nei dintorni della scena del delitto. Se lo arrestate e lui la fa franca, allora lo avrete perso per sempre.»

«Coombs è Chimera, Jill», dissi. «So benissimo che non l'ho ancora inchiodato, però ho un movente e vari elementi che lo collegano a tre delle vittime. Per non parlare della testimonianza indiretta che avvalora le sue intenzioni.»

«La testimonianza di un detenuto», osservò Jill. «Oggigiorno qualsiasi giuria ci riderebbe sopra.»

Si alzò, venne accanto a noi e posò una mano sulla mia spalla e l'altra su quella di Claire. «So benissimo che siete decise a chiudere questo caso, ma io sto dalla parte della legge. Portatemi qualcosa: un testimone, un'impronta su una porta... *qualsiasi cosa*. Allora, Lindsay, io sarò al tuo fianco quando farai irruzione nella sua camera. Rovescialo a testa in giù finché non gli usciranno gli spiccioli di tasca.»

Ribollivo d'ira e di frustrazione, però sapevo che Jill era nel giusto. Poi, scuotendo la testa, mi avviai alla porta.

«Che intendi fare?» volle sapere Claire.

«*Stare* addosso a quello stronzo. Rovesciare la sua vita come un guanto.»

84

Un quarto d'ora dopo, Jacobi e io prelevammo Cappy, di guardia davanti all'Hotel William Simon, ed entrammo nella scalcinata lobby dell'albergo. Dietro il bancone, un sikh, con tanto di turbante e dall'aria insonnolita, stava sfogliando un giornale indiano. Jacobi mostrò una foto di Coombs e il suo distintivo all'uomo, che sgranò gli occhi.

«Quale camera?»

Ci vollero tre secondi all'impiegato per sbirciare la foto, sfogliare un registro nero e dire, con un forte accento straniero: «Tre-zero-sette. Si è registrato col nome 'Burns'». Sollevò un dito. «L'ascensore è sulla destra.»

Qualche istante dopo, eravamo nel lurido e scrostato corridoio del terzo piano, proprio davanti alla camera di Burns, e stavamo togliendo la sicura alle pistole.

«Ricordati che vogliamo soltanto parlare», dissi a Jacobi. «Tieni gli occhi aperti e cerca di capire che cosa ci può essere utile.»

Jacobi e Cappy annuirono, poi si disposero ai lati della porta. Cappy bussò.

Nessuna risposta.

Cappy bussò di nuovo. «Mr Burns?»

Dall'interno giunse un cupo borbottio. «Andatevene. Via, aria. Ho pagato fino a venerdì.»

«Polizia di San Francisco, Mr Burns», gridò Jacobi. «Le abbiamo portato il caffè.»

Ci fu una lunga pausa. Poi si udirono alcuni rumori: una sedia che veniva spostata, un cassetto che si chiudeva. Infine si sentì qualcuno avanzare verso la porta. «Che cazzo volete?» tuonò una voce.

«Vogliamo soltanto farle qualche domanda. Le spiace aprirci?»

Passò almeno un minuto. Eravamo in attesa col dito sul grilletto. Poi finalmente la porta si aprì... anzi si spalancò, rivelando Frank Coombs. Sembrava furente.

Chimera.

Il suo viso tondo sembrava appesantito, con gli occhi profondamente infossati nelle orbite. I capelli grigi erano corti, il naso era largo e la pelle chiazzata. Indossava una T-shirt e un paio di calzoni grigi stazzonati. Gli occhi *ardevano* letteralmente di odio e di disprezzo.

«Consegna a domicilio», esclamò Jacobi, sbattendogli sul petto una copia arrotolata del *Chronicle*. «Ti spiace se entriamo?»

«Sì, mi spiace», borbottò cupamente Coombs.

Cappy sorrise. «Ti hanno mai detto che sei sputato a quel poliziotto... come diavolo si chiamava? Ah, sì, Coombs... Frank Coombs. Dai, possibile che non ti abbiano mai preso per lui?»

Coombs sbatté le palpebre, rimanendo impassibile. Poi la sua bocca si piegò in un mezzo sorriso. «Non sai i viaggi in aereo che mi sono fatto prenotando il biglietto a suo nome.»

Se aveva riconosciuto Jacobi e Cappy dall'epoca in cui lui era nella polizia, non lo diede a vedere, tuttavia, quando guardò me, nel suo sguardo passò un lampo, come se sapesse chi ero. «Non ci posso credere... Dopo tutti 'sti anni, il Dipartimento avrebbe scelto voi per dirmi: 'Bentornato a casa'?»

«Che ne dici di farci entrare?» ripeté Jacobi.

«Avete un mandato?» chiese Coombs con un'occhiata fosca.

«Te l'ho detto gentilmente... Ti abbiamo consegnato il giornale.»

«E poi avete cominciato a rompere le palle. Venite», disse a denti stretti. I suoi occhi sembravano assenti... come se fossero impegnati a scavarti un buco dietro la testa.

Cappy spinse la porta in faccia a Coombs ed entrò imitato da Jacobi e da me. «Già che siamo qui, potremmo farti un paio di domande.»

Coombs si sfregò il mento non rasato, lanciandoci occhiate velenose. Infine scostò una sedia di legno da un tavolino e si sedette con le braccia intorno allo schienale. «Stronzi», sibilò. «Idioti bastardi.»

La piccola stanza era piena di giornali e mozziconi spenti su lattine di Coca-Cola. Sul davanzale, erano allineate parecchie bottiglie di Budweiser. Se soltanto avessi potuto frugare in giro, avrei trovato qualcosa, me lo sentivo.

«Questo è il tenente Boxer della Omicidi», disse Jacobi. «E noi siamo gli ispettori Jacobi e McNeal.»

«Congratulazioni», ridacchiò Coombs. «Già mi sento più al sicuro. Allora, che vogliono i tre marmittoni?»

«Te l'ho detto, che dovresti leggere il giornale», rispose Jacobi. «Tenerti al corrente di quello che succede. Segui l'attualità?»

«Se hai qualcosa da dire, dilla.»

«Perché non comincia col dirci dov'era quattro notti fa, cioè venerdì, intorno alle undici?» intervenni.

«Perché non mi baci il culo?» ghignò Coombs. «Ma sì, giochiamo. Ero a teatro, a vedere un balletto, oppure al vernissage di una mostra. Non ricordo. Ho un sacco d'impegni in questi giorni.»

«Facci un riassunto», sbottò Cappy.

«Ma certo, come no? In effetti, stavo con degli amici.»

«Amici... Hanno un nome e un numero di telefono, vero? Sono sicuro che saranno più che felici di garantire per te», intervenne Jacobi.

«*Perché?*» La bocca di Coombs si raggrinzì in una leggera smorfia. «Qualcuno sostiene che mi trovavo da un'altra parte?»

«In realtà mi stavo chiedendo quand'è stata l'ultima volta che è andato a Bay View, nella sua vecchia zona di pattuglia... O forse dovrei dire zona di pestaggio», dissi, guardandolo negli occhi.

Coombs mi fulminò con lo sguardo. Avrebbe voluto strozzarmi, ci avrei scommesso.

«Allora li leggi, i giornali», rise Cappy.

L'ex detenuto continuava a lanciare occhiate di fuoco. «Ispettore, ma credi che io sia un pivellino cui tremano le ginocchia se gli sventoli davanti le tue cazzate? Ma certo che li leggo, i giornali. Voi stronzi non riuscite a risolvere il caso e allora venite qui e mi date una ripassata in nome dei vecchi tempi. Non avete un bel niente su di me, altrimenti non stareste qui a ballarmi intorno e questa conversazione la faremmo alla Corte. Se pensate che io abbia ucciso quei negri, allora mettetemi dentro. Altrimenti...

Oh, come si è fatto tardi! Il mio autista mi sta aspettando. Abbiamo finito?»

Adesso ero io che avrei voluto strozzarlo e sbattergli quella brutta faccia contro il muro. Però aveva ragione: non potevamo arrestarlo. «A qualche domanda dovrà rispondere, Mr Coombs, dato che tre delle quattro persone uccise avevano un legame con l'accusa per omicidio che le è stata fatta vent'anni fa. Quindi dovrà spiegarci dove si trovava nel momento in cui sono avvenuti i delitti.»

Le vene sulla fronte di Coombs sembrarono gonfiarsi. Poi lui si calmò e curvò le labbra in un sorriso. «Deve sentirsi proprio al settimo cielo, tenente... Sono sicuro che qualche testimone mi ha visto almeno in una delle scene del delitto, no?»

Lo fissai senza rispondere.

«Oppure ci sono le mie impronte su qualche arma? O avete trovato le fibre del mio tappeto, di un mio vestito? Siete venuti qui soltanto perché mi possa consegnare alla polizia con dignità?»

Me ne stavo lì, a poca distanza da Chimera, e osservavo quel suo sorriso arrogante.

«Brutti leccaculo convinti dell'uguaglianza razziale... Mi avete guardato a muso duro e vi siete convinti che io alzerò il mio, di culo, dicendo: 'Ehi, infilatemelo qui...' Mi ha mandato davvero su di giri vedere quegli stronzi morire a uno a uno. Mi avete rubato la vita. Se vuoi che me la faccia sotto, tenente, be', allora *fa' finta* di essere una poliziotta vera. Trova qualcosa che m'incastri davvero.»

Continuavo a guardare quegli occhi gelidi e arroganti, tenendo a bada l'impulso di menarlo. «Si consideri indiziato d'omicidio, Mr Coombs. Conosce la procedura, no? Non lasci la città. Torneremo presto.» Feci un cenno a Cappy e a Jacobi. Ci avviammo alla porta.

«Ah, un'ultima cosa...» Mi girai. Stavolta ero io a sogghignare. «Giusto perché lei lo sappia... Da parte di Claire Washburn: *Ti sposteresti un po' a sinistra, eh, stronzo?*»

85

DOPO il lavoro, mi sentivo su di giri. Andarmene a casa a rilassarmi un po' era fuori questione.

Percorsi Brannan Street verso Potrero Hill, ripassando mentalmente il disgustoso colloquio con Coombs. Ci aveva provocato, ridendoci in faccia: sapeva che non potevamo incastrarlo.

Conoscevo l'identità di Chimera, ma non potevo toccarlo.

Mi fermai a un semaforo. Non volevo tornare a casa, però non sapevo dove altro andare. Cindy aveva un appuntamento; Jill e Claire erano a casa coi rispettivi mariti. Se fossi stata anche soltanto un po' più disponibile, forse anch'io avrei avuto un appuntamento.

Pensai di chiamare Claire, ma il mio cellulare era morto... Dovevo ricaricare quella maledetta batteria. Volevo *fare qualcosa.* L'ansia quasi mi divorava.

Se soltanto potessi entrare nella stanza di Coombs... Ero combattuta fra l'idea di tornarmene a casa e fare quello che rischiava di diventare l'errore più grosso della mia carriera. La voce della ragione diceva: *Lindsay, va' a casa, lo prenderai domani... Commetterà uno sbaglio e lo farà tra poco.*

Il battito del mio cuore ribatteva: *Uh-uh, piccola... Stagli addosso, a quello stronzo.*

Girai con l'Explorer sulla 7th Street e mi diressi verso il quartiere Tenderloin. Erano quasi le nove.

Sembrava che la mia macchina avesse autonomamente deciso di andare all'Hotel William Simon. Sentivo un'oppressione al petto... Il turno di sorveglianza era toccato a Pete Worth e Ted Morelli e, mentre parcheggiavo, li individuai, su un'Acura azzurra. Se Coombs fosse uscito, avrebbero dovuto seguirlo e comunicare gli spostamenti via radio. Prima, quel giorno stesso, Coombs se n'era andato a zonzo, camminando intorno all'isolato, e poi si era seduto in un caffè a leggere il giornale. *Sapeva di essere osservato.*

Scesi dall'Explorer e mi avvicinai a Worth e Morelli. « Qualche novità? »

Morelli si sporse dal finestrino del guidatore. «*Nada*, tenente. Probabilmente è lassù che si guarda la partita dei Kings. Sa benissimo che da qui non ci muoviamo. Perché non se ne va a casa? Per stanotte, lo teniamo d'occhio noi.»

Per quanto odiassi ammetterlo, probabilmente aveva ragione. Non potevo fare granché.

Rimisi in moto e salutai con rapido cenno i ragazzi mentre passavo loro accanto. Giunta all'angolo con Eddy Street, però, la mia fissa di tenere sempre ogni cosa sotto controllo m'impedì di andarmene. Era come se qualcosa mi dicesse: *Ciò che desideri si trova qui.*

Sa di essere osservato... E allora?... Vuole che i poliziotti escano allo scoperto.

Imboccai Polk Street e tornai verso l'Hotel William Simon, passando davanti a un banco dei pegni, a un negozio di liquori aperto tutta la notte e a un take-away cinese. Un'auto di pattuglia era parcheggiata alla fine dell'isolato.

Costeggiai il retro dell'albergo. C'erano diversi bidoni dell'immondizia, ma nient'altro. La strada era deserta. Spensi le luci e rimasi lì. Non sapevo neppure che cosa aspettarmi, però, se non l'avessi fatto, sarei impazzita.

Infine mi decisi a scendere dall'auto e a entrare nell'albergo dalla porta sul retro. *Stagli addosso, a quello stronzo.* Riflettevo sulla possibilità di fare un'altra visita a Coombs, di parlargli. Già, e magari avremmo pure visto la partita dei Kings insieme...

Sbirciai all'interno dello squallido baretto a fianco della lobby: un paio di drogati, ma nessuna traccia di Frank Coombs. Dannazione, c'era un assassino in quell'albergo, uno che uccideva i poliziotti e noi non potevamo farci nulla.

Un movimento proveniente dalla scala sul retro attirò la mia attenzione. M'infilai di nuovo dentro il bar scarsamente illuminato. Dal jukebox arrivavano le note di un classico: *Soul man* di Sam and Dave. Vidi qualcuno che scendeva le scale, lanciandosi occhiate furtive all'intorno, neanche fosse il fuggitivo dell'omonimo film.

E quello chi era?

Riconobbi il giubbotto mimetico, il cappello floscio calcato sugli occhi. Lo guardai bene, per essere assolutamente sicura.

Era Frank Coombs.

Chimera era entrato in azione.

86

COOMBS s'infilò nella cucina di una bettola adiacente all'albergo. Aspettai qualche secondo, quindi lo seguii.

Adesso ero io a muovermi in modo cauto, lanciando all'intorno occhiate furtive. Finalmente lo vidi... Si era *cambiato*, indossando una giacca bianca da cuoco e un cappello unto, sempre da cuoco. Mi venne in mente il mio cellulare... e poi rammentai che era morto. Non ero in servizio. Non ne avevo mai avuto davvero bisogno.

Coombs uscì dalla porta sul retro dell'albergo. Prima che avessi la possibilità di fare un cenno – con prudenza – alla macchina di pattuglia, lui s'infilò nel vicolo che faceva angolo con la strada in cui avevo parcheggiato. Corsi verso la mia macchina.

Grazie al cielo riuscivo ancora a tenerlo d'occhio. Attraversò la strada di corsa, a meno di sei metri dalla mia vettura. Speravo di riuscire ad attirare l'attenzione dell'auto di pattuglia, ma non ci riuscii.

Coombs attraversò uno spiazzo in direzione di Van Ness Avenue. I miei uomini se l'erano lasciato scappare, pensai, furiosa. Avevano rovinato tutto.

Attesi finché Coombs non fu scomparso, poi feci dietro front e riportai l'Explorer verso l'incrocio. Al semaforo girai a destra e accesi i fari. La strada era trafficata. C'era una copisteria Kinko's, un negozio di elettronica Circuit City e numerosi pedoni.

Fissai il punto in cui supponevo finisse lo spiazzo.

Mi ha forse fregato? Si è confuso tra la folla?

D'un tratto, davanti a me, scorsi un giubbotto mimetico. L'uomo che lo indossava stava uscendo con aria furtiva dal vicolo tra la copisteria Kinko's e un negozio di scarpe Favor.

Si era liberato della giacca bianca da cuoco e del cappello.

Ero abbastanza sicura che non mi avesse visto. Lui si guardò intorno, quindi, infilandosi le mani in tasca, prese a camminare verso sud, in direzione di Market Street. Ah, come avrei voluto stenderlo con la mia macchina!

All'incrocio successivo, girai l'Explorer e mi diressi rapidamente verso l'altro lato della strada, tenendo Coombs a una ventina di metri.

Era bravo, a seminare gli inseguitori. Si muoveva bene ed era in forma. Sembrava soddisfatto della sua fuga pulita. Be', *quasi* pulita.

Giunto su Market Street, si portò al centro della strada, verso una fermata del BART – il Bay Area Rapid Transit District –, e salì su un autobus elettrico diretto a sud.

Seguii l'autobus che percorreva Mission Street. Ogni volta che si fermava, io rallentavo, allungando il collo per capire se lui era sceso, ma invano. Si stava allontanando dal centro della città.

Dalle parti di Bernal Heights, nei pressi della fermata di Glen Park, l'autobus si fermò per qualche istante a un segnale di stop. Stava proprio per ripartire quando, inaspettatamente, Coombs saltò giù.

Era troppo tardi per fermarmi. Non avevo altra scelta se non passargli accanto. M'ingobbii il più possibile, coi nervi tesi al massimo. Avevo fatto dozzine di pedinamenti – a piedi e in auto –, però nessuno era stato così rischioso.

Coombs rimase lì a guardare in entrambe le direzioni. Dovevo andare avanti, non potevo fare altrimenti. Lo tenni d'occhio nello specchietto retrovisore. E, mentre mi allontanavo, mi parve che lui stesse guardando proprio la mia macchina.

Potevo soltanto proseguire, accidenti... Ero furente, incazzata nera. Una volta sicura che non mi avrebbe visto, accelerai, risalendo una collinetta residenziale, poi, giunta su una strada più ampia, riuscii a fare inversione e pregai che Coombs fosse ancora là.

Raggiunsi la fermata di Glen Park dalla parte opposta.

Quel figlio di puttana non c'era più! Scrutai in ogni direzione, ma non vidi traccia di Coombs. Mollai un pugno sul volante, gridando: « Bastardo! »

Poi, una trentina di metri davanti a me, una Pontiac Bonneville color senape uscì da una stradina laterale e accostò al marciapiede. Continuai a guardarla soltanto perché era l'unica cosa in movimento.

E improvvisamente eccolo lì, Coombs, che usciva da un negozio e saliva sulla Bonneville dalla parte del passeggero.

Ti ho beccato! pensai.

Quindi la Bonneville partì a razzo.

E io la imitai.

87

La seguii, tenendomi a una cinquantina di metri di distanza. La Bonneville imboccò la rampa per l'Interstate 280 e si diresse a sud. Non la persi d'occhio, col cuore che andava a mille. Ormai era soprattutto l'adrenalina a tenermi in piedi. E l'unica cosa che potevo fare era concentrarmi sull'inseguimento di Coombs.

Dopo qualche chilometro, la Bonneville mise la freccia e imboccò l'uscita di South San Francisco. Percorse quella zona della città abitata in prevalenza da operai, poi s'inerpicò lungo una strada in pendenza. La conoscevo: era South Hill Boulevard. Le strade si fecero più buie e io spensi i fari.

La Bonneville girò in una stradina isolata. Scorsi una serie di costruzioni che avevano un disperato bisogno di essere sistemate. Alla fine della strada, l'auto imboccò il vialetto d'accesso di una casa rivestita da assicelle bianche e appollaiata su una collinetta affacciata sulla valle. La posizione era piuttosto bella, ma la casa era una vera catapecchia.

Parlando tra loro, Coombs e l'amico scesero dalla macchina ed entrarono in casa. Svoltai in un vialetto buio tre edifici più avanti. Mi sentivo sola come non mai e ciò mi rendeva inquieta. Tuttavia non potevo mollare Coombs; non potevo permettere che ci sfuggisse.

Tirai fuori la Glock dal vano portaoggetti e controllai il caricatore. Pieno. *Oddio, Lindsay... Non hai il giubbotto antiproiettile, non hai chiamato rinforzi e il tuo cellulare non funziona.*

Avanzai furtivamente lungo il marciapiede in direzione della casa, tenendo l'automatica al fianco. Ero brava a sparare, ma... ero davvero *così* brava?

In cima al vialetto, c'erano diverse auto malridotte e alcuni pickup. Le luci al pianterreno erano accese. Sentivo delle voci. *Be', già che sono qui...*

Risalii il vialetto verso il garage doppio, che un vialetto asfaltato separava dalla casa. Le voci salirono di volume e io cercai di cogliere qualche parola, ma erano ancora troppo lontane. Quasi trattenendo il respiro, mi avvicinai a una finestra e sbirciai dentro. Se Coombs fosse rimasto lì per un po', avrei chiamato rinforzi.

Intorno a un tavolo – coperto da bottiglie di birra e portacenere – c'erano sei tizi con l'aria da delinquenti. Coombs era tra loro. Sul braccio di uno degli uomini scorsi un tatuaggio che rese tutto chiarissimo.

La testa di un leone, la testa di una capra, la coda di un serpente.

Era una riunione di Chimera.

Mi avvicinai di più, cercando di afferrare che cosa dicevano. D'un tratto udii il rumore di un'altra macchina che risaliva South Hill Boulevard. M'immobilizzai, schiacciandomi nello spazio tra il garage e la casa. Sentii la portiera dell'auto che si chiudeva. Poi voci e passi che venivano verso di me.

88

ERANO due gli uomini che si avvicinavano: uno aveva una barba bionda e una lunga coda di cavallo; l'altro indossava un giubbotto di jeans senza maniche e aveva le braccia pesantemente tatuate.

Mi fissarono. «Chi diavolo sei?»

Due possibilità: arretrare, puntando loro contro la mia pistola, oppure svelare la mia identità e mettere alle strette Coombs. La seconda mi sembrò la migliore.

«*Polizia!*» gridai. I nuovi arrivati s'immobilizzarono. Reggevo l'automatica con entrambe le mani. «Squadra Omicidi di San Francisco. Mani in alto.»

I due avevano reagito in modo composto, senza cedere al panico. Si guardarono, come per valutare la situazione, quindi si rivolsero a me. Di certo erano armati, al pari di quelli all'interno. Un pensiero terrificante mi attraversò la mente: *Potrei morire qui.*

Poi qualcosa esplose e il boato sembrò avvolgere ogni cosa. Dalla strada, sopraggiunsero altri due uomini. Mi girai, puntando l'arma contro di loro.

Le luci all'interno della casa si spensero, facendo piombare nel buio anche il vialetto. *Dov'era Coombs? Che stava facendo?*

Mi accovacciai, in posizione di tiro. Quella faccenda non riguardava più soltanto Coombs.

Sentii un rumore alle mie spalle: una persona stava arrivando di corsa. Mi voltai in quella direzione, ma qualcuno mi bloccò il campo visivo, mi prese e mi gettò a terra. Caddi pesantemente sotto la spinta di almeno cento chili.

E poi vidi proprio la faccia che non volevo vedere. La faccia che odiavo.

«Ma guarda cosa ci ha portato la marea», sghignazzò Frank Coombs, facendo oscillare una calibro 38 sotto i miei occhi. «La figlioletta di Marty Boxer.»

89

COOMBS si accovacciò, fissandomi con quel suo ghigno malevolo e arrogante che avevo imparato a odiare. «Sembra proprio che sia *tu* a trovarti più a sinistra, adesso...»

Ero sufficientemente lucida da capire che mi trovavo in un brutto guaio. Era andato tutto storto.

«Questa è un'indagine su un omicidio», dissi agli uomini intorno a me. «Frank Coombs è ricercato in relazione a quattro delitti, compresi quelli di due poliziotti. Non vi conviene farvi coinvolgere.»

Coombs continuava a sogghignare. «Pensi che 'ste cazzate contino qualcosa? Be', risparmia il fiato. Ho sentito che hai parlato con Weiscz. Un tipo a posto, eh? È amico mio.»

A fatica, mi misi a sedere. Come diavolo aveva saputo che ero stata a Pelican Bay? «Stanno arrivando i rinforzi», sibilai.

Il pugno di Coombs apparve dal nulla e piombò sulla mia mascella. Sentii un liquido caldo che mi riempiva la bocca: era sangue. Anche sforzandomi, non riuscivo a pensare a un modo per fuggire.

Coombs, dall'alto, continuava a sorridermi. «Ho intenzione di farti quello che voi bastardi avete fatto a me. Ti prenderò una cosa cui tieni molto. Qualcosa che non potrai mai riavere. Non hai ancora capito, eh?»

«Ho capito che hai ucciso quattro innocenti.»

Coombs scoppiò a ridere. La sua mano ruvida mi accarezzò la guancia. Il veleno del suo sguardo e la freddezza del suo tocco quasi mi fecero vomitare.

Poi sentii il colpo di pistola, forte e vicino. Ma fu Coombs a ululare e a tenersi la spalla.

Gli altri si dispersero. Nel buio regnava il caos e anch'io ero assolutamente sconcertata. Un altro proiettile sibilò nell'aria.

Un teppistello mingherlino sobbalzò, afferrandosi la coscia. Quindi un altro paio di proiettili centrò con un tonfo il muro del garage.

«Che cazzo succede?» strillò Coombs. «Chi è che spara?»

Altri colpi. Venivano dalla zona buia alla fine del vialetto. Mi alzai e, rannicchiandomi, corsi via, lontano dalla casa. Nessuno mi fermò.

« Qui! » gridò qualcuno davanti a me. Con le gambe tremanti, mi diressi verso quel suono. Il cecchino stava accovacciato dietro la Bonneville color senape.

« Andiamo! » urlò.

Poi d'un tratto lo vidi. E non credetti ai miei occhi.

Mi allungai in avanti e caddi tra le braccia di mio padre.

90

CI ALLONTANAMMO a razzo dalla casa, coprendo buona parte della distanza che ci separava da San Francisco ancor prima di riuscire a spiccicare parola. Infine mio padre entrò nel parcheggio di un 7-Eleven. Lo fissai, respirando affannosamente, col cuore che batteva all'impazzata.

«Stai bene?» mi chiese con la voce più dolce che potessi immaginare.

Annuii, benché non ne fossi sicura e feci un rapido esame dei punti in cui sentivo dolore: *la mascella... la nuca... il mio orgoglio.* Poi, a poco a poco, la domanda emerse dalla nebbia. «Che ci facevi lì?»

«Ero in ansia per te. Soprattutto da quando la tua amica Claire ha rischiato di essere uccisa.»

Il pensiero seguente mi colpì, pesante. «Mi stavi seguendo?»

Mi pulì l'angolo della bocca col pollice, togliendo una goccia di sangue. «Sono stato un poliziotto per vent'anni. Quando sei uscita dal lavoro, stasera, ti ho seguito. Okay?»

Ero sconcertata, tuttavia, chissà perché, non mi sembrava importante. Mentre guardavo mio padre, un altro pensiero mi si affacciò alla mente. Sì, qualcosa non tornava. Ricordai Coombs che incombeva su di me. «Lui sa chi sono.»

«Ma certo che lo sa. L'hai incontrato, no? Sei tu che ti occupi del caso.»

«No, non intendevo in relazione alle indagini. Sa di *te.*»

Sembrava confuso. «Che vuoi dire?»

«Sa che sono tua figlia. Sì, mi ha chiamato 'la figlioletta di Marty Boxer'.»

Un'insegna al neon – la pubblicità di una birra – lampeggiava dalla vetrina del 7-Eleven, illuminando il viso di mio padre.

«Te l'ho già detto... Coombs e io ci conoscevamo bene. Tutti mi conoscevano, a quel tempo.»

«Mi ha chiamato 'la figlioletta di Marty Boxer'... Ha detto il *tuo* nome...»

In un lampo, rividi il mio incontro con Coombs di quella mattina. Anche allora avevo avuto la vaga sensazione che mi conoscesse. C'era qualcosa tra *lui* e *me*.

Mi tirai indietro. « Perché mi stavi seguendo? » chiesi, con voce tesa. « Voglio sapere tutto. »

« Per proteggerti. Lo giuro. Per fare la cosa giusta, una buona volta. »

« Papà, io sono un poliziotto e non la tua piccola Buttercup. Mi nascondi qualcosa. Se vuoi davvero fare la cosa giusta, una buona volta, questo è il momento. »

Mio padre portò un po' indietro la testa, con lo sguardo fisso davanti a sé. Inspirò profondamente e disse: « Quand'è uscito di prigione, Coombs mi ha chiamato. In qualche modo, è riuscito a rintracciarmi ».

« Ti ha *chiamato*? » esclamai, sbarrando gli occhi, sconvolta. « E per quale motivo? »

« Mi ha chiesto se mi ero goduto gli ultimi vent'anni della mia vita, mentre lui stava dentro. Se ero riuscito a combinare qualcosa. Ha detto che era arrivato il momento di ricompensarmi. »

« Di ricompensarti per cosa? » Non appena formulai la domanda, la risposta mi colpì come un proiettile. Guardai mio padre, che aveva abbassato gli occhi. « C'eri anche tu, quella notte, vero? Pure tu sei stato coinvolto in quella faccenda. »

91

MIO padre distolse lo sguardo. Conoscevo quell'aria vergognosa e colpevole. Quand'ero bambina, l'avevo vista fin troppe volte.

Ci risiamo, eh, papà?

« Sulla scena del delitto arrivammo in sei, me compreso. Sì, c'ero anch'io, ma fu un caso. Ed Dooley e io ci eravamo scambiati il turno. Giungemmo lì per ultimi e io non vidi proprio niente, perché tutto era già finito. Ma, da allora, lui ha continuato a tormentarci. A tormentare tutti noi. » Fece una pausa, poi riprese: « Io non sapevo che era Chimera, Lindsay, credimi. E ignoravo l'esistenza di quel poliziotto, Edward Chipman, finché non me ne hai parlato tu l'altro giorno. Pensavo che Coombs mi stesse semplicemente minacciando ».

« Che ti stesse *minacciando*, papà? » ripetei, incredula. Sembrava che mi avessero spezzato il cuore. « E in quale modo ti avrebbe minacciato? Ti prego, fammi capire. Davvero, voglio *capire.* »

« Mi ha detto che mi avrebbe fatto sentire come si era sentito lui per tutti questi anni: un uomo che aveva perso ogni cosa. E ha aggiunto che ti avrebbe preso di mira. »

« Ecco perché sei tornato », esclamai, con un sospiro. « È così, vero? Tutte quelle chiacchiere sul voler mettere le cose a posto, sul chiedermi scusa. Non era tutta la verità. »

« No », ammise lui, scuotendo la testa. « Avevo già mandato a puttane gran parte della mia vita e non potevo permettere che lui si prendesse il resto, la parte buona. Ecco perché sono qui, Lindsay. Lo giuro. Stavolta non è una bugia. »

Mi sentivo stordita. Avevo un indiziato in libertà. C'era stata una sparatoria. Che significato potevo dare a tutto ciò? E che dovevo fare con mio padre? Quanto sapeva realmente? E adesso, come mi sarei mossa con Coombs... con *Chimera*?

« Questa è la *mia* indagine, un'indagine grossa, importante. Devo sapere la verità. Ti prego, non mentirmi, papà. »

« Te lo giuro », disse lui, con gli occhi socchiusi, pieno di vergogna. « Che hai intenzione di fare? »

Lo fissai. «Riguardo a cosa? A Coombs o a noi due?»

«Riguardo a tutto questo casino. A quello che è successo stanotte.»

«Non lo so», risposi, deglutendo. «Però una cosa, sì, la so: non appena mi sarà possibile, metterò dentro Coombs.»

92

PER le dieci del mattino dopo, avevo un mandato di perquisizione per la camera d'albergo di Coombs. Una mezza dozzina di noi si precipitò all'Hotel William Simon.

Chissà dove si era nascosto Coombs. Avevamo varie ragioni per arrestarlo: tentato omicidio di un poliziotto, resistenza all'arresto... Avevo divulgato un ordine di ricerca e mandato una squadra alla casa in cui lui e i suoi compari si erano incontrati la notte precedente.

Avevo chiesto a Jill d'incontrare me e Jacobi all'Hotel William Simon. Contro ogni logica, speravo di trovare qualcosa nella camera di Coombs che potesse collegarlo agli omicidi. E, se l'avessi trovata, volevo che un mandato d'arresto per omicidio fosse spiccato immediatamente.

Il solito impiegato indiano ci fece entrare nella stanza. Nessuno aveva fatto pulizia: le bottiglie di birra stavano ancora sul davanzale. Il mobilio comprendeva un letto con la struttura metallica e un materasso sottile, un cassettone con sopra gli oggetti da toilette, una scrivania, un tavolo e due sedie.

« Che vi aspettavate? Un Holiday Inn? » ridacchiò Jacobi.

Tutt'intorno c'erano vari quotidiani, tra cui il *Chronicle* e l'*Examiner*. Nulla di strano. Su una mensola a lato del letto, scorsi un piccolo trofeo: raffigurava un tiratore prono e, sotto, c'era una targa che diceva: CAMPIONE REGIONALE DI CARABINA LIBERA A TERRA – 50 METRI. Il nome scritto di fianco era: FRANK COOMBS.

Mi fece venire la nausea.

Sulla scrivania, infilati sotto il telefono, c'erano vari scontrini spiegazzati e alcuni foglietti sui quali erano scarabocchiati numeri di telefono. Trovai una carta geografica di San Francisco e dintorni. Tirai con forza i cassetti della scrivania: Pagine Gialle, menu di take-away o di ristoranti locali e una guida della città piuttosto vecchia.

Nulla...

Con una smorfia, Jill scosse la testa.

Continuai a frugare la stanza. Ci doveva essere qualcosa. Coombs *era* Chimera...

Richiusi di scatto un cassetto, facendo cadere a terra la lampada sopra la scrivania. Frustrata, afferrai il materasso e lo tirai giù dal letto.

« È qui, Jill. Ci deve essere qualcosa. »

Con mia sorpresa, una busta gialla – che doveva essere stata tra il materasso e la rete – cadde a terra. La presi, la aprii e vuotai il contenuto sul letto.

Non c'erano armi né cose sottratte alle vittime... tuttavia era una « storia virtuale » del caso Chimera. Articoli di quotidiani e periodici, alcuni risalenti a ventidue anni prima, cioè al processo; uno era di *Time* e riferiva la faccenda nei dettagli. Ce n'era un altro dal titolo: « Lobby della polizia vuole l'arresto di Coombs » ed era corredato da una foto della manifestazione degli Officers for Justice alla City Hall Square. Scorrendolo, mi cadde l'occhio su un cerchio rosso tracciato da Coombs per sottolineare una dichiarazione rilasciata dal portavoce del gruppo, il sergente Edward Chipman.

« Bingo! » sibilò Jacobi.

Continuando l'esame, trovammo altri articoli sul processo e copie di lettere mandate da Coombs alla commissione che si occupava appunto della sua eventuale riapertura. C'era una copia ormai sbiadita del rapporto originale stilato dalla polizia sui fatti di Bay View; sui margini, Coombs aveva scritto una serie di commenti irosi. C'erano un *bugiardo* sottolineato più volte e un *maledetto bastardo*. Una grossa parentesi rossa evidenziava la testimonianza del tenente Earl Mercer.

Poi c'era una serie di articoli che ricostruiva gli omicidi più recenti: Tasha Catchings, Davidson, Mercer... Un trafiletto dell'*Oakland Times* su Estelle Chipman con un commento scribacchiato: *Un uomo senza onore disonora ogni cosa*.

Guardai Jill. Non era l'ideale, non lo collegava direttamente agli omicidi, però era abbastanza da fugare qualsiasi dubbio: avevamo trovato il nostro uomo. « È tutto », dissi. « Almeno così lo possiamo incastrare per Chipman e Mercer. »

Lei ci pensò su, serrò le labbra e infine annuì.

Tuttavia, mentre radunavo quel materiale, sistemando meccanicamente gli ultimi fogli, qualcosa mi colpì. Serrai la mascella.

Era un ritaglio di giornale sulla prima conferenza stampa, quella successiva all'omicidio di Tasha Catchings. Nella foto, si vedeva Mercer dietro una selva di microfoni.

Jill notò che la mia espressione era cambiata e mi prese il ritaglio dalle mani. « Oddio, Lindsay... »

Sullo sfondo della foto, alle spalle di Mercer, c'erano diverse persone impegnate nelle indagini. Il sindaco, Sam Ryan, Gabe Carr...

Coombs aveva disegnato un cerchio rosso intorno a un viso.

Al mio viso.

93

PER la fine della giornata, la descrizione di Frank Coombs era stata diramata a ogni poliziotto della città. Ormai si trattava di una faccenda personale per tutti noi. Volevamo incastrarlo.

Coombs non possedeva nulla, non aveva denaro e non apparteneva a nessuna organizzazione di cui fossimo a conoscenza. Con ogni probabilità, non sarebbe stato difficile prenderlo.

Dopo che tutti se ne furono andati, chiesi alle ragazze di raggiungermi nell'ufficio di Jill. Quando arrivai, erano tutte allegre e sorridenti, probabilmente convinte di dovermi fare le congratulazioni. Sulle prime pagine dei giornali campeggiava la foto di Coombs. Aveva proprio l'*aspetto* di un killer.

Crollai sul divano accanto a Claire.

« Qualcosa non va », commentò lei. « E io non ho nessuna voglia di sapere cos'è. »

Annuii. « Devo parlarvi. » Descrissi loro i fatti della notte prima. E fu la versione *integrale*: come il pedinamento di Coombs fosse stato rischioso e avventato, benché non potessi comportarmi altrimenti. Come mi avessero intrappolato. E come, all'ultimo minuto, mio padre mi avesse salvato.

« Cristo, Lindsay », mormorò Jill. « Vuoi farci il *piacere* di stare un po' più attenta? »

« Sì, lo so », replicai.

« Continui a dire che non sai cosa faresti senza di noi e poi ti ficchi in guai del genere », esclamò Claire. « Ma non credi che sia lo stesso per noi? Ti consideriamo una sorella. Smettila di fare l'eroe. »

« Il cowboy », disse Jill.

« La cowgirl », precisò Cindy.

« Ehi, voi due, se andate avanti così, vi mando di pattuglia nei bassifondi. Di notte. »

Mi fissarono, serie e composte. Poi una corrente di risate attraversò la stanza. L'idea di perdere le mie amiche – o l'idea che loro perdessero me – rendeva tutto ciò che avevo fatto ancora più folle. Per fortuna, riuscivamo sempre a sdrammatizzare.

«Sia ringraziato il cielo per Marty», esclamò Jill.

«Già, il buon, vecchio Marty», sospirai. «Mio padre.»

Cogliendo l'ambiguità del mio tono, Jill si chinò in avanti. «Non ha sparato a nessuno, vero?»

Esitai, quindi dissi: «Sì, a Coombs. Forse a qualcun altro».

«Ci sono stati feriti?» chiese Claire.

«Abbiamo setacciato la casa, che era stata presa in affitto da quel teppistello che poi se l'è svignata. C'erano tracce di sangue soltanto sul vialetto.»

Dopo qualche istante di silenzio, Jill domandò: «E come hai sistemato la faccenda col Dipartimento?»

«Non l'ho sistemata. Ho tenuto fuori mio padre.»

«Cristo, Lindsay, e se lui ha ferito qualcuno?» esclamò Jill. «Ha ficcato il naso in un'indagine di polizia e si è messo a sparare.»

La guardai. «Mi ha salvato la vita, Jill. Non potevo denunciarlo.»

«Ti stai prendendo un bel rischio. E per cosa? La sua pistola era regolarmente denunciata. Lui è tuo padre e ti stava seguendo. Poi ti ha salvato. Non mi sembra un delitto.»

«Il fatto è...» Deglutii. «Be', non sono certa che mi stesse seguendo.»

Con un'occhiata penetrante, Jill avvicinò la sedia. «Mi potresti rispiegare tutto dall'inizio?»

«Non sono sicura che stesse seguendo *me*.»

«E allora perché diavolo era lì?» Cindy scosse la testa.

Mi guardarono tutte, in silenzio.

Raccontai il dialogo che avevo avuto con mio padre in macchina, dopo la sparatoria. Come lo avessi spinto a confessare che era stato testimone dei fatti di Bay View, vent'anni prima. «Lui stava là, con Coombs.»

«Oh, cazzo», esclamò Jill, sbarrando gli occhi. «Oddio, Lindsay.»

«Ecco perché è tornato», spiegai. «Tutte quelle frasi edificanti sul voler far pace con la sua piccola Buttercup... Coombs mi stava minacciando. Lui è tornato per affrontarlo.»

«Forse...» mormorò Claire, prendendomi la mano. «Però

Coombs stava minacciando lui attraverso di te. Tuo padre è tornato anche per proteggerti.»

Socchiudendo gli occhi, Jill si chinò in avanti. «Lindsay... Non hai nascosto la verità al Dipartimento per tener fuori tuo padre da questa faccenda, vero? Forse lui sapeva che Coombs era diventato un killer, ma non aveva fatto nulla per fermarlo... È questo che hai pensato?»

La fissai. «Averlo a casa con me... È stato come se, d'un tratto, fossi riuscita a cancellare il passato, tutto il male che aveva fatto. Sì, aveva commesso qualche errore, però era anche divertente e aveva bisogno di... qualcosa. E poi sembrava felice di stare con me. Quand'ero piccola, sognavo che succedesse proprio così, che lui tornasse.»

«Dagli un'altra chance», disse Claire.

«Ma se sei convinta che tuo padre non sia tornato per te, allora chi credi che stia proteggendo?» chiese Cindy.

«Non lo so.» Le guardai tutte, a una a una. «È questa la domanda cruciale.»

Jill si alzò e si diresse all'armadio dietro la sua scrivania, tirandone fuori un voluminoso dossier in una scatola di cartone. Sul davanti, c'era scritto: CASO NUMERO 237654A. LO STATO DELLA CALIFORNIA CONTRO FRANCIS C. COOMBS.

«Neanch'io lo so», disse, tamburellando sul dossier. «Ma scommetto che la risposta è qui dentro, da qualche parte.»

94

NON appena arrivata al lavoro, la mattina dopo, Jill aprì il dossier del caso Coombs e vi s'immerse. Disse alla segretaria di filtrare le chiamate e annullò una riunione su un altro caso di omicidio, una riunione che, soltanto il giorno prima, le era sembrata urgente.

Con una tazza di caffè sulla scrivania e la giacca del suo completo DKNY appoggiata alla sedia, Jill sollevò il primo, pesante faldone. Era il lungo resoconto del processo: pagine e pagine di testimonianze, mozioni e obiezioni. In fondo, sarebbe stato meglio se non avesse trovato niente. Se avesse scoperto che Marty Boxer era semplicemente un padre tornato per proteggere sua figlia. Ma l'avvocato in lei non ne era affatto convinto.

Con un sospiro lamentoso, cominciò a leggere il dossier.

C'erano voluti nove giorni per celebrare il processo. E a lei ci volle il resto della mattinata per esaminarne gli atti. Scorse rapidamente le udienze preprocessuali, la scelta della giuria, le dichiarazioni di apertura. Era stata presentata la documentazione su Coombs, che includeva numerosi rapporti su di lui e sul suo modo violento di comportarsi in situazioni in cui erano coinvolte persone di colore. Tutti sapevano che Coombs faceva battute razziste e affibbiava soprannomi denigratori. A quei documenti seguiva un resoconto minuzioso della notte in questione.

Coombs e il suo partner, Stan Dragula, erano di pattuglia a Bay View e si erano avvicinati a un campo da basket, nei pressi di una scuola, dov'era in corso una partita. Coombs aveva notato Gerald Sikes, il quale, a detta dell'accusa, era un bravo ragazzo, che frequentava regolarmente le lezioni e suonava nella banda della scuola. Aveva un'unica pecca: due mesi prima, era stato coinvolto in una retata che la polizia aveva fatto in quella zona popolare per mettere le mani su alcuni pusher.

Jill continuò a leggere.

Dopo aver interrotto la partita, Coombs si era messo a punzecchiare Sikes. La cosa era rapidamente degenerata. Erano sopraggiunte due auto di pattuglia. Sikes aveva gridato qualcosa a

Coombs, poi se l'era filata. Coombs lo aveva seguito. Jill studiò diversi schemi tracciati a mano che illustravano la dinamica della fuga. Dopo aver calmato la folla, altre due pattuglie si erano lanciate all'inseguimento. Tom Fallone era stato il primo ad arrivare. *Gerald Sikes era già morto.*

Il resoconto del processo e delle testimonianze – ventisette in tutto – si estendeva per trecento pagine ed era un vero casino. L'omicidio di Sikes aveva avuto luogo in un vicolo di servizio tra il Condominio A e quello B. I residenti avevano sentito rumori di lotta e le grida del ragazzo che chiedeva aiuto. La semplice lettura delle deposizioni aveva fatto venire la nausea a Jill. Coombs era Chimera. Doveva esserlo.

Si sentiva stanca e abbattuta. Aveva passato mezza giornata a scavare in quel dossier. Era quasi arrivata alla fine quando notò qualcosa di strano.

Qualcuno aveva dichiarato di aver assistito all'omicidio dalla finestra del quarto piano di un palazzo vicino. Quel qualcuno si chiamava Kenneth Charles, un ragazzo che aveva già passato un po' di tempo in un carcere minorile per cattiva condotta e detenzione di stupefacenti. Secondo la polizia, Charles voleva fare casino e basta.

E nessuno aveva avvalorato la sua deposizione.

Jill la lesse e la sua testa cominciò a pulsare, prima leggermente poi in modo sempre più violento, come se la stessero accoltellando. Chiamò la segretaria con l'interfono. «April, ho bisogno che mi procuri il dossier di un poliziotto. È un fascicolo piuttosto vecchio... di vent'anni fa.»

«Dammi il nome e te lo trovo subito.»

«Marty Boxer.»

95

UNA brezza gelida, proveniente dalla baia, tagliava l'oscurità incombente. Jill, in mezzo ad altre persone, stava in attesa sulla banchina davanti al terminal del BART.

Erano le sei passate e uomini in uniformi azzurre, con ancora indosso i loro berretti, uscirono sullo spiazzo: il loro turno era finito. Jill scrutò il gruppo alla ricerca di un uomo. Vent'anni prima era un giovane delinquente con la fedina penale sporca, ma ormai rigava dritto. Aveva avuto medaglie al merito, si era sposato e da vent'anni lavorava come macchinista per il BART. Ad April c'erano volute solo poche ore per rintracciarlo.

Un nero basso e tarchiato con indosso un berretto di pelle nera e una giacca a vento dei San Francisco 49ers fece un cenno di saluto ad alcuni colleghi e si diresse verso di lei. «Il responsabile di servizio mi ha detto che mi stava aspettando», esordì, lanciandole un'occhiata circospetta. «Perché?»

«Kenneth Charles?» chiese Jill.

L'uomo annuì.

Porgendogli il suo biglietto da visita, Jill si presentò. Charles sgranò gli occhi. «Non ho mica paura ad ammettere che è passato un sacco di tempo da quando qualcuno della cosiddetta 'Corte di Giustizia' mi ha contattato.»

«Non è lei che c'interessa, Mr Charles», replicò Jill, cercando di metterlo a suo agio. «Vorrei che mi raccontasse un fatto cui ha assistito molti anni fa. Le spiace se parliamo un po'?»

Charles scrollò le spalle. «E a lei spiace se camminiamo? La mia macchina è laggiù.» Percorrendo la banchina, le fece strada, prima oltre un cancello e poi verso un parcheggio.

«Abbiamo tirato fuori alcuni dossier piuttosto vecchi», spiegò Jill. «E così mi sono imbattuta nella sua deposizione nel caso contro Frank Coombs.»

Nel sentire quel nome, Charles si fermò.

«L'ho letta... Ho letto ciò che lei sostiene di aver visto. Vorrei che me lo ripetesse.»

«Nessuno mi ha creduto, allora», replicò Kenneth Charles,

sconfortato. « Non mi hanno neppure fatto andare al processo, sostenendo che ero soltanto un teppista. »

« Lei era un ragazzo con la fedina penale sporca ed era stato per ben due volte in un carcere minorile », disse Jill, schietta.

« Vero, vero », replicò Charles. « Però non mentivo. Be', è passato un sacco d'acqua sotto i ponti, da allora. Mi mancano dodici anni per arrivare alla pensione. Se ho capito bene, qualcuno ha trascorso vent'anni in galera per ciò che ha fatto quella notte. »

Jill lo fissò negli occhi. « Ecco: voglio essere sicura che sia l'uomo giusto, quello che ha passato vent'anni in galera. Il caso non è stato riaperto, mi creda. Non voglio arrestare nessuno. Tuttavia, la prego, Mr Charles, mi dica la verità. »

E Charles gliela disse. Stava guardando la TV e fumando un po' d'erba, quando aveva sentito, dalla finestra, i rumori di una zuffa e poi alcune grida soffocate. Guardando fuori, aveva visto quel ragazzo che stava per essere strangolato.

Mentre Jill lo ascoltava, tutto cambiò. Il fiato le si mozzò in gola.

« C'erano *due* uomini in uniforme. A tenere fermo Gerald Sikes, c'erano *due* poliziotti », spiegò Charles.

« Ma perché non è intervenuto? »

« Lei non può sapere come andavano le cose, allora. Se indossavi un'uniforme, eri un dio. E io ero soltanto un teppistello, no? »

Jill lo scrutò. « Ricorda il secondo poliziotto? »

« Pensavo che non dovesse arrestare nessuno. »

« No, infatti. È una faccenda personale. Se le mostrassi una fotografia, crede che potrebbe riconoscerlo? »

Ripresero a camminare, arrivando a una Toyota nuova fiammante. Jill aprì la sua valigetta, prese la foto e gliela mostrò. « Mr Charles... È questo il poliziotto che ha visto? »

L'altro fissò l'immagine per un lungo istante, poi rispose: « Sì, è lui ».

96

TRASCORSI l'intera giornata alla Corte di Giustizia, al telefono con gli agenti o china su una mappa della città, organizzando la caccia a Frank Coombs.

Mettemmo sotto sorveglianza la maggior parte delle sue conoscenze e i luoghi in cui si sarebbe potuto rifugiare, compresa l'abitazione di Tom Keating. Cercai di rintracciare la Bonneville senape che lo aveva preso a bordo ed esaminai i numeri di telefono trovati nella sua stanza. Niente di utile. Alle quattro del pomeriggio, il tizio che aveva affittato la casa a South San Francisco si era presentato spontaneamente, sostenendo con vigore che non aveva mai incontrato Coombs prima di allora.

Frank Coombs non aveva soldi, non possedeva nulla. Per quel che ne sapevamo, non disponeva neppure di un suo mezzo di trasporto. Ogni poliziotto in città aveva la sua descrizione. *Ma dove diavolo era andato, quindi?*

Dov'era Chimera? E quale sarebbe stata la sua prossima mossa?

Erano le sette e mezzo e mi trovavo ancora alla scrivania, quando Jill entrò. Indossava un morbido impermeabile marrone chiuso da una cintura e teneva a tracolla una valigetta Coach. «Che ci fai qui?» le dissi, scuotendo la testa. «Va' a casa a riposare.»

«Hai un minuto?»

«Ma certo. Prendi una sedia e accomodati. Però temo di non avere una birra da offrirti.»

«Non ti preoccupare.» Sorridendo, aprì la valigetta e ne estrasse due Sam Adams. «Ho portato la mia.» Me ne allungò una.

«Oh, al diavolo...» Coombs sembrava scomparso e, dal viso di Jill, era chiaro che qualcosa la turbava. Pensai che si trattasse di Steve: magari si era già gettato a capofitto in qualche nuovo affare, lasciandola di nuovo sola.

Ma, non appena aprì la valigetta, vidi il dossier azzurro dell'Ufficio Personale e il nome: BOXER, MARTIN C.

«Ti ho detto che mio padre faceva il difensore d'ufficio a

Highland Park, no?» cominciò, aprendo la birra e sistemandosi di fronte a me.

«Solo un migliaio di volte», replicai, sorridendo.

«A dire il vero, era l'avvocato migliore che avessi mai conosciuto. Preparato, capace... Non gli importava nulla della razza di un cliente o di quanto lui potesse pagare. Mio padre, l'uomo irreprensibile... Ricordo la volta in cui lavorò su un caso per sei mesi, di notte: era deciso a rimettere in libertà un venditore ambulante di verdura che era stato ingiustamente accusato di stupro. A quell'epoca, un sacco di gente sperava che mio padre si candidasse per il Congresso. Gli volevo un gran bene. E gliene voglio tuttora.»

Io rimasi in silenzio. I suoi occhi si riempirono di lacrime. Bevve un sorso di birra. «Poi, mentre frequentavo l'ultimo anno di college, ho scoperto che quel bastardo aveva tradito mia madre per vent'anni. L'uomo integro e retto, il mio eroe...»

Mi concessi un vago sorriso. «Marty mi ha mentito per tutto questo tempo, vero?»

Jill annuì, facendo scivolare sulla scrivania il dossier dell'Ufficio Personale su mio padre e una deposizione, aperta a una pagina con numerosi passaggi evidenziati in giallo. «Verifica tu stessa, Lindsay.»

Mi feci forza e, nel modo più distaccato possibile, lessi la deposizione di Kenneth Charles. Poi la rilessi da capo, avvertendo un progressivo senso di delusione. E di paura. Sentii crescere dentro di me la rabbia. Ero incredula, ma, nel contempo, sapevo che quella era la verità. Mio padre aveva mentito per tutta la sua vita. Aveva ingannato, calpestato e deluso chiunque l'avesse amato.

Mi venne da piangere perché mi sentivo tradita nel profondo. Una lacrima bruciante scivolò lungo una guancia.

«Mi spiace davvero, Lindsay. Credimi, è orribile per me doverti mostrare questo.» Jill allungò una mano e io la afferrai, stringendola con forza.

Per la prima volta da quand'ero diventata un poliziotto, non sapevo che cosa fare. Era come se una voragine si fosse aperta dentro di me ed era impossibile colmare quel vuoto con qualcosa che somigliasse al senso del dovere, alla responsabilità, alla giustizia.

Ingollai l'ultimo sorso di birra e sorrisi a Jill. «Com'è andata a finire con tuo padre? Sta ancora con tua madre?»

«*Cazzo*, no... Lei talvolta era così dura, così indifferente... L'ha buttato fuori di casa mentre frequentavo la facoltà di legge. Da allora, lui vive in un appartamento con due stanze da letto a Las Colinas.»

Scoppiai a ridere, una risata dolorosa che mescolava la delusione con le lacrime. Quando smisi, mi ritrovai col cuore sanguinante e con un sacco di domande che mi turbinavano in testa. Quanto sapeva davvero mio padre? Che cosa mi aveva tenuto nascosto? E, soprattutto, qual era il suo legame con Chimera?

«Grazie», mormorai, stringendo di nuovo la mano di Jill. «Ti devo un favore.»

«Cosa farai, Lindsay?»

Mi tirai la giacca sulle spalle e me la strinsi addosso. «Quello che avrei dovuto fare molto tempo fa. Scoprire la verità.»

97

QUANDO rientrai a casa, mio padre stava facendo un solitario.

Scossi la testa, distogliendo lo sguardo, e arrancai verso la cucina, prendendo dal frigo una lattina di birra Black & Tan. Poi lo raggiunsi e mi sedetti pesantemente sulla sedia di fronte a lui.

Forse avvertendo il calore del mio sguardo, mio padre alzò gli occhi. «Ehi, Lindsay.»

«Papà... stavo pensando... quando te ne sei andato...»

Lui continuò a girare le carte. «Perché vuoi parlarne proprio adesso?»

Continuai a fissarlo. «Mi hai portato al porto per un gelato... Ricordi? Guardavamo i ferry che arrivavano da Sausalito e tu hai detto qualcosa del tipo: 'Tra qualche giorno dovrò salire su uno di quelli, Buttercup, e starò via per un po''. Hai aggiunto che era una faccenda fra te e la mamma. E io, per qualche tempo, ti ho aspettato. Ma per anni mi sono chiesta: *Perché se n'è andato?*»

Le labbra di mio padre si mossero come se lui stesse per formulare una risposta, poi si fermarono.

«Ti sentivi in colpa, vero? La mamma, il gioco, l'alcol non c'entravano nulla. *Tu hai aiutato Coombs a uccidere quel ragazzo.* Ecco che cos'era, cos'è sempre stato. Perché sei andato via? Perché sei tornato? Niente di tutto ciò aveva a che fare con *noi*. Riguardava soltanto te.»

Mio padre sbatté le palpebre, cercando di rispondere. «No...»

«La mamma l'ha mai saputo? Ci ha sempre rifilato la storia di te che giocavi, che ti ubriacavi...»

Con mani tremanti, lui posò il mazzo di carte. «Libera di non crederci, Lindsay, però io ho sempre amato tua madre.»

Avevo voglia di picchiarlo. «Non è possibile. Nessuno può fare tanto male a una persona che ama.»

«Invece sì.» Si umettò le labbra. «Io ho fatto del male a *te*.»

Per qualche istante rimanemmo immobili, in silenzio. Le ondate di quella rabbia vecchia di anni tornarono a colpirmi con violenza.

«Cos'hai scoperto?» mi chiese.

«Che importa? Ci sarei arrivata, prima o poi.»

Aveva un'aria sbalordita, come un pugile raggiunto da un potente uppercut. «La tua fiducia, Lindsay... È la cosa migliore che mi sia capitata in vent'anni.»

«E allora perché mi hai usato, papà? Ti sei servito di me per arrivare a Coombs, vero? Tu e lui avete ucciso quel ragazzo.»

«Io non l'ho ucciso», mormorò lui scuotendo più volte la testa, lentamente. «Non ho fatto nulla per fermarlo, ecco tutto.»

Sospirò come se avesse tenuto il fiato per vent'anni. Mi spiegò che si era lanciato all'inseguimento di Coombs, trovandolo nel vicolo, con le mani strette intorno alla gola di Gerald Sikes. «Ti ho già detto che le cose andavano diversamente, allora. Coombs voleva insegnare a quella gente un po' di rispetto per l'uniforme. Però continuava a stringere. 'Ha qualcosa!' ripeteva e io gli gridavo: '*Mollalo!*' Quando ho capito che aveva passato il segno, ho cercato di fermarlo, però lui, ridendo, ha urlato: 'Questo è territorio mio, Marty. Se hai paura, taglia la corda'. Non sapevo che quel ragazzo stava morendo. Poi Fallone ci ha raggiunto e Coombs lo ha mollato, dicendo: ''Sto piccolo bastardo voleva accoltellarmi'. Tom era un veterano e ha capito al volo che cos'era successo, così mi ha consigliato di squagliarmela. Sempre ridendo, Coombs mi ha detto: '*Su, va'*...' Nessuno ha mai fatto il mio nome.»

Ero sull'orlo del pianto e mi sembrava che mi avessero tagliato a metà il cuore. «Ma come hai potuto... Almeno Coombs ha affrontato le conseguenze. Tu invece... sei scappato.»

«Sono scappato, lo so... Però l'altra notte non l'ho fatto. Ero lì ad aiutarti.»

Chiusi gli occhi, poi li riaprii. «È il momento della verità. Tu non eri lì *per aiutarmi*. Tu eri lì perché stavi seguendo lui. Non per proteggere *me*, bensì te stesso. Sei tornato per uccidere Frank Coombs.»

Il suo viso divenne terreo. «Forse, all'inizio...» mormorò, facendo scorrere una mano tra i folti capelli bianchi. Deglutì. «Ma è tutto cambiato, Lindsay. Non scappo più.»

Le lacrime mi bagnavano le guance, e io le asciugai bruscamente con la mano.

« Lo so. Sei convinta che dalla mia bocca escano soltanto bugie. Non è così. L'altra notte, quando ti ho aiutato... Be', non mi sono mai sentito tanto orgoglioso in vita mia. Sei mia figlia. Ti voglio bene. Te ne ho sempre voluto. »

Avevo ancora gli occhi umidi. Nel momento stesso in cui aprii bocca per parlare, mi pentii di quello che stavo dicendo: « Voglio che tu te ne vada. Voglio che raccogli le tue cose e che torni là dove sei stato in questi ultimi vent'anni. Sono un poliziotto, papà, e non la tua piccola Buttercup. Sono state uccise quattro persone e tu, in un certo senso, sei coinvolto in quei delitti. Non ho idea di ciò che sai o che nascondi ».

Il suo viso parve sgretolarsi. Il dolore provocato da quella richiesta era tale che i suoi occhi diventarono opachi.

« Voglio che tu te ne vada », ripetei. « Subito. »

Me ne rimasi lì, abbracciando Martha, mentre lui si dirigeva verso la stanza degli ospiti. Pochi minuti dopo ne uscì, con le sue cose impacchettate. D'un tratto, mi sembrò piccolo e solo.

Sentendo che c'era qualcosa di sbagliato, Martha rizzò le orecchie e gli girò intorno. Lui le accarezzò dolcemente la testa. « Lindsay, so che ti ho dato più di un motivo per odiarmi, però non farmi questo, ti prego. Devi stare attenta a Coombs. Ti dà la caccia. Per favore, lascia che ti aiuti... »

Il mio cuore si era spezzato. Sapevo benissimo che, una volta uscito da casa mia, non l'avrei rivisto mai più.

« Non ho bisogno del tuo aiuto », replicai. Poi, in un sussurro, aggiunsi: « Addio, papà ».

98

FRANK COOMBS si appoggiò rigidamente a una cabina telefonica all'angolo tra la 9th Street e Bryant Street. I suoi occhi sembravano inchiodati sulla Corte di Giustizia. Tutto conduceva a quel palazzo.

Il dolore alla spalla si diffuse al corpo, come se qualcuno stesse saggiando i margini di una ferita con un bisturi. Per due giorni si era tenuto nell'ombra, andando a San Bruno, nascondendosi. Ma la sua foto era sulle prime pagine di tutti i quotidiani. Non aveva denaro. Non poteva nemmeno tornare indietro a riprendersi la sua roba.

Erano quasi le due. Il sole pomeridiano batteva sui suoi occhiali da sole. Sulla scalinata c'erano molte persone: avvocati che si ritrovavano lì per discutere.

Trasse un respiro profondo, cercando di calmarsi. *Che diavolo, di cosa dovrei avere paura?* Continuò a fissare la Corte. *Sono loro, che dovrebbero averne.*

Grazie a Tom Keating, l'amico fedele, aveva il revolver di servizio nella fondina agganciata alla vita. Allungò il braccio con cui avrebbe sparato. Okay. Poteva farcela.

Coombs si girò verso la cabina, mise un quarto di dollaro nella fessura e compose il numero. *Non ci sarà una seconda chance. Non ci saranno più attese. Era ora, dopo ventidue anni all'inferno.*

Al secondo squillo, qualcuno rispose. « Omicidi. »

« Mi passi il tenente Boxer. »

99

AVEVAMO saputo che uno dei compagni di galera di Coombs si trovava a Redwood City. Stavo aspettando che mi richiamassero al riguardo.

Per tutta la mattina mi ero impegnata nelle indagini, però, dentro di me, continuavo a rivivere quel devastante dialogo con mio padre. L'avevo giudicato e condannato per fatti avvenuti vent'anni prima... Avevo ragione? E, cosa ancora più importante: qual era il coinvolgimento di mio padre con Chimera?

Stavo finendo di mangiare un sandwich, seduta alla scrivania, quando Karen infilò dentro la testa. «Una chiamata sulla uno, tenente.»

«Redwood City?» chiesi, allungando il braccio verso il telefono.

Lei fece cenno di no. «È qualcuno che sostiene di conoscerti. Ha detto di essere un vecchio amico di tuo padre.»

M'irrigidii. «Passalo sulla quattro», ordinai. La linea quattro era quella comune, condivisa da tutti gli uffici. «E rintraccia la chiamata, Karen... *Subito.*»

Mi alzai di scatto, facendo un cenno frenetico a Jacobi che si trovava nella sala operativa. Poi alzai quattro dita, indicando il telefono.

Nel giro di pochi secondi, l'intera squadra si mobilitò. Tutti avevano capito che la persona al telefono doveva essere Chimera.

Ci volevano novanta secondi per rintracciare la chiamata. Sessanta erano sufficienti per capire da quale zona della città provenisse... ammesso che stesse chiamando da San Francisco. Lorraine, Morelli e Chin giunsero di corsa nel mio ufficio, tesi in volto.

Sollevai la cornetta e Jacobi fece altrettanto. «Boxer», dissi.

«Che peccato non essercela spassata, l'altra sera, tenente», esordì Coombs, ridendo. «Avrei proprio voluto fotterti. A mio modo, ovvio.»

«Perché chiami? Cosa vuoi, Coombs?»

«Devo dirti una cosa importante. Forse ti aiuterà a dare un senso agli ultimi vent'anni.»

«Io non ho problemi con gli ultimi vent'anni, Coombs. Tu sei stato in galera per omicidio.»

Ridacchiò cupamente. «Non i *miei* vent'anni... I *tuoi.*»

Il mio cuore sussultò. Stavo parlando con un individuo che mi aveva puntato una pistola alla testa. Dovevo tenerlo in linea, anche a costo d'irritarlo... Qualsiasi cosa pur di non chiudere quella telefonata troppo presto.

Sbirciai l'orologio: erano passati trentacinque secondi. «Dove sei, Coombs?»

«Oh, le chiacchiere da Dipartimento, vero, tenente? Il mio rispetto nei tuoi confronti sta calando. Dovresti essere quella in gamba, no? La ragazza che rende orgoglioso il tuo paparino. E allora dimmi un po': com'è che sono morte quattro persone e tu non hai ancora capito di cosa si tratta?»

Lo sentivo sogghignare. Dio mio, quanto lo odiavo. «Che stai dicendo, Coombs? In che senso non ho capito di cosa si tratta?»

«Mi hanno detto che il tuo paparino ha tagliato la corda più o meno nello stesso periodo in cui io sono andato in galera.»

Sapevo dove voleva arrivare, però dovevo tenerlo al telefono. Nella sala operativa, Jacobi era in ascolto. E mi stava guardando.

Coombs continuava a ridacchiare. «Probabilmente tu hai pensato che il tuo vecchio si scopasse la cameriera di qualche bar. Oppure che avesse combinato qualcosa di brutto in servizio.» Assunse un tono di falsa compassione. «Dev'essere stata dura, quando lui se l'è filata e tua madre è morta.»

«Sarà un piacere arrestarti, Coombs. Quando cadranno le prime gocce di acido, a San Quintino, io sarò lì a guardarti.»

«Peccato che non ci riuscirai, dolcezza. Ma adesso ascoltami, perché quello che voglio dirti è importante. Il tuo vecchio ha davvero combinato qualcosa di brutto. *A me.* E sono stato io ad andare a fondo. Al posto suo. Al posto dell'intero Dipartimento di polizia. Li tengo tutti in pugno. Mi hanno mandato in galera. Ma la sai una cosa, piccola Lindsay? Non ero solo.»

Ogni fibra del mio corpo si tese. Il petto sembrava sul punto di esplodere per l'ira. Lanciai un'occhiata a Jacobi e lui annuì, come per dirmi: *Qualche istante ancora... Tienilo in linea.*

« Vuoi me, Coombs? L'ho vista, la foto nella camera d'albergo. So quello che vuoi. Incontriamoci, quando e dove ti pare... »

« Il tuo desiderio di trovare questo killer è quasi commovente. Però devo declinare l'offerta, mi spiace. Ho ancora un appuntamento. »

« Coombs... » lo interruppi, guardando l'orologio. « Tu vuoi me. E sia. Riuscirai ad avere la meglio su una donna, Coombs? Non credo proprio. »

« Scusa di nuovo, tenente. Grazie per la bella chiacchierata, però sembra proprio che, per l'ennesima volta, tu sia un po' in ritardo. E, sì, sono ancora convinto che le donne non c'entrino nulla col Dipartimento. Parere personale, eh? »

Sentii un *clic.*

Corsi verso la sala operativa, dove Cappy si era tenuto in contatto col centralino. Speravo che Coombs non avesse usato un cellulare, molto più difficile da rintracciare. *Ho ancora un appuntamento...* Ma che diavolo stava minacciando di fare, Coombs? Che doveva succedere?

« È in città! » mi gridò Cappy, allungando la mano verso una penna. « Ha chiamato da una cabina telefonica... all'incrocio tra la 9th Street e Bryant Street. »

I nostri sguardi s'incrociarono per un istante, poi tutti si mossero.

La telefonata veniva da una cabina che si trovava a un isolato dalla Corte.

100

INFILAI la Glock nella fondina e, gridando, ordinai che le unità disponibili più vicine si portassero lì. Poi uscii di corsa dall'ufficio, con Jacobi e Cappy alle calcagna.

A un isolato dalla Corte... Cosa aveva intenzione di fare, Coombs?

Non aspettai l'ascensore, imboccando invece le scale di servizio alla massima velocità consentitami dalle gambe. Nell'atrio, mi feci largo a gomitate tra membri dello staff e comuni cittadini e aprii di slancio la porta a vetri che si affacciava su Bryant Street.

Come avveniva sempre all'ora di pranzo, sulla scalinata c'era una piccola folla: avvocati, garanti e detective. Spostai lo sguardo verso la 9th Street, allungando il collo per individuare Coombs.

Nulla.

Cappy e Jacobi mi raggiunsero. «Vado avanti io», disse Cappy.

Fu allora che capii. «*Ho ancora un appuntamento...*» *Coombs è qui!* Si trovava nella Corte di Giustizia.

«Attenzione! Polizia!» urlai, gesticolando freneticamente in direzione della gente ignara.

Esaminai con lo sguardo il mare di facce stupite, alla ricerca di quella di Coombs. La mia Glock era pronta a far fuoco. I passanti mi fissavano con gli occhi sgranati. Parecchi si accovacciarono o si mossero per allontanarsi.

Ed ecco cosa ricordo di ciò che accadde in seguito.

Un poliziotto in uniforme salì le scale, diretto verso di me. Quasi non lo notai: stavo cercando d'individuare il viso di Coombs.

L'uniforme si staccò dalla folla. La faccia dell'uomo era nascosta dagli occhiali da sole e dalla visiera del berretto. Lui teneva la mani allargate ai lati.

Misi a fuoco oltre quel poliziotto, setacciando con gli occhi la strada, cercando Coombs. Poi sentii qualcuno che gridava il mio nome: «Ehi! *Boxer!*»

Sulla scalinata, tutto sembrò esplodere. Jacobi e Cappy urlarono: « Ha una pistola! »

A quel punto, vidi il poliziotto. E notai una cosa molto strana. *L'uniforme blu...* Indossava un'uniforme da poliziotto di pattuglia che non vedevo da parecchio tempo. Poi lo guardai in viso e fui quasi travolta dallo shock. Era Coombs. Chimera. L'appuntamento che lui voleva rispettare era quello con me.

Qualcuno alle mie spalle mi fece girare proprio mentre sollevavo la Glock. « Ehi! » urlai.

La pistola di Coombs sputò una striscia arancione. Due volte. Non potevo far nulla per fermarla.

Quindi ogni cosa divenne incredibilmente folle e confusa. Caos. Terrore.

Prima di accasciarmi a terra per il dolore, mi resi conto che avevo sparato un colpo.

Coombs barcollò in avanti, gli occhiali che volavano via, la pistola ancora puntata contro di me. Oscillava, però non smetteva di avanzare. I suoi occhi scuri brillavano d'odio.

Fu allora che esplose una terrorizzante serie di spari, come se fossimo in un poligono di tiro. Un'alta, echeggiante cacofonia di *pop...* Cinque, sei, sette in rapida successione, provenienti da ogni dove. La gente urlava e correva, cercando un riparo.

L'uniforme blu di Coombs si squarciò e da essa zampillarono getti di un rosso brillante. Cappy e Jacobi gli stavano sparando. Il suo corpo si piegò all'indietro, muovendosi a scatti sotto i colpi. Sul suo viso c'era un'espressione di dolore indicibile. Nell'aria si avvertiva il sentore della cordite. L'eco di ogni colpo mi rimbombava nelle orecchie.

Poi, improvvisamente, su tutto scese una quiete innaturale. Quel silenzio mi parve sconcertante.

« Oddio », rammento di aver detto, scoprendo di essere caduta sui gradini di cemento. Ero stata colpita? Non lo sapevo.

Jacobi si era chinato su di me. « Sta' assolutamente immobile, Lindsay. Ferma. » Le sue mani erano sulle mie braccia e la sua voce riverberava nel mio cervello.

Annuii, passando mentalmente in rassegna il mio corpo a caccia di una ferita. Gli spari e le grida echeggiavano all'intorno e la gente continuava a correre.

Afferrai il braccio di Warren e mi rialzai lentamente. «Lindsay, sta' giù. Non te lo far ripetere!» mi ordinò.

Coombs giaceva a terra, supino. Dagli squarci rossi sulla sua uniforme blu usciva il sangue.

Spinsi Jacobi di lato. Dovevo vedere Coombs, dovevo guardare i suoi occhi. *Volevo* che fosse ancora vivo... Così, quando quel mostro avesse esalato l'ultimo respiro, avrebbe fissato me.

Alcuni poliziotti l'avevano circondato e stavano ordinando a tutti di stare alla larga.

Sì, Coombs era ancora vivo. Rantoli sforzati uscivano dal suo petto ansimante. Sopraggiunsero una squadra di pronto soccorso e due paramedici, che trascinavano alcune apparecchiature. Una donna aprì la camicia insanguinata di Coombs. L'altro paramedico gli misurò la pressione e poi preparò una flebo.

I nostri occhi s'incontrarono. Lo sguardo di Coombs era vitreo, ma la sua bocca sembrava contratta in un sorriso osceno. Stava cercando di dirmi qualcosa.

La donna paramedico era impegnata ad allontanare la gente e, intanto, gridava ai colleghi i segni vitali di Coombs.

«Voglio sentire cosa sta dicendo», le sussurrai. «Mi dia un minuto.»

«Non può parlare», replicò lei. «Lo lasci respirare, tenente. Lo stiamo perdendo!»

«Devo sentire», ribadii, inginocchiandomi di fianco a lui. La camicia di Coombs, a brandelli, rivelava un mosaico di orrende ferite.

La sua bocca fremette. Stava ancora cercando di parlare. *Cosa voleva dirmi?*

Mi avvicinai di più e il suo sangue macchiò la mia camicetta. Non me ne importava. Accostai l'orecchio.

«Un'ultima...» ansimò. Ogni respiro era uno sforzo titanico. Sarebbe finita così? Sarebbe finita con Coombs che si portava i suoi segreti all'inferno?

Un'ultima...? Un'ultima vittima? Un'ultima strage? Lo fissai dritto negli occhi e vidi che in essi c'era ancora odio.

« Un'ultima... *cosa*, Coombs? » chiesi.

Bollicine di sangue gli uscirono dalla bocca. Trasse un faticoso respiro, raccogliendo le ultime forze, lottando contro la morte.

« Un'ultima *sorpresa* », mormorò. E sorrise.

101

CHIMERA era morto. Era finita, grazie a Dio.

Non avevo idea di quello che Coombs avesse voluto dire, però ebbi l'impulso di urlargli contro le sue stesse parole: *Un'ultima sorpresa...* Ma la cosa veramente importante era un'altra: Chimera non esisteva più. Non poteva più farci del male.

Voleva rivelarmi che aveva ucciso di nuovo, prima di morire? Speravo di no.

«Su, tenente», borbottò Jacobi, tirandomi delicatamente in piedi.

Le gambe cedettero di colpo. Mi sembrava di non avere il minimo controllo sulla parte bassa del mio corpo. Sul volto di Warren apparve uno sguardo d'allarme. «Sei ferita», mormorò, con gli occhi sbarrati.

Abbassai lo sguardo sul fianco. Jacobi scostò la mia giacca e un taglio rosso e umido apparve sul lato destro. Improvvisamente la testa mi girava e mi sentivo travolta dalla nausea.

«*Abbiamo bisogno d'aiuto, qui*», gridò Jacobi alla squadra di pronto soccorso. Poi, insieme con Cappy, mi fece sedere di nuovo a terra.

E così, mentre la donna paramedico che aveva tagliato la camicia del morto correva verso di me, mi ritrovai a fissare Coombs. *Oddio, è tutto talmente irreale...* Mi tolsero la giacca e m'infilarono al braccio un misuratore di pressione. Era come se tutto stesse accadendo a qualcun altro.

I miei occhi non lasciavano il killer, quel maledetto Chimera. C'era qualcosa di vagamente strano, qualcosa che non tornava. Cos'era?

Mi liberai dalla presa di Jacobi. «Devo vedere una cosa...»

Lui mi trattenne. «Sta' qui, Lindsay. Sta arrivando un'ambulanza...»

Lo spinsi via, mi alzai e mi avvicinai al cadavere. L'uniforme di Coombs, ormai a pezzi, lasciava scoperti il petto – tempestato di ferite – e le braccia. Eppure qualcosa mancava. Sì, *qualcosa* era profondamente sbagliato. Che cos'era?

«Oddio, Warren...» sussurrai. «Guarda.»

«Guarda *cosa?*» Jacobi si accigliò. «Che diavolo ti prende, Lindsay?»

«Warren... Il tatuaggio non c'è.»

La mia mente aveva fatto un balzo all'indietro, tornando a Claire, alla sua scoperta dei pigmenti ritrovati sotto le unghie di Estelle Chipman.

Feci scivolare le mani sotto le spalle di Coombs e lo girai un poco. *Niente sulla schiena. Nessun tatuaggio.*

La mia mente girava a mille. Era impensabile, eppure... Coombs non poteva essere Chimera.

Poi persi i sensi.

102

QUANDO riaprii gli occhi, mi trovavo in ospedale. Sentii subito il tubicino della flebo, infilata nel braccio, che mi tratteneva.

Claire mi fissava dall'alto. «Sei una ragazza fortunata», disse. «Ho parlato coi medici. La pallottola ha scalfito la parte destra dell'addome e non ha leso nessun organo vitale. Per farla breve, ti sei fatta una delle più brutte scottature che io abbia mai visto.»

«Mi hanno detto che il colore della pelle ustionata s'intona al blu dell'uniforme, sai?» replicai in un mormorio, mentre aprivo le labbra in un debole sorriso.

Claire annuì, tastando il bendaggio che aveva al collo. «Sì, l'ho sentito dire anch'io. Comunque congratulazioni... Ti sei guadagnata un tranquillo e pacifico lavoro di scrivania per le prossime due settimane.»

«Ce l'ho già, un lavoro di quel tipo, Claire.» Mi guardai confusamente intorno, poi mi tirai a sedere. Il fianco mi faceva così male che mi sembrava avvolto dalle fiamme.

«Hai fatto una cosa buona, ragazza mia», mormorò Claire, stringendomi il braccio. «Coombs è morto e ormai è un ospite fisso dell'inferno. Fuori c'è un sacco di gente che vuole parlare con te. Dovrai abituarti agli elogi.»

Chiusi gli occhi, pensando a tutto quell'interesse che si stava erroneamente concentrando nella mia direzione. Poi, nella mia nebbia mentale, una cosa tornò chiara. Ricordai ciò che avevo scoperto prima di svenire e strinsi il braccio di Claire. «Frank Coombs non aveva un tatuaggio...»

Lei scosse la testa. «E allora?»

Parlare mi costava fatica, quindi la frase uscì in un sussurro. «Il primo delitto, Claire. Estelle Chipman. È stata uccisa da un uomo con un tatuaggio. Sei stata tu a dirmelo.»

«Posso essermi sbagliata.»

«Tu non sbagli mai», replicai, lanciandole un'occhiata fulminante.

Lei si risedette sullo sgabello. «Lunedì farò l'autopsia al nostro Frank», disse, accigliandosi. «Potrei trovare una zona della pelle densamente pigmentata oppure una decolorazione da qualche parte... »

Riuscii a sorridere. « Un'autopsia? Se vuoi la mia opinione professionale, è morto perché gli hanno sparato. »

« Grazie tante », ridacchiò Claire. « Però qualcuno deve togliergli le pallottole dal corpo e vedere se corrispondono alle pistole. Ci sarà un'inchiesta. »

« Già. » Espirai, lasciandomi ricadere sul cuscino. Rammentavo alcuni momenti della scena – il poliziotto che mi veniva incontro, la consapevolezza che si trattava di Coombs, il lampo di luce della sua pistola –, ma non riuscivo ancora a mettere insieme i pezzi.

Claire si alzò, lisciandosi la camicetta del completo. « Devi riposare. I medici hanno detto che ti potrebbero dimettere domani. Tornerò in mattinata. » Si chinò in avanti e mi diede un bacio. Poi si diresse alla porta.

« Ehi, Claire... »

Lei si voltò. Avrei voluto dirle quanto le volevo bene e come le ero grata che fosse mia amica. Invece sorrisi e mormorai: « Cerca quel tatuaggio ».

103

TRASCORSI il resto della giornata cercando di riposare. Sfortunatamente, però, la mia camera fu invasa da un flusso ininterrotto di poliziotti e di giornalisti: i primi volevano ottenere un po' di pubblicità per interposta persona; i secondi mi stordirono col loro cicaleccio incessante. E tutti volevano farsi fotografare con l'eroica poliziotta ferita.

Si presentò pure il sindaco, accompagnato dal suo addetto stampa e da Tracchio. Tennero un'improvvisata conferenza stampa nell'ospedale, tessendo le mie lodi ed esaltando l'ottimo lavoro della Squadra Omicidi, quella stessa squadra che avevano quasi estromesso dalle indagini.

Non appena il baillamme si fu un po' calmato, arrivarono Cindy e Jill, che mi portò una rosa in un vaso di vetro. «Non rimarrai così a lungo qui da meritarti di più», mi disse con un sorriso, posandola sul comodino.

Claire mi diede una videocassetta incartata, che aprii subito. *Xena, principessa guerriera*. «Ho saputo che non usa controfigure... Gira lei stessa le scene più pericolose», mi spiegò, ammiccando.

Mi sollevai a sedere e passai le braccia rattrappite intorno alle loro spalle. «Guai a voi se stringete *me*», le ammonii con un sorriso.

«Gli antidolorifici fanno effetto?» mi chiese Jill.

«Sì, mi danno il Percocet, che è un analgesico e un narcotico. Dovresti provarlo, qualche volta. Vale davvero il rischio.»

Per qualche istante rimanemmo in silenzio.

«Ce l'hai fatta, Lindsay», disse infine Cindy. «Probabilmente sei matta da legare, però sei anche una poliziotta coi controfiocchi, poco ma sicuro.»

«Grazie.»

«E non pensare che questa faccenda del 'mi-hanno-sparato' t'impedisca di darmi l'esclusiva. Ti concedo un po' di tempo per rimetterti. Che ne dici delle sei di stasera?»

«Come no», ridacchiai. «Basta che andiate da Susie's e mi portiate un'enchilada di pollo.»

«Il medico ha detto che potevamo entrare solo per qualche minuto», replicò Jill. «Ti chiamiamo più tardi.» Sorrisero entrambe e si avviarono alla porta.

«Sapete dove trovarmi, signore.»

Intorno alle cinque, Jacobi e Cappy infilarono dentro la testa. «Ci stavamo chiedendo dove fossi», borbottò Jacobi, impassibile. «Non ti sei presentata alla riunione del pomeriggio.»

Feci una smorfia e, con mosse un po' rigide, scesi dal letto. «Siete voi, i veri eroi. Io mi sono soltanto scansata per salvarmi il culo.»

«Cazzate», esclamò Cappy, scrollando le spalle. «Siamo qui per dirti che, sebbene il sindaco ti voglia raccomandare per una medaglia al valore, ti vogliamo ancora bene.»

Sorrisi, tirandomi sulle ginocchia il camice da ospedale; poi, lentamente, mi sedetti su una sedia. «Avete riflettuto su quello che è successo?»

«È successo che Chimera ti ha preso di mira», disse Jacobi. «Ha sparato e noi l'abbiamo steso. Fine della storia.»

Mi sforzavo di ricordare la successione degli eventi. «Chi ha sparato?»

«Io ho fatto fuoco quattro volte», rispose Jacobi. «Tom Perez, della Squadra Rapine, era vicino a me e ha sparato due volte.»

Guardai Cappy.

«Due», ammise lui. «Ma i colpi arrivavano da ogni parte. L'Ufficio Affari Interni sta raccogliendo le dichiarazioni.»

«Grazie», mormorai, con un sorriso riconoscente. Poi la mia espressione cambiò. «Ma voi come la vedete? La stessa persona che uccide Tasha Catchings e Art Davidson da cento metri, mi spara a distanza ravvicinata e mi fa solo un *graffio*?»

«Cosa intendi, Lindsay?» domandò Jacobi, un po' confuso.

Sospirai. «Abbiamo sempre dato la caccia all'individuo tatuato che ha ucciso Estelle Chipman, no? Era il cardine delle nostre indagini.»

Annuirono entrambi.

« Coombs non ha tatuaggi. Non ha neanche un segnetto. »

Jacobi lanciò un'occhiata a Cappy e poi a me. « Stai dicendo che Coombs non è il nostro uomo? Lo abbiamo collegato a tutti i delitti, abbiamo trovato quei ritagli nella sua camera d'albergo, ha cercato di ucciderti non una volta, ma due volte... E non sarebbe lui, l'assassino? »

Non riuscivo a riflettere con chiarezza. Gli avvenimenti della giornata, i farmaci... Se paragonate a tutte le cose che incolpavano quell'uomo, le mie perplessità sembravano irrilevanti. « Credo di voler dire che... Vi è mai capitato di sentire che Claire Washburn si sia sbagliata? »

« No », rispose Jacobi, scuotendo il capo. « Ma neanche tu sbagli spesso. Caspita, non posso credere di aver detto una cosa simile. »

Mi suggerirono di farmi una bella notte di sonno.

Mentre si avviava alla porta, Jacobi si fermò e, voltandosi, disse: « Quando l'effetto dei farmaci comincerà a svanire e tu avrai la possibilità di considerare la faccenda alla luce del giorno, allora capirai di aver fatto un gran colpo ».

Sorrisi. « L'abbiamo fatto tutti insieme. »

Quella notte non riuscii a dormire. Rimasi sdraiata sulla schiena, col fianco che mi pulsava. Sentivo anche l'annebbiato calore dei due Percocet che avevo preso. Mi guardai intorno in quella stanza buia ed estranea... e soltanto allora compresi che ero veramente fortunata a essere viva.

Jacobi aveva ragione: era stato un gran colpo. Coombs era un assassino. Tutto lo confermava. E aveva pure cercato di uccidermi.

Chiusi gli occhi e cercai di appisolarmi, eppure, nel mio cervello, echeggiava una voce sommessa, che s'insinuava in mezzo a tutto ciò che era sicuro, a tutto ciò che sembrava plausibile.

Mi sforzai di dormire, ma la vocina divenne sempre più forte.

Com'era possibile che mi avesse mancato?

104

FUI dimessa il mattino seguente.

Mi venne a prendere Jill, che accostò la BMW al marciapiede antistante il San Francisco General Hospital proprio mentre mi portavano fuori sulla sedia a rotelle. C'erano parecchi giornalisti. Feci un cenno di saluto a quei miei nuovi amici, però mi rifiutai di rilasciare dichiarazioni. Prossima fermata: casa. Un abbraccio a Martha, una doccia, un cambio d'abito.

Lunedì mattina, quando entrai nella stanza 350 della Corte di Giustizia con passo un po' rigido, tutto sembrava normale. L'intera Squadra Omicidi mi accolse con un applauso.

« L'ultimo atto spetta a te, tenente », esordì Jacobi, porgendomi la spugnetta.

« Aspettiamo i risultati dell'inchiesta », borbottai, allontanandolo con un cenno.

« L'inchiesta? E che dovrebbe provare? L'onore è tuo. »

« Tenente... » mormorò Cappy, con uno sguardo limpido e orgoglioso. « Ti abbiamo aspettato. »

« Fallo, tenente. »

Forse per la prima volta da quando Mercer mi aveva promosso, mi sentii davvero a capo della Omicidi. I dubbi che mi assillavano da sempre – Ero degna di quell'incarico? Meritavo il distintivo? – mi sembrarono pietre miliari di un viaggio ormai concluso. Le avevo alle spalle, chilometri e chilometri dietro di me.

Andai alla lavagna su cui erano elencati tutti i casi ai quali stavamo lavorando e cancellai il nome di Tasha Catchings. E poi quello di Art Davidson.

Una gioia quieta ma travolgente mi pervase. Mi sentii più leggera, soddisfatta.

I morti sono morti. E spesso non si riesce neppure a capire il motivo per cui succedono certe cose. L'importante è darsi da fare in modo che quelli rimasti in vita abbiano la certezza che i loro morti riposano in pace.

I detective si riunirono intorno a me e mi guardarono.

E io cancellai dalla lavagna il nome di Mercer.

105

NELLE due ore seguenti feci e ricevetti qualche telefonata. Ma soprattutto rimasi seduta alla scrivania a riflettere sulla mia deposizione. Era stata aperta un'indagine sulla sparatoria in cui Coombs era morto; si trattava di una procedura standard, che si attivava ogni volta che un poliziotto usava la sua pistola.

L'intero incidente mi appariva ancora confuso e i medici mi avevano spiegato che, in seguito a una specie di shock represso, quella sensazione sarebbe durata per qualche tempo.

In un lampo, vidi la vecchia uniforme e poi gli occhi di Coombs che mi fissavano come per incenerirmi. Il suo braccio allungato verso di me. Lo zampillo arancione della sua pistola. Ero sicura che qualcuno – probabilmente Cappy o Jacobi – aveva gridato il mio nome e che qualcun altro aveva detto: «*Ha una pistola...*»

E poi c'era la mia Glock, che appariva al rallentatore e io, vedendo il lampo della sua pistola, mi rendevo conto di essere in ritardo di un soffio. Quindi arrivavano gli spari. Da ogni direzione: *pop, pop, pop, pop, pop...*

Mi sforzai di scacciare quei pensieri e di rimettermi al lavoro.

Circa un'ora dopo, mentre stavo sfogliando il dossier di uno dei nostri casi più importanti, apparve Claire.

«Ehi!» esclamai.

«Ehi a te, Lindsay. Bentornata.»

Conoscevo *Claire*... Se aveva cercato tenacemente qualcosa e infine era riuscita a trovarlo, fugando anche l'ultimo dubbio residuo, il suo sguardo acquisiva un'intensità particolare. Ma se i dubbi c'erano ancora...

Quella volta, i suoi occhi mi rivelarono senza tema di smentita che i dubbi erano rimasti, eccome.

«Non hai trovato nessun tatuaggio, vero?» le chiesi.

Lei fece cenno di no. Non avrebbe avuto un'aria più afflitta neanche se avesse appena saputo che Edmund o i ragazzi si erano comportati in modo ignobile.

Le feci cenno di entrare e chiusi la porta. «Okay. E allora cos'hai trovato?»

Lei scrollò tristemente le spalle. «Ho scoperto perché Coombs non ti ha ucciso.»

106

CLAIRE si sedette e cominciò: «Stavo facendo un esame istologico di routine nella *substantia nigra...*»

«Claire, ti prego», la interruppi. «*S'il vous plaît. Por favor.*»

Sorrise. «Gli ho preso qualche cellula cerebrale. Coombs ha ricevuto nove colpi: otto frontali e uno nella schiena, penetrato nella colonna cervicale. Questa è l'unica ragione per cui sono andata subito a vedere lì. Stavo cercando di appurare la causa della morte.»

«E cos'hai trovato?»

Il suo sguardo mi attraversò. «Una spiccata assenza di neuroni... di cellule nervose vive.»

Mi alzai di scatto, col cuore in gola. «Che significa, Claire?»

«Significa che Coombs aveva il Parkinson, Lindsay. E non a uno stadio iniziale.»

Il Parkinson... Il mio primo pensiero fu: *Ecco perché mi ha mancato*. Ecco perché ero stata dannatamente fortunata...

Ma poi vidi un lampo di allarme che attraversava gli occhi di Claire e capii che non era così semplice.

«Lindsay, se Coombs aveva il Parkinson non avrebbe mai potuto sparare in modo tanto preciso.»

Rividi la scena alla La Salle Heights Church... Tasha Catchings, abbattuta da quel colpo terribile... E poi Art Davidson, col foro di un'unica pallottola nella testa, una pallottola che aveva attraversato una finestra ed era partita da un tetto a quasi cento metri di distanza.

Fissai Claire. «Ne sei sicura?»

«Be', non sono una neurologa...» cominciò. Ma poi, con assoluta determinazione, aggiunse: «Sì, sono sicura. Ne sono assolutamente sicura. Il Parkinson a quello stadio non permette la coordinazione mano-cervello necessaria a sparare quei colpi. Era un caso troppo avanzato».

Con un brivido di disgusto, passai in rassegna ciò che sapevamo. Coombs non aveva un tatuaggio, mentre noi sapevamo che il killer l'aveva. Inoltre, benché mi avesse sparato a distanza ravvicinata, mi aveva ferito solo di striscio. E adesso il Parkinson... Chiunque fosse, Chimera era un abile tiratore. Quello era inconfutabile.

Ci guardammo e io diedi voce all'inconcepibile: « Oddio, Claire, non è stato Coombs ».

« Già », replicò lei. « E allora chi è stato, tenente? »

107

Rimanemmo sedute a lungo, cercando di assorbire il colpo di quella improvvisa consapevolezza e di tenere a bada il panico.

I giornali, le reti televisive e ogni persona equilibrata della città stavano festeggiando la morte di Chimera. Soltanto quella mattina, avevo cancellato i nomi – e il caso – dalla lavagna.

«Lui ha cercato di dirmi qualcosa», confidai a Claire, rammentando gli ultimi istanti di vita di Coombs. «'Un'ultima...' mi ha sussurrato. E quando io gli ho chiesto: 'Un'ultima... *cosa*?' mi è sembrato di vederlo sorridere. Poi ha risposto: 'Un'ultima sorpresa'. Lui *sapeva* la verità. Chimera è ancora libero. Sapeva che lo avremmo scoperto. Mentre esalava l'ultimo respiro, quel bastardo si è preso gioco di me. Deve essere qualcuno del suo gruppo. C'è un altro pazzo.»

Claire strinse le labbra. «Oh, Lindsay, se solo il risultato dell'autopsia fosse diverso...»

Era un'informazione nuova e io non capivo ancora come collocarla nel quadro. Un quadro che, fino ad allora, sembrava perfettamente composto: Bay View, Chimera, il dossier nella stanza d'albergo di Coombs, il modo in cui mi aveva aggredito... Non riuscivo a credere di essermi sbagliata. Ma poi tornava la domanda fondamentale: *Se non è stato Coombs, allora chi è il killer?*

L'ultima cosa che volevo fare era salire ai piani alti e rovinare la festa ai burocrati e ai superiori. Tuttavia, in quel preciso istante, mentre Claire e io ci guardavamo, sconcertate, il killer era là fuori e probabilmente stava mettendo a punto un altro omicidio. *Tutto ciò è pazzesco...*

«Vieni con me», dissi a Claire, lottando contro una fitta di dolore al fianco. E mi avviai a passi lenti lungo il corridoio, verso il laboratorio di Charlie Clapper.

«Ecco la nostra eroina.» Il paffuto capo della Scientifica si alzò e sorrise. «Forse non stai proprio dritta come un fuso, ma per il resto mi sembri okay.»

«Quanto ci vorrà per avere una conferma sulla pistola, Charlie?» chiesi.

« La pistola... » Lui corrugò la fronte.

« La pistola di Coombs. Tra quanto tempo sapremo se è proprio quella che ha ucciso Mercer? »

« Be', è un po' tardi per scremare la lista degli indiziati. Comincerei col tizio che è sul tavolo settorio di Claire. »

« Quanto tempo, Charlie? » Quasi urlai. « Quanto ci vorrà per sapere se corrisponde? »

« Forse lo sapremo mercoledì », rispose. « Dovremo controllare l'arma e avere un rapporto su... »

« *Domani*, Charlie. Ne ho bisogno per domani. »

Mi studiò, un po' confuso. « Ma, Lindsay... Che diavolo significa? »

Deglutendo a fatica un groppo di bile, mi girai verso Claire e mormorai: « Dobbiamo spiegare tutto a quelli di sopra ».

Salimmo in ascensore al quinto piano. Ero così stordita e travolta dalle emozioni che quasi non sentivo il dolore al fianco. Entrammo nell'ufficio del capo *pro tempore*. Tracchio era seduto alla scrivania e stava scrivendo qualcosa.

« Ma lei che ci fa *qui*? » esclamò. « Dovrebbe starsene a casa. Dio mio, tenente, se qualcuno si è mai guadagnato un periodo di riposo, quel qualcuno è... »

Lo interruppi e gli rivelai ciò che Claire aveva scoperto. L'espressione di Tracchio cambiò all'istante. Era come se avesse ingoiato un'ostrica marcia.

« Non ci credo, tenente », dichiarò infine. « Lei ha chiuso il caso. È tutto finito. »

« Se non vuole crederci, faccia pure », intervenne Claire. « Però io non sono mai stata tanto sicura di una diagnosi in tutta la mia vita professionale. Coombs non avrebbe *mai* potuto sparare con una simile precisione. »

« Queste sono soltanto ipotesi », sbottò Tracchio. « Il legame con l'omicidio Sikes, i precedenti di Coombs all'interno di Chimera, la sua comprovata abilità con le armi... Ecco i fatti. I *suoi* fatti, tenente. » Mi agitò contro un dito. Gli elementi della mia stessa analisi mi si ritorcevano contro e ognuno era come una pugnalata. « Nessuno poteva corrispondere così bene a quel profilo. Non posso muovere obiezioni alla sua diagnosi, dottor Washburn, però eliminare Coombs... »

« Possiamo confrontare il suo DNA con quello della pelle trovata sotto le unghie di Estelle Chipman... Ed è proprio ciò che intendo fare », replicò Claire. « Scommetto la mia reputazione contro la sua che non corrisponderanno. »

« Nel frattempo, comunque, dobbiamo riaprire il caso », dissi.

« Riaprire il caso? » ansimò Tracchio. « Io non darò mai un ordine simile. »

« Se Chimera è ancora a piede libero, è probabile che stia progettando un altro delitto. Anzi temo che sia proprio così. »

« Soltanto ieri, lei era sicura al cento per cento che Coombs fosse Chimera », sbottò Tracchio.

« Ieri era ieri. Le abbiamo detto che cos'è cambiato. Adesso sono sicura al cento per cento che Coombs *non è* Chimera. »

« Mi avete riferito alcune ipotesi mediche, però io voglio prove concrete. Datemi l'analisi del DNA. »

« Potrebbero volerci giorni. Forse una settimana... » mormorò Claire.

« E allora affidatevi alla balistica », ordinò Tracchio. « Mercer è stato ucciso con una calibro 38. Sono sicuro che Clapper vi dimostrerà che si è trattato della stessa arma che... »

« Clapper se ne sta già occupando », lo interruppi. « Nel frattempo... »

« Non c'è nessun *frattempo*, tenente. Lei ha fatto un lavoro magnifico. Ha rischiato la vita. Dovrebbe prendersi un permesso per malattia e non infilarsi in una nuova indagine. »

Claire e io ci guardammo.

Tracchio prese alcuni fogli. Come sapevo bene, era il modo in cui i capi ti volevano far capire che la riunione era finita. *Che vada affanculo.*

Nel corridoio, fissai Claire. « La città intera ci si rivolterà contro, poco ma sicuro. »

« È ovvio », replicò lei. « Che vuoi fare? »

« Anzitutto aspetterò l'esito degli esami balistici, pregando che non succeda nulla. Inoltre ho intenzione di rimettere tutti al lavoro sul caso. »

108

« È PROPRIO lei, Miss Thomas? »

Aaron Winslow quasi non riusciva a credere ai propri occhi. Quando Cindy aprì la porta del suo appartamento, lei indossava un completo pantalone nero di linea maschile, un paio di scarpe décolleté col tacco alto e un collier in cui spiccava un solitario. Dietro Cindy, Aaron intravide il soggiorno: sul tavolo, c'erano candele accese, piatti di porcellana, posate d'argento e bicchieri di cristallo.

Cindy fece un passo avanti e gli diede un bacio, poi arretrò. Accidenti, era davvero fantastica. E assolutamente raggiante.

« Okay, confesso », disse Cindy. « Il vestito di Armani è di Jill, la mia amica avvocato. E lo stesso vale per le scarpe di Ferragamo. Se mi rovescio qualcosa sul vestito o se consumo anche di un'unghia la suola delle scarpe, mi toglierà pure il saluto. » Poi sorrise e prese Aaron per mano. « Vieni, non avere troppa paura, anche se io ce l'ho. Stanotte festeggiamo la fine di un periodo orribile e di un uomo spaventoso. »

Aaron scoppiò a ridere. « E tu, per festeggiare, hai deciso di essere fantastica. »

Cindy sembrava spargere luce intorno a sé. « Sì, inoltre ho preparato pollo glassato alle mandorle con lattuga romana e pasta all'orzo con piselli e menta. Sembra che il pollo sia uno dei tre piatti che sono in grado di preparare. »

« La tua schiettezza è un balsamo, per me », replicò Aaron. « E di chi sono i piatti di porcellana e i bicchieri di cristallo? »

« Credici o no, sono tutti miei. Da quando avevo diciotto anni, mia madre mi ha fatto un sacco di regali... prematrimoniali. Ho pensato che le opere di Wedgwood e di Waterford fossero complementi perfetti per la nostra sera speciale. È tutto pronto. Andiamo a mangiare. »

« Posso aiutarti a servire questo banchetto? » chiese lui.

« Sarebbe perfetto. Come ogni altra cosa, stasera. »

E infatti ogni cosa era perfetta. Qualche minuto dopo erano

seduti a tavola e, davanti a loro, erano disposte pietanze dall'aria deliziosa.

Cindy batté col coltello sul bicchiere da vino. «Voglio proporre un brindisi.»

In quel momento, Aaron colse un riflesso nello specchio della credenza alle spalle di Cindy. Il suo cuore sembrò mancare un battito. Non di nuovo... Non lì.

«Cindy, no!» gridò. In un lampo, scattò via dalla sedia, slanciandosi lungo il tavolo. Poteva soltanto sperare che non fosse troppo tardi.

Buttò a terra Cindy e gran parte dei piatti e dei bicchieri. Tutto rovinò al suolo nel momento in cui il primo colpo mandava in frantumi la finestra del soggiorno. Poi ci furono altri spari, in rapida successione. Chimera si trovava lì e li stava prendendo di mira.

Cindy ebbe la presenza di spirito di tirare a sé il filo del telefono che si trovava su una mensola del corridoio. Premette il simbolo del numero breve e il quattro; quindi attivò il vivavoce e sentì Lindsay che parlava.

«È qui, nel mio appartamento!» urlò allora. «Chimera è qui e sta sparando!»

109

ERA *impossibile, eppure stava accadendo.*

Chiamai tutte le unità disponibili, poi mi precipitai all'appartamento di Cindy, correndo alla massima velocità umanamente possibile, forse addirittura di più. Trovai Cindy e Aaron nell'ingresso. Una mezza dozzina di auto della polizia circondava la casa. Ma loro due erano ancora bersagli di Chimera... oppure no?

Mentre mi slanciavo verso di lei, tenevo le mani serrate. Abbracciai Cindy, che era scossa dai tremiti. Non l'avevo mai vista così vulnerabile, terrorizzata e smarrita.

« Grazie al cielo, una volante è arrivata qui in pochi minuti, Lindsay. Forse l'ha costretto a fuggire oppure se n'era già andato, non so. »

« State bene? » Guardai Aaron. Avevano gli abiti tutti macchiati, come se avessero lottato tirandosi addosso del cibo. Ma che diavolo era successo?

« Aaron mi ha salvato », mormorò Cindy. Lui si limitò a scuotere la testa e a prendere la mano di Cindy. La tenerezza di quel gesto mi commosse profondamente.

« Sta perdendo il controllo », borbottai, rivolta più a me stessa che a loro due. Chiunque fosse, Chimera era furioso. Voleva farmi del male... farlo a me o alle persone che mi erano vicine. Oppure l'idea di Cindy e Aaron insieme lo disgustava. Sì, forse anche quello era un elemento... Ormai non pianificava più gli omicidi; agiva senza scrupoli e senza una logica prefissata, ma non per questo era meno pericoloso.

Ed era là fuori, da qualche parte. Forse ci stava ancora osservando.

« Su, torniamo dentro », dissi.

« Perché, Lindsay? » chiese Cindy. « È lì che ci ha sparato. Chi diavolo è? Cosa vuole? »

« Non lo so, Cindy. Ti prego, cara, andiamo in casa. »

Gli ispettori stavano verificando da dov'erano partiti i colpi e la Scientifica cercava di determinare il calibro dell'arma. Ma io lo sapevo già. E sapevo pure che si trattava di Chimera.

Sono ancora qui, ci stava dicendo. E voleva dirlo soprattutto a me.

Apparve la Ford azzurra di Warren Jacobi. Lui scese e mi raggiunse. « Stanno entrambi bene? »

« Sì. Sono in casa. Warren... Tutto questo mi riguarda direttamente. Ne sono sicura. »

Per qualche istante, appoggiai la testa sulla sua spalla. Le lacrime mi salirono agli occhi e poi scesero lungo le guance, calde e pungenti. « Lo ucciderò », mormorai.

Jacobi mi strinse ancora di più. Il caro, vecchio Warren.

Eravamo al punto di partenza. Non avevo idea di chi fosse, né sapevo da dove cominciare a cercarlo.

Una Lincoln nera si fece strada fra le transenne e accostò silenziosamente al marciapiede. La portiera si aprì e Tracchio scese, cupo in volto. Poi si mise a esaminare la scena della sparatoria e deglutì. Infine, con aria colpevole, si girò verso di me, mentre le luci lampeggianti si riflettevano sui suoi occhiali.

Lo fissai. *Le basta, come prova?*

110

La mattina seguente, mezza Squadra Omicidi si ritrovò nella sala riunioni per riesaminare da capo ogni prova e ogni elemento del caso. Quando la riunione stava per finire, presi da parte Jacobi e gli dissi: «Warren, devi appurare una cosa. Assicurati che Tom Keating sia *davvero* su una sedia a rotelle».

All'una, avevo bisogno di una pausa. Dovevo staccare, vedere le cose da un'altra prospettiva. Non stavamo andando da nessuna parte.

Volevo parlare alle ragazze e le convocai per un pranzo veloce al Rialto, il ristorante italiano dalla parte opposta della strada rispetto alla Corte. Cindy disse che pure lei sarebbe venuta, anzi insistette per esserci.

Quando entrò nel Rialto, la abbracciammo, in lacrime. Nessuna di noi poteva credere che Chimera avesse tentato di uccidere Aaron e lei, eppure l'aveva fatto.

«È una follia», sospirai, dopo che c'eravamo sedute a mangiare le insalate e i calzoni. «Tutto corrispondeva. Il passato di Coombs, Chimera, i fatti di Bay View. Ogni cosa puntava direttamente a lui. Non potevamo sbagliare.»

«Per prima cosa, dovresti assumere un atteggiamento più distaccato», mi ammonì Claire. «Ciò che è successo è spaventoso, però non dobbiamo affrontarlo in modo troppo emotivo.»

«Lo so», replicai, sbuffando. «Probabilmente è proprio quello che vuole il killer. Dio mio...»

Jill si sistemò sulla sedia. «Sentite un po'. Coombs *deve* essere il centro di tutto. Troppe cose coincidono. Forse non ha premuto il grilletto, ma potrebbe aver convinto qualcun altro a farlo, no? Si sa qualcosa di quegli stronzi dei suoi compagni di South San Francisco?»

«Due non li abbiamo ancora individuati, tuttavia il mio istinto mi dice che non c'entrano. Oh, ma che diavolo, non lo so più. L'intera Squadra Omicidi gira a vuoto. Coombs era uno squilibrato. Ma l'altro, chi è?»

«Hai controllato tutto quello che c'era nella sua stanza d'albergo? » chiese Cindy. Fino ad allora era rimasta insolitamente silenziosa.

« Controllato e ricontrollato », risposi.

Per l'ennesima volta, la mia mente andò a quella cameretta disordinata: le birre sul davanzale, la busta sotto il materasso, gli articoli...

Stavolta, però, qualcosa mi colpì...

Cindy chiese se avevamo considerato la possibilità che qualcuno stesse cercando d'incastrare Coombs, ma io non risposi. I miei pensieri erano altrove... Si erano fissati su quella lurida camera d'albergo, sulle bottiglie di birra e sui mozziconi spenti sulle lattine di Coca-Cola. *C'era qualcos'altro, lì.* Non ci avevo mai riflettuto. Socchiusi le palpebre, come per visualizzare quel luogo e studiarlo. E fu allora che trovai ciò che stavo cercando... e che forse avevo trascurato.

« Va tutto bene, Lindsay? » domandò Claire, piegando la testa di lato.

« Base terra chiama Lindsay... » scherzò Jill.

Cindy mi posò la mano sul polso. « Che succede, Lindsay? »

Afferrai la borsa e mi alzai. « Dobbiamo tornare alla Corte. Credo di aver capito qualcosa. »

111

LE prove acquisite venivano tenute sotto chiave in un magazzino nel piano interrato della Corte.

Fred Karl, il poliziotto che faceva il turno di giorno, ci guardò, un po' seccato. «Questa non è mica una sala riunioni», borbottò, allungandomi una cartelletta e premendo il pulsante che apriva il cancello. «Mrs Bernhardt e lei dovete firmare qui e potete entrare. Le altre due aspettano fuori.»

«Arrestaci pure, Fred», dissi, facendo cenno alle ragazze di seguirmi.

Gli oggetti prelevati dalla camera d'albergo di Coombs erano stati messi in alcuni scatoloni sul fondo del magazzino. Feci strada alle altre, poi appoggiai la giacca su una mensola, tirai giù un paio di scatoloni dallo scaffale contrassegnato col numero del caso Coombs e cominciai a rovistarvi dentro.

«Ti spiacerebbe spiegarci che diavolo stiamo cercando?» mi chiese Jill, in tono un po' irritato. «C'è qualcosa che non afferro...»

«L'hai afferrato benissimo», replicai, continuando a scavare negli effetti personali di Coombs. «E anch'io l'avevo afferrato. Però né io né tu ci abbiamo fatto caso, allora. Guarda qui.»

Con la stessa cura che avrei riservato a un calice d'argento, sollevai il lucido trofeo di bronzo: raffigurava un tiratore che, in posizione prona, imbracciava un fucile. CAMPIONE REGIONALE DI CARABINA LIBERA A TERRA – 50 METRI, diceva la targa. Proprio come ricordavo dalla prima volta in cui l'avevo visto.

Ma il nome scritto di fianco cambiava tutto.

Era FRANK L. COOMBS e *non* FRANK C. COOMBS. Francis *Laurence*, non Francis *Charles*.

Rusty Coombs. Quel premio era stato assegnato al figlio di Coombs.

In un istante, ogni premessa e ogni deduzione cambiarono di segno. Forse a causa di tutte le carte che avevo esaminato, il nome completo di Coombs Senior si era impresso nella mia mente.

Frank C. era il padre. *Frank L.* era il figlio.

«*Lui non è mio padre*», ci aveva detto Rusty Coombs. Lo rammentavo bene. Riuscivo quasi a vedere l'espressione del suo viso, mentre lui rifilava quella convincente bugia a Jacobi e a me.

«È il figlio», sussurrai.

Jill si sedette sul pavimento, sconcertata. «Mi stai dicendo che questi orribili delitti sono stati commessi dal figlio di Coombs? Da quel ragazzo di Stanford?»

«Pensavo che odiasse suo padre», esclamò Cindy. «Ed ero convinta che non si parlassero più.»

«Anch'io», mormorai. «Ci ha preso tutti in giro, eh?»

Rimanemmo a fissarci in quello stanzone debolmente illuminato. Funzionava, come ipotesi? Avrebbe retto all'esame dei fatti? La mia mente fu attraversata da un altro lampo: *il minivan bianco* con cui Chimera era fuggito dopo l'omicidio di Tasha Catchings. Era stato rubato a Mountain View. Palo Alto e Mountain View distavano soltanto pochi minuti.

«Il proprietario del minivan bianco insegna antropologia in un college e mi ha detto che fa il tutor per alcuni studenti di altri istituti. Magari per qualcuno degli atleti...» Improvvisamente tutto tornava. «E se uno di loro fosse Rusty Coombs?»

112

CORRENDO, tornai di sopra. Come prima cosa, telefonai al professor Stasic al Mountain View Junior College, ma trovai soltanto la sua casella vocale. Allora gli lasciai un messaggio, chiedendogli di contattarmi con urgenza.

Poi feci una ricerca su Francis L. Coombs nella banca dati del California Criminalistics Institute: venne fuori l'arresto del padre, ma il figlio non sembrava avere precedenti penali.

Però, se Rusty era stato capace di commettere quei crimini orribili, allora doveva esserci qualcosa da qualche parte, mi dissi. Digitai il suo nome nel database dei delinquenti giovanili. Si trattava d'informazioni riservate, che non si potevano usare in tribunale, ma a noi era consentito esaminarle. Dopo qualche secondo, apparve un dossier. Molto lungo. Fissai il monitor.

Rusty Coombs aveva avuto a che fare con la legge almeno sette volte dall'età di tredici anni.

Nel 1992, era stato condotto davanti a un tribunale dei minori per aver sparato al cane di un vicino con un fucile a pallettoni.

Un anno dopo, era stato condannato per danno ambientale: aveva ucciso un'oca nel parco di un'azienda privata.

All'età di quindici anni, lui e un suo amico erano stati accusati di danneggiamento al patrimonio pubblico per aver scritto slogan antisemiti sul muro di una sinagoga.

Era stato accusato – ma non condannato – di aver lanciato bottiglie di birra attraverso la finestra della casa di un vicino, un uomo di colore.

Si sospettava facesse parte di una gang liceale, gli Knott Street Boys, ben nota per le sue aggressioni a matrice razzista contro i neri, i latinoamericani e gli asiatici.

Leggevo quelle accuse, l'una dopo l'altra, sconcertata. Infine chiamai Jacobi nel mio ufficio e gli spiegai la situazione. Il passato violento di Rusty Coombs. Il suo nome sul trofeo. Il minivan rubato a Mountain View, cioè vicino a Palo Alto.

«Be', da quando ho fatto richiesta *io* di entrare a Stanford, mi sembra che il livello dei requisiti si sia abbassato parecchio», borbottò lui.

«Per piacere, non scherzare, Warren. Allora, che ne pensi? Sto andando fuori di testa, eh? Sono completamente pazza?»

«Non così tanto da escludere la possibilità di fare un'altra visitina al ragazzo», replicò.

Potevamo aspettare i risultati del test sul DNA, per vedere se quello di Coombs Senior corrispondeva al DNA della pelle trovata sotto le unghie di Estelle Chipman. Però ci voleva tempo. Più ci pensavo, più mi convincevo della mia ipotesi su Rusty Coombs.

Il mio cervello andava a mille. Poi mi resi conto di una cosa e quella consapevolezza quasi mi strappò un brivido. «Dio mio, Warren... *il gesso...*»

Jacobi si chinò in avanti e socchiuse le palpebre. «Il gesso... cosa?»

«La polvere bianca che Clapper ha trovato su due luoghi del delitto.»

Rusty Coombs... Rammentai la sua faccia piena di lentiggini, le sue spalle ampie, la T-shirt dei Cardinals, zuppa di sudore. Era l'epitome di un ragazzo che aveva dato una svolta radicale alla propria vita, no? «Ricordi quando l'abbiamo incontrato?»

«Certo. Eravamo in palestra, a Stanford.»

«Si stava allenando coi pesi. E, quando ci si allena coi pesi, cosa si usa per evitare che il bilanciere scivoli?» Mi alzai. Nella mia mente si formò, netta, l'immagine di Rusty Coombs che fregava tra loro le grosse mani.

«Si usa il gesso», borbottò Jacobi.

113

RUSTY COOMBS aveva finito l'allenamento quotidiano e stava facendo un po' di jogging lungo la pista di dieci chilometri che partiva dalla Field House e correva intorno al South Campus, deciso a fare uno sprint sugli ultimi duecento metri.

Un'auto della polizia gli passò accanto, a sirene spiegate. Poi ne sopraggiunse un'altra.

Sulle prime, quelle due automobili lo misero in allarme. Quando si furono allontanate, tuttavia, si rilassò. Le gambe muscolose ripresero a muoversi ritmicamente.

Andava tutto bene. Benissimo. Era al sicuro, lì a Stanford. Lui era uno dei privilegiati, no?

Riprese il filo dei suoi pensieri interrotti così bruscamente dai poliziotti. Se fosse calato al 7,8 per cento di grasso corporeo e avesse ridotto di qualche decimo di secondo il suo tempo nei test di velocità, allora forse sarebbe entrato nel terzo turno dell'NFL Draft.* Il terzo turno significava un bonus garantito. *Rimani concentrato*, si disse. Le fantasie potevano diventare realtà. Le sue, almeno, lo avevano fatto.

Sbuffando, Rusty entrò in Santa Ynez Street, a un isolato dalla casa in cui viveva con altri studenti, anch'essi giocatori di football. Non appena imboccò la strada, si fermò.

Ma che cazzo... Sono qui per me!

Nella via sembrava scoppiato un incendio di luce. Tre auto della polizia e due veicoli marroni della sicurezza del campus stavano di fronte a casa *sua*. Si era già radunata una piccola folla di curiosi. I poliziotti di città non potevano ficcare il naso nelle que-

* Negli Stati Uniti, durante il mese di febbraio, si tiene il cosiddetto Draft, durante il quale le 32 squadre dell'NFL ingaggiano i giocatori di football usciti dalle università. Il Draft si articola in quindici turni e le squadre sono ordinate in base ai risultati della stagione precedente, cominciando con quella che ha avuto i risultati peggiori. In ciascun turno, ogni compagine può scegliere un solo atleta. (*N.d.T.*)

stioni di ordinaria amministrazione del campus. No, quella era una cosa grossa, *straordinaria...*

In un lampo, e con un improvviso senso di nausea, comprese che tutto era finito. Non aveva neppure avuto la possibilità di far fuori la puttanella che aveva ucciso suo padre. Mentre le sue gambe continuavano a muoversi, correndo sul posto, nella sua mente si formò un pensiero: *Ma come cazzo ci sono riusciti? Chi può averlo capito? Lindsay Boxer no di certo!*

Un tipico secchione, che indossava un paio di pantaloni rossi sformati e portava in spalla uno zaino – anch'esso rosso – risalì la strada verso di lui. Senza smettere di correre sul posto, Rusty gli chiese: « Ehi, che succede? »

« La polizia cerca qualcuno », rispose l'altro. « Dev'essere una faccenda importante, perché tutti dicono che stanno arrivando i poliziotti da San Francisco. »

« Ma davvero... » mormorò Rusty. « Fin da San Francisco, eh? » *Peccato*, rifletté. Era furente. E dispiaciuto che tutto stesse per finire. Ma aveva spesso immaginato *come* sarebbe finito.

Si voltò e riprese a correre in direzione del Main Quad. Il suo passo divenne più veloce, acquistando ritmo e potenza.

Quando un'altra volante gli passò accanto, a sirene spiegate, Rusty Coombs si girò a guardarla. Ormai non aveva più senso nascondersi. I poliziotti erano troppi.

Per fortuna, comunque, lui aveva l'epilogo perfetto.

114

JACOBI e io sfrecciammo a quasi centocinquanta all'ora lungo la Highway 101 verso Palo Alto. Le frecce per Burlingame, San Mateo e Merlo Park apparivano e sparivano in un lampo. Eravamo decisi a incastrare quel folle entro un'ora.

Speravo di poter cogliere Rusty Coombs di sorpresa. Forse aveva appena finito una lezione... C'erano migliaia di studenti nel campus di Stanford. Lui era armato e molto pericoloso, quindi era meglio evitare un confronto diretto.

Avevo preso accordi col tenente Joe Kimes della Squadra Crimini Violenti di Palo Alto: ci saremmo incontrati nell'ufficio del rettore, che si trovava nel Main Quad. Mentre stavamo per entrare a Palo Alto, Kimes mi chiamò, dicendomi che Coombs sembrava scomparso. Non aveva lezioni, quel pomeriggio. Non era né a casa né allo stadio, dove la squadra di football di Stanford aveva finito di allenarsi circa un'ora prima.

«Lo sa che la polizia lo sta cercando?» chiesi. «Cosa sta succedendo lì, Joe?»

«È difficile per noi passare inosservati», mi rispose. «Potrebbe aver visto le nostre macchine.»

Cominciai a preoccuparmi. Avevo sperato di prendere Coombs prima che lui si rendesse conto di essere inseguito. Gli piaceva essere al centro dell'attenzione, comportarsi da star.

«Cosa facciamo?» mi chiese Kimes.

«Metta in allerta la squadra SWAT locale e, nel frattempo, cerchi di trovare quel delinquente, Joe. Non deve sfuggire alla nostra trappola. E badi che è molto pericoloso... non può nemmeno immaginare quanto.»

115

L'ASCENSORE salì rapidamente e, quando si aprì, Chimera si ritrovò nel belvedere dell'Hoover Tower, oltre settanta metri al di sopra del Main Quad.

Lassù non c'era nessuno. Nessuno che lo seccasse, nessuno da dover uccidere subito. C'erano soltanto il cielo azzurro, la cupola in stile anni '30 e le gigantesche campane a carillon il cui suono riecheggiava in tutto il campus.

Rusty Coombs tolse la corrente all'ascensore, bloccandolo con le porte aperte, poi fece scivolare a terra il borsone nero di nylon. Quindi si appoggiò al muro di cemento, con la schiena addossata a una delle otto aperture ad arco, chiuse da un'alta inferriata metallica, aprì il borsone e ne estrasse i pezzi del PSG-1, il mirino, le due pistole di riserva e le munizioni.

Era una situazione assai diversa dalle altre... e lui era molto emozionato. A sud e a ovest vedeva le montagne e, a nord, il profilo di San Francisco. Era un giorno sereno. Tutto sembrava quieto, perfetto. Il campus di Stanford si estendeva davanti a lui. Là sotto, gli studenti si muovevano, simili a formichine. Erano i migliori, i più dotati.

Incominciò ad assemblare il fucile, sistemando la canna sul calcio e posizionando il poggiaspalla. Alla fine, l'arma completa era come un prezioso strumento musicale.

Una rondine si posò sulle campane. Lui mirò e premette il grilletto a vuoto. *Clic.*

Poi montò il mirino e infilò un caricatore da venti colpi.

Si accovacciò dietro il muro di cemento. Il vento soffiava, producendo un rumore secco, come se sferzasse la vela di un'imbarcazione. Il cielo aveva un fantastico color turchese. *Sto per morire. E francamente non me ne importa nulla.*

Gli studenti attraversavano i passaggi pedonali, si sedevano sulle panchine... Chi sapeva? Chi sospettava qualche pericolo? Poteva scegliere liberamente. *Poteva rendere immortale uno qualsiasi di loro.*

Rusty Coombs fece scivolare la canna del fucile tra le sbarre metalliche di una delle aperture, alte più di due metri. Guardò nel mirino e cercò il primo bersaglio. Mise a fuoco gli studenti: una ragazza giapponese, piuttosto carina, coi capelli castani e gli occhiali scuri, era sdraiata sul prato e si strofinava contro il suo ragazzo, un bianco. Uno con l'aria da secchione, che indossava una felpa di un giallo squillante, pedalava su una bicicletta gialla. Spostò il mirino. Una studentessa di colore coi capelli a treccine si dirigeva verso la libreria del campus. Coombs sorrise. L'odio che provava era talmente forte che c'erano volte in cui pure lui si stupiva di quella intensità. Era abbastanza intelligente da capire che non disprezzava soltanto loro, ma anche se stesso. Disprezzava il proprio corpo grasso, i difetti noti soltanto a lui... E più di tutto odiava i suoi pensieri, le sue ossessioni, il modo in cui funzionava la sua testa. Si era sentito così solo e per così tanto tempo. Solo... come in quel momento.

Lontano, scorse un'Explorer azzurra con le luci lampeggianti. L'auto si fermò davanti agli edifici dell'amministrazione e ne scese la puttanella di San Francisco. Il cuore di Rusty si mise a battere più forte.

Lei era lì. Avrebbe avuto la possibilità di farla fuori, dopotutto.

Puntò la ragazza orientale che sbaciucchiava il ragazzo bianco sul prato. Cristo, quanto li odiava, quei due. Erano una sventura per la loro razza.

Poi, come se ci avesse ripensato, spostò il fucile verso la giovane donna con le treccine. Aveva al collo un pendente d'oro a forma di cuore, che sobbalzava a ogni passo, e vivaci occhi marroni.

È nella mia natura. Fece una smorfia e posò il dito sul gelido grilletto di metallo.

Chimera era di nuovo in azione.

116

L'EXPLORER si fermò sgommando davanti agli edifici dell'amministrazione. Jacobi e io scendemmo di corsa e attraversammo la loggia in stile spagnolo che si affacciava sul Main Quad.

Lì incontrammo Kimes, che stava abbaiando ordini in una radio portatile. Vicino a lui, c'era il decano degli studenti, Felix Stern, con un'espressione tetra. «Non abbiamo ancora trovato Rusty Coombs», mi disse Kimes. «È stato visto nel Main Quad venti minuti fa, ma adesso sembra scomparso.»

«Che mi dice della squadra SWAT?»

«Sta arrivando. Pensa che ne avremo bisogno?»

«Spero di no. Se Coombs si spaventa e si arrende, allora non sarà necessaria.»

In quel momento, udimmo degli spari. Sapevo benissimo che nessun poliziotto avrebbe sparato per primo. Inoltre sembravano colpi di fucile.

«Credo sia ancora qui», commentò Jacobi, impassibile.

L'eco di grida spaventate riempì la loggia. Gli studenti cominciarono a correre verso di noi, invadendo il Main Quad.

Si sentì un urlo: «È sulla Hoover Tower. È un pazzo scatenato!»

Jacobi e io andammo verso gli studenti, mentre Joe Kimes ci seguiva, riprendendo a parlare alla radio. «Ci sono stati colpi d'arma da fuoco! Tutti i poliziotti e i paramedici si portino alla Hoover Tower. Agire con estrema prudenza!»

In pochi secondi eravamo sul prato. I ragazzi si nascondevano dietro gli alberi, le colonne, le grandi fioriere... qualsiasi cosa che potesse dar loro anche un minimo di protezione.

Due studenti giacevano a terra. Vidi una ragazza di colore con un cerchio rosso che si allargava sul petto. Maledizione a lui. Maledizione a Chimera.

«State giù! Rimanete dove siete!» gridai. «E tenete bassa la testa!»

Dalla torre partì un colpo. Poi un altro e un altro ancora. Da dietro una panchina di legno, un ragazzo cadde a terra.

«State giù, vi prego», ripetei, sempre urlando. «State giù, dannazione!»

Fissai l'alto edificio, cercando d'individuare una figura, un'arma... qualsiasi cosa pur di stabilire la posizione di Rusty Coombs.

Improvvisamente giunsero altri due colpi. Sì, Coombs era là, non c'erano più dubbi. E non avevo modo di proteggere tutta quella gente. Ci aveva attirato proprio dove voleva lui. Chimera stava ancora vincendo.

Afferrai Kimes. «Come ci arrivo, lassù?»

«Senza la copertura di una squadra SWAT, lassù non ci va nessuno», sbottò lui, scoccandomi un'occhiata gelida. «La squadra SWAT e quella medica subito al Main Quad!» gridò nella radio. «Il cecchino sta sparando dalla Hoover Tower. Almeno tre persone a terra.»

«Come ci arrivo, lassù, Joe? Ci vado comunque, perciò mi dica qual è la strada migliore.»

«C'è un ascensore al pianterreno», intervenne Stern, il decano degli studenti.

Tirai fuori la Glock dalla fondina al fianco e controllai la piccola Beretta che portavo legata alla caviglia. Chimera era lassù e le pallottole cadevano come gocce di pioggia.

Studiai un edificio vicino che mi avrebbe offerto una certa protezione.

Pur sapendo che non c'era verso di fermarmi, Jacobi mi prese per un braccio. «Non è che mi dai un minuto per andare a prendere un paio di giubbotti antiproiettile, eh, tenente?»

«Ci vediamo là, Warren», risposi, facendogli l'occhiolino. Poi, rannicchiandomi, mi mossi verso la torre.

E in qualche zona oscura della mia mente si formò un pensiero: *Ma perché diavolo lo sto facendo?*

117

Dio mio, che sensazione fantastica.

Chimera tirò indietro il fucile e si sedette contro il muro di cemento. Di lì a qualche istante, nel Main Quad sarebbe scoppiato l'inferno. Squadre SWAT, tiratori scelti, forse addirittura elicotteri. E lui sapeva di essere comunque in vantaggio: non gli importava di dover morire.

Fissò le grandi campane a carillon. Gli erano sempre piaciute, quelle stupide campane. Quando suonavano, le si sentiva in tutto il campus. Una volta che tutto fosse finito, chissà se le avrebbero suonate in occasione del suo funerale. Già, come no...

Poi si rese conto che era lì, da solo, in cima alla Hoover Tower, e che aveva appena ucciso cinque persone. Che cazzo di giorno era stato quello... e che razza di esistenza aveva vissuto, lui. Però il suo nome sarebbe stato scritto negli annali, ormai non c'erano più dubbi.

Si sollevò un poco per sbirciare fuori. Improvvisamente, tutto sembrava molto tranquillo. Il Main Quad era stato sgomberato. Ben presto sarebbe arrivata una squadra SWAT e allora lui avrebbe dovuto colpire più agenti che poteva. Dovevano guadagnarselo, quello straordinario...

Eppure lì, sulla torre, ogni cosa era così bella...

Poi vide Lindsay Boxer! Socchiuse le palpebre e guardò nel mirino, per essere sicuro. L'« eroica poliziotta » che aveva ucciso suo padre era uscita dalla copertura dell'edificio dell'amministrazione e si muoveva a zigzag, tenendosi accucciata, verso la torre. Rusty era felice che lei si trovasse lì. D'un tratto ogni cosa cambiò. *Poteva ancora cogliere quell'opportunità...*

Seguì la figurina che si muoveva con rapidità e abbassò lentamente la palpebra sinistra. Poi lasciò che il respiro diventasse lentissimo, come se lui stesse meditando.

Stava pensando che suo padre era stato colpito nove volte.

Anche lei, quindi, doveva essere colpita nove volte.

Inspirando, puntò il mirino sulla camicetta bianca.

Sei morta.

118

TUTTO era tranquillo. Rusty Coombs si stava prendendo una pausa, oppure stava ricaricando il fucile.

Su, facciamola finita. Tu e io, amico.

Mi diressi verso l'edificio di fronte a me. Mi sentivo in preda a una sorta d'isteria controllata e non era una cosa buona. Sapevo di essere un bersaglio e che Coombs poteva sparare da un momento all'altro.

Improvvisamente sentii un colpo di pistola *dietro* di me. Lanciai un'occhiata e vidi Jacobi sparare alla torre.

Prima che Coombs potesse individuarmi, mi lanciai sotto i fitti rami dei pioppi, quindi girai intorno all'edificio: ormai mi trovavo a pochi metri dalla torre.

Mi guardai intorno e scorsi Jacobi con Kimes. Warren scosse la testa. Sapevo cosa intendeva: *Lindsay, ti prego, fermati. Una volta entrata nella torre, io non potrò più coprirti.* Con aria quasi di scusa, ammiccai verso di lui.

Corsi intorno alla torre finché non individuai l'entrata sul lato nord. Salii le scale e mi trovai in un atrio di marmo in stile anni '30.

Davanti a me, c'era l'ascensore.

Premetti il pulsante più volte, la pistola spianata verso le porte. Non si aprirono. Frustrata, calai un pugno contro i lucidi battenti cromati, urlando: «*Polizia!*» Il mio gridò riecheggiò. Avevo bisogno di qualcuno. Non avevo la minima idea di come arrivare in cima alla torre.

Un uomo anziano con una divisa da custode sbucò da un corridoio, ma, vedendo la mia pistola, prese ad arretrare.

«Polizia!» gridai. «Come si sale?»

«Ha bloccato l'ascensore», mi rispose. «L'unica strada sono le scale di servizio.»

Il custode mi aprì una porta e mi guidò fino al terzo piano, poi lungo un corridoio. Mi trovai di fronte a una stretta rampa di scale. «Ci sono tredici rampe e, in cima, c'è una porta antincendio, che si apre da entrambi i lati.»

«Aspetti nell'atrio e dica a chiunque arrivi che io sono qui», gli ordinai, mentre salivo le scale. «È una questione di vita o di morte.»

«Sissignora.»

Salii. Tredici rampe. E non sapevo che cosa mi aspettava in cima. Il mio cuore andava a mille ed ero così sudata che la camicetta mi si era incollata alla schiena.

A ogni piano, il mio respiro si faceva più corto e ansimante. Le gambe mi dolevano, e sì che andavo a correre quattro volte alla settimana. Ero matta, ad andare lassù senza rinforzi? Non lo sapevo. E invece no, accidenti, lo sapevo: *ero* matta da legare.

Finalmente superai la dodicesima rampa e arrivai in cima. *Cristo.* Soltanto una massiccia porta antincendio mi separava da Chimera. Il mio cuore sembrava sul punto di esplodere.

Attraverso la porta sentii altri colpi. *K-pam*, *k-pam*, *k-pam*. Lo stava facendo di nuovo. Aveva ucciso qualcun altro? Ero furente. *Volevo* prenderlo. Controllai la Glock e trassi un profondo respiro. *Oddio, Lindsay... Qualsiasi cosa tu voglia fare, falla in fretta.*

La porta davanti a me era dotata di un maniglione antipanico. Spinsi il maniglione verso il basso ed entrai di slancio nel belvedere della Hoover Tower.

119

UN raggio di sole mi accecò, bloccandomi. Poi giunse quel rumore agghiacciante: *K-ping, k-ping, k-ping*... Erano i bossoli che cadevano a terra, tintinnando.

Scorsi Coombs, inginocchiato davanti a un'apertura. Aveva infilato il fucile tra le sbarre.

Improvvisamente, lui si girò verso di me.

La sua arma sembrò esplodere nella mia direzione. Un tuono assordante, lampi arancioni tutt'intorno. Un forte rumore metallico.

Mi scostai dalla porta, schivando una serie di quattro colpi. E io, l'avevo colpito? Non lo sapevo. Trattenni il respiro, aspettando la fitta di dolore che mi avrebbe rivelato se *lui aveva colpito me*. No, non l'aveva fatto.

« È molto più difficile quando ti sparano addosso », gridai.

Ero accovacciata dietro una specie di alta gabbia metallica che ospitava numerose campane massicce, ognuna delle quali sembrava in grado di perforarmi un timpano con un unico rintocco. Il resto del belvedere era una striscia larga due metri e mezzo, che correva intorno alle campane ed era delimitata da un muro interrotto da alcune aperture, poste a un intervallo di meno di due metri.

Coombs si trovava dall'altra parte... quindi le campane offrivano una copertura a entrambi.

Mi giunse la sua voce nasale, fredda, arrogante. « Benvenuta a Camelot, tenente... Ci sono un sacco di cervelloni, laggiù... Però lei si fa tutta questa strada per parlare con *me*. »

« Mi sono portata qualche amico e loro non ti parleranno, Rusty. Cercheranno di ucciderti. Perché morire così? »

« Non lo so, mi sembrava un buon piano. Se vuole morire quassù con me, tenente, si accomodi », disse Rusty Coombs.

Sbirciai attraverso la grata, cercando di capire dove fosse. Lo sentii inserire un nuovo caricatore.

« Sono contento che sia venuta. Voglio dire, tutto torna, no? Lei ha ammazzato mio padre e adesso io ammazzerò lei. »

Il suono della sua voce sembrò spostarsi, come se lui si stesse muovendo.

Anch'io mi mossi, con la Glock puntata verso l'angolo di quella specie di gabbia che ospitava le campane.

«Non voglio che tu muoia qui, Rusty.»

«Un po' lenta di comprendonio, eh, tenente? Come sempre, d'altronde. Le ho dato tutto: il simbolo della chimera, il minivan, la telefonata al 911... Cos'altro avrei dovuto fare? Mandarle un'e-mail che diceva: *Ehi, amici, sono qui*? Ce ne ha messo di tempo per capirlo. E un po' di gente ci ha rimesso la pelle.»

Un'improvvisa scarica di colpi si abbatté sulla grata. Le pallottole rimbalzarono sulle campane, producendo un rumore forte e acuto.

Mi accovacciai, premendo le mani sulle orecchie.

«Tuo padre è morto», urlai. «Questo non lo farà tornare indietro.»

Ma dov'era? Guardai attraverso la grata. *E il mio cervello smise di funzionare.*

Eccolo lì, Rusty Coombs. Mi sorrideva, e il suo sorriso era identico a quello del padre: una smorfia di odio. La canna del fucile spuntò attraverso la grata.

Poi ci fu un lampo e io sentii la pressione di una forza brutale. L'impatto del colpo mi fece scattare bruscamente all'indietro.

Atterrai con violenza sulla schiena e cercai di mettermi al riparo, mentre Coombs correva per superare l'angolo e colpirmi così di fronte, senza ostacoli. Annaspai in cerca della Glock. *Dio mio... la pistola non c'era più.*

Coombs me l'aveva fatta saltar via dalle mani.

Mi raggiunse e mi fissò dall'alto, tenendo il fucile puntato al mio petto. «Deve ammettere che me la cavo proprio bene a sparare, eh?»

Avevo perso ogni speranza. I suoi occhi verdi erano inespressivi, gelidi, eppure sembravano ardere. Quanto lo odiavo, quel bastardo.

«Non aggiungere al conto un altro omicidio», dissi, con la bocca arida. «Sta arrivando la squadra SWAT. Se mi uccidi, cinque minuti dopo toccherà a te.»

Lui scrollò le spalle. « A questo punto, la cosa che mi preoccupa di più è dover spiegare tutto al mio allenatore. La gente come te... » – mormorò, con aria quasi assente – « ... non ha la più pallida idea di cosa significhi perdere un padre. Siete stati voi i bastardi che me l'hanno portato via. »

Il suo dito si mosse sul grilletto e io capii che stavo morendo. Innalzai una preghiera silenziosa. *Non voglio morire*.

Poi giunse un suono profondo e lancinante. Sembrava che un palazzo intero stesse crollando. Un *gong* che rimbombava, seguito da un altro e da un altro ancora. Dovetti premere le mani sulle orecchie per non diventare sorda.

Erano le campane. Stavano suonando e quello era *senza dubbio* il rumore più forte che avessi mai sentito. Sotto l'effetto di quel tuono, l'intera torre vibrò.

Il viso di Coombs si contrasse, rivelando un misto di dolore e di shock. Lui vacillò, poi, d'istinto, si rannicchiò su se stesso per proteggersi.

Quando lo vidi in quella posizione, allungai la mano verso i miei pantaloni e presi la Beretta che portavo alla caviglia.

Ogni cosa accadde con estrema rapidità, come in un film in cui l'azione si svolge normalmente, ma la colonna sonora è stata ridotta a un sibilo lacerante.

Vedendomi, Coombs alzò il fucile in posizione di tiro.

Sparai tre volte, con la mano che tremava per lo sforzo e la violenza dei colpi. *Le campane continuavano i loro rintocchi... Ancora e ancora...*

Tre squarci rossi si aprirono sull'ampio torace di Coombs e l'impatto lo fece rotolare all'indietro.

E poi ancora le campane. A ogni clang *assordante, sembrava che qualcuno mi stesse scavando nel cervello con un martello pneumatico.*

Coombs si fermò. Era seduto a terra. Abbassò gli occhi verso la carne lacerata. Sbatté le palpebre e il suo sguardo sbigottito divenne vitreo. Poi mi puntò contro il fucile: « Muori anche tu, puttana! »

Feci fuoco con la Beretta. Le campane continuavano a suonare mentre, con un'ultima esplosione, la pallottola si conficcava nella sua gola. Coombs emise un altro grugnito e rovesciò all'indietro gli occhi.

Mi portai di nuovo le mani alle orecchie. La testa mi faceva male. Strisciai verso Coombs e allontanai il fucile.

Le campane continuavano a suonare la loro melodia. Non la conoscevo, ma forse era stata una risposta alle mie preghiere.

Mentre m'inginocchiavo di fianco a Coombs, scorsi qualcosa. « Eccolo lì », mormorai.

Una coda di rettile, rossa e blu, che partiva da un corpo di capra, il quale a sua volta era sovrastato dalle teste di un leone e di una capra, entrambe dall'aria fiera e orgogliosa. *Chimera...* Uno dei miei colpi era penetrato nel corpo dell'animale. Anch'esso sembrava morto.

Sentii voci concitate dietro di me, tuttavia rimasi immobile di fianco a Coombs. Dovevo rispondere a quello che mi aveva detto. « *La gente come te non ha la più pallida idea di cosa significhi perdere un padre.* »

« Oh, sì, che ce l'ho », mormorai, fissando i suoi occhi spenti.

120

STAVOLTA i giornali avevano ragione. *Chimera era morto.* Le indagini sui quattro omicidi erano chiuse.

Ma questo non portò una grande gioia, almeno non a me. La Squadra Omicidi non si radunò per cancellare la lavagna e non ci furono brindisi con le ragazze. Troppe persone erano morte e io ero stata fortunata a cavarmela. E lo stesso valeva per Claire e Cindy.

Mi presi qualche giorno di licenza per dar tempo alla ferita di guarire e all'Ufficio Affari Interni di tracciare il quadro di ciò che era successo durante la sparatoria. Uscii con Martha e feci lunghe passeggiate lungo Marina Green e Fort Mason Park, mentre il tempo diventava freddo e umido.

Ma soprattutto ripassai gli eventi di quell'orribile caso. Era la seconda volta che mi ritrovavo a fronteggiare un assassino da sola. Perché era successo? Cosa significava? Che cosa rivelava della mia vita e quali erano le conseguenze?

Per un breve periodo, mi era stata restituita una cosa importante del mio passato: un padre che non avevo mai conosciuto. Poi quel dono mi era stato tolto. Mio padre era scomparso, risucchiato nello stesso buco nero da cui era uscito, e forse non l'avrei rivisto mai più.

In quei giorni, se mi fosse venuta in mente anche una sola cosa sensata da fare nella vita, avrei detto: *Dai, proviamoci*. Se avessi saputo dipingere o avessi avuto il segreto desiderio di aprire una boutique o di scrivere un libro... Ma mi era difficile assumermi anche l'impegno più generico.

E così, alla fine della settimana, tornai semplicemente al lavoro.

Verso sera, durante quel primo giorno, Tracchio mi chiamò nel suo ufficio. Non appena entrai, lui si alzò, mi strinse la mano e mi disse che era davvero orgoglioso di me. Quasi gli credetti.

« Grazie », replicai. Gli sorrisi, perfino. « È questo che voleva comunicarmi? »

Tracchio si tolse gli occhiali e mi rivolse un sorrisetto contrito.

«No. Si accomodi, tenente.» Poi, dalla sua scrivania di noce, prese una cartellina rossa. «Questi sono i risultati preliminari sulla sparatoria di Coombs *Senior.*»

Lo guardai, incerta. Dubitavo che i burocrati dell'Ufficio Affari Interni avessero trovato qualcosa di sospetto.

«Nulla di cui preoccuparsi», mi rassicurò Tracchio. «Tutto torna. Una sparatoria perfettamente legale.»

Annuii. E allora, di che si trattava?

«C'è una cosa singolare, però.» Lui si alzò e posò le mani sulla scrivania, appoggiandosi a essa. «Il medico legale ha prelevato nove bossoli dal cadavere di Coombs. Tre provengono dalla calibro 9 di Jacobi. Due da quella di Cappy. Una dalla sua Glock. Due sono di Tom Perez, della Squadra Rapine. E siamo a *otto.*» Mi fissò. «Il nono bossolo non ha riscontro.»

«Non ha riscontro?» Sollevai lo sguardo. In che senso? Alla commissione erano state consegnate tutte le armi dei poliziotti coinvolti nella sparatoria, compresa la mia.

Tracchio aprì un cassetto della scrivania e ne estrasse un sacchetto di plastica che conteneva un appiattito bossolo grigio, più o meno del colore dei miei occhi. Me lo porse. «Guardi qui. Calibro 40.»

Fui attraversata da una specie di scossa elettrica. *Calibro 40...*

«E la cosa strana è che *corrisponde* a *questi.*» Sempre fissandomi, tirò fuori un sacchetto che conteneva altri quattro bossoli.

«Questi li abbiamo trovati fuori del garage della casa a South San Francisco in cui lei ha seguito Coombs.» Tracchio non smetteva di fissarmi. «Ha senso, per lei?»

Avevo la bocca aperta, come se la mandibola fosse un peso morto. No, non aveva nessun senso, però... Tornai con la mente alla scena sui gradini della Corte.

Coombs correva verso di me, col braccio teso... Era l'istante che rammentavo meglio, immediatamente prima di quello in cui avevo capito chi era. Tuttavia c'era un'altra cosa, che ricordavo sempre, che non riuscivo a cancellare: *una voce, qualcuno che gridava il mio nome...*

Nella mischia c'era stato un *pop*. E Coombs aveva vacillato.

Il bossolo non corrispondeva. Coombs era stato fermato da una pistola calibro 40... La pistola di mio padre...

Pensai a Marty e a quello che aveva detto la sera in cui l'avevo cacciato di casa: «*Non scappo più... Devi stare attenta a Coombs. Ti dà la caccia...*» Era stato mio padre a colpire Frank Coombs. Si era trovato lì per me.

«Non mi ha risposto, tenente. Ha senso, per lei?» ripeté Tracchio.

Il mio cuore sembrava rimbalzare da un lato all'altro del petto. Tracchio sapeva qualcosa? Lo ignoravo, però io ero la sua «eroica poliziotta». Aver individuato Chimera cancellava il *pro tempore* dopo il suo titolo. E, come mi aveva detto, la sparatoria era stata del tutto legale.

«No, capo», risposi. «Non ha nessun senso, per me.»

Tracchio continuò a studiarmi, soppesando la cartellina, poi annuì e la mise sotto un'alta pila di rapporti.

«Ha fatto un buon lavoro, tenente. Nessuno avrebbe potuto fare di meglio.»

EPILOGO

I'LL FLY AWAY – VOLERÒ VIA

QUATTRO mesi dopo...

Era un frizzante e luminoso pomeriggio di marzo quando tornammo a La Salle Heights Church.

Erano passati cinque mesi da quella prima, sanguinosa aggressione e ogni crepa sui muri esterni della chiesa era stata sistemata e ridipinta con vernice bianca. Per l'occasione, l'apertura ad arco di quella che era stata una bellissima vetrata era coperta da un drappo bianco.

Dentro la chiesa, i pezzi grossi della città sedevano a fianco dei parrocchiani orgogliosi e delle famiglie riunite. Nelle navate laterali, le telecamere erano in azione per registrare l'evento e mandare poi in onda il servizio nei notiziari della sera.

Il coro, vestito completamente di bianco, intonò *I'll fly away* e l'intera chiesa sembrò gonfiarsi, risuonando della trionfante energia di quelle voci.

Alcuni batterono le mani a tempo di musica; altri si misero silenziosamente a piangere e poi si asciugarono le lacrime.

Claire, Jill, Cindy e io ci trovavamo in fondo alla chiesa. Avvertivo un senso di soggezione.

Quando l'inno si spense, Aaron Winslow si diresse al pulpito. Era più bello e orgoglioso che mai nel suo completo nero. Lui e Cindy stavano ancora insieme: Aaron ci piaceva molto... anzi tutti e due ci piacevano molto. La gente tacque. Lui fece scorrere lo sguardo sulla chiesa affollata, sorrise amabilmente e, in tono pacato, cominciò: «Soltanto qualche mese fa, i giochi dei nostri bambini sono stati interrotti da un incubo creato da un folle. Mi trovavo lì, quando le pallottole hanno profanato il nostro quartiere. Il coro che ha cantato per voi, oggi, era in preda al terrore. *Perché?* ci siamo chiesti tutti. Com'è stato possibile che soltanto la più giovane e innocente tra noi sia stata colpita?»

Dai banchi si levò una serie di «Amen». Cindy mi mormorò all'orecchio: «È bravo, vero? E, soprattutto, crede in tutto quello che dice».

«E la risposta è...» proseguì Aaron, rivolto all'assemblea, che si era zittita, « ... anzi l'unica risposta possibile è che, in tal modo, lei può preparare la strada a ognuno di noi. » I suoi occhi studiarono la folla. « Siamo tutti uniti. Ognuno di noi è legato all'altro: lo sono le famiglie che hanno subito una perdita dolorosa e quelle che sono venute qui soltanto per ricordare. Bianchi o neri, l'odio ci svilisce. Eppure, in qualche modo, riusciamo a guarire. Andiamo avanti. Andiamo *davvero* avanti. » Fece un cenno a un gruppo di ragazzini, che indossavano il vestito della domenica ed erano disposti accanto al grande telo bianco. Una bambina con le trecce – non aveva più di dieci anni – tirò una corda e il telo cadde al suolo con un sonoro *uap*.

La chiesa fu inondata di luce. Le teste si girarono e quel movimento fu accompagnato da un sussulto collettivo. Là dove c'era stato il vuoto, circondato soltanto da alcune schegge di vetro, adesso c'era una magnifica vetrata, intatta. Si levarono grida di esultanza, poi tutti si misero ad applaudire. Il coro intonò un inno sommesso. Era davvero bellissimo.

Mentre ascoltavo quelle voci commoventi, qualcosa dentro di me sobbalzò. Lanciai un'occhiata a Cindy, Claire e Jill, pensando a tutto ciò che era accaduto dall'ultima volta in cui ero stata lì, da quando Tasha Catchings era stata uccisa.

Mi salirono le lacrime agli occhi e sentii le dita di Claire sul mio fianco. Cercava la mia mano e, quando la trovò, la strinse. Cindy mi prese sottobraccio.

Da dietro, Jill mi circondò le spalle. « Ciò che ho detto mentre mi stavano portando in sala operatoria non è vero », mi sussurrò. « Quei bastardi non vincono mai. Siamo noi a vincere. Dobbiamo soltanto aspettare la fine della partita. »

Tutt'e quattro guardammo quella bellissima vetrata. Un Gesù dall'aspetto nobile e dolcissimo, con un'aureola gialla, faceva un cenno ai suoi discepoli. Dietro di lui, c'erano quattro o cinque persone, una delle quali – una donna – era girata ad aspettare qualcun altro, col braccio teso...

La donna allungava il braccio verso la mano di una bambina di colore.

Una bambina che somigliava a Tasha Catchings.

DUE settimane dopo, di venerdì, invitai a cena le ragazze. Jill voleva comunicarci una grossa novità.

Tornai dal mercato carica di borse e, nell'atrio di casa mia, mi misi a frugare tra la posta. I soliti cataloghi, le solite bollette. Stavo quasi per allontanarmi quando vidi una sottile busta bianca con le strisce bianche e blu della posta aerea.

Riconoscendo la calligrafia, il mio cuore ebbe un sussulto.

Il timbro diceva: CABO SAN LUCAS – MESSICO.

Posai le borse della spesa, mi sedetti sugli scalini e aprii la busta. Ne uscì un foglio a righe, piegato, in mezzo al quale c'era una Polaroid.

Mia splendida figlia... La lettera, scritta in una grafia angolosa, cominciava così.

Ormai sei al corrente di tutto, credo. Sono venuto in questo luogo lontano, però non scappo più.

Ti sarai fatta un'idea di ciò che è successo alla Corte, quel giorno. Voi poliziotti moderni siete molto più bravi di noi, vecchie ciabatte. Ma sappi che, se fosse emerso qualcosa, non mi sarei tirato indietro. Anzi sono rimasto lì per qualche giorno, proprio per capire se qualcuno aveva scoperto la verità. Ti ho anche chiamato in ospedale, una volta. Sì, ero io... *Sapevo che non volevi più sentir parlare di me, ma dovevo essere sicuro che stessi bene. E ovviamente...* stavi benissimo.

Queste parole non bastano per farti capire quanto mi addolori averti deluso di nuovo. Ho sbagliato molto e soprattutto ho sbagliato a credere che ci si possa lasciare tutto alle spalle. L'ho capito nel momento in cui ti ho rivisto. Ma perché mi ci è voluta una vita intera per imparare una lezione tanto semplice?

Su una cosa tuttavia avevo ragione. Ed era la cosa più importante di tutte. Nessuno è così forte da non avere bisogno d'aiuto, ogni tanto... addirittura dal proprio padre.

La lettera era firmata: *il tuo stupido papà* e, sotto, c'era scritto: *che ti ama tanto.*

Rimasi lì a rileggere quel foglio, cercando di trattenere le lacrime. E così finalmente Marty aveva trovato un posto in cui nulla avrebbe potuto raggiungerlo. Dove nessuno lo conosceva. La triste consapevolezza che forse non l'avrei più rivisto mi fece venire un groppo in gola.

Guardai la fotografia.

Ed eccolo lì, Marty... Indossava una ridicola camicia hawaiana e stava in posa davanti a una barca da pesca lunga circa quattro metri, piuttosto malconcia e messa su un'impalcatura. In calce, c'era una noticina: *Nuovo inizio, vita nuova. Ho comprato questa barca e l'ho verniciata. Un giorno ti pescherò un sogno...*

Scoppiai a ridere e scossi la testa, pensando: *Che cretino.* Cosa ne sapeva di barche e di pesca? Il contatto più stretto tra mio padre e l'oceano risaliva a quando l'avevano assegnato al traffico pedonale sul Fisherman's Wharf.

Poi qualcosa mi colpì.

In secondo piano, dietro mio padre, tutto orgoglioso, contro gli alberi e i pennoni delle altre barche e contro un magnifico cielo...

Socchiusi le palpebre, cercando di leggere le lettere sullo scafo verniciato da poco della nuova barca di mio padre.

C'era un'unica parola, tracciata in semplici lettere bianche e di certo da lui.

Il nome della barca: *Buttercup*.

RINGRAZIAMENTI

UN grazie particolare al sergente/ispettore Holly Pera della Squadra Omicidi di San Francisco, al suo partner il sergente/ispettore Joe Toomey e al capitano in pensione Pete Ogten, della polizia di San Francisco. E, di nuovo, al dottor Greg Zorman di Fort Lauderdale.

Ma, soprattutto, questo libro è dedicato a Lynne e a Sue.

INDICE

James Patterson
Terzo grado
Un'indagine delle Donne del club omicidi

Il tenente Lindsey Boxer assiste per caso all'esplosione della casa di Morton Lightower, un imprenditore del settore informatico, in cui rimangono uccise tre persone. Il volantino lasciato sul luogo del delitto accusa Lightower di essere uno speculatore e sfruttatore dei poveri. Un misterioso indizio annuncia altre morti e Lindsey chiama le amiche a raccolta per risolvere il caso. La partita contro il killer è aperta...

TEA

James Patterson
Il ritorno del killer

Tutto è pronto per le nozze tra Alex Cross e la sua compagna, la detective Bree, quando Cross viene chiamato sulla scena di un crimine efferato. Qualcuno ha ucciso un parlamentare corrotto e un lobbista. È solo l'inizio di una lunga catena di delitti tra i politici disonesti di Washington e i media si scatenano: il killer è un eroe o un pazzo criminale?
Il caso è esplosivo e l'FBI manda un suo agente, Max Siegel, che entra subito in contrasto con Cross...
Mentre Cross affronta l'indagine, Siegel e i preparativi del matrimonio, riceve una telefonata dal suo acerrimo nemico, Mastermind, che è a Washington e cerca vendetta.

LONGANESI

Finito di stampare nel mese di settembre 2014
per conto della TEA S.r.l.
da Grafica Veneta S.p.A.
di Trebaseleghe (PD)
Printed in Italy